Die sechzehnjährige Mary Ann McFarland lebt mit ihren Eltern und ihrer jüngeren Schwester in einer amerikanischen Kleinstadt im Jahr 1963. Das Leben geht seinen gleichförmigen Gang. Doch dann passiert etwas Unerhörtes: Mary ist schwanger. Die Familie ist empört und enttäuscht, dass Mary »so etwas getan« hat. Doch keiner glaubt ihr, die unaufhörlich beteuert, dass sie nicht schwanger sein kann, da sie und ihr Freund Mike nichts miteinander hatten. Dann stellt ein aufgeschlossener Arzt fest, dass Mary zwar schwanger, aber tatsächlich noch Jungfrau ist. Er erinnert sich an Berichte über jungfräuliche Schwangerschaften, und sein Ehrgeiz wird geweckt.

Die Familie aber hat Angst und fühlt sich allein gelassen: Was wächst da in Marys Schoß?

Barbara Wood wurde 1947 in England geboren und wuchs in Kalifornien auf. Sie arbeitete nach ihrem Studium zehn Jahre lang als OP-Schwester in einer neurochirurgischen Klinik, bevor sie ihr Hobby zum Beruf machte und Schriftstellerin wurde.

›Bitteres Geheimnis‹ ist auch lieferbar als Bd. 10623.

Das Gesamtwerk von Barbara Wood liegt im Fischer Taschenbuch Verlag vor; zuletzt erschien ›Das Haus der Harmonie‹ (Bd. 14783).

Unsere Adresse im Internet: www.fischer-tb.de

Barbara Wood
Bitteres Geheimnis
Roman

Aus dem Amerikanischen von
Mechthild Sandberg

Fischer Taschenbuch Verlag

Veröffentlicht im Fischer Taschenbuch Verlag GmbH,
Frankfurt am Main, August 2001

Die amerikanische Originalausgabe erschien
unter dem Titel ›Childsong‹
im Verlag Doubleday & Company, Inc., New York 1965

Satz: Fotosatz Otto Gutfreund GmbH, Darmstadt
Druck und Bindung: Clausen & Bosse, Leck
Printed in Germany
ISBN 3-596-150-30-2

1

Mary öffnete ihren Bademantel und ließ ihn zu Boden fallen. Die kühle Nachtluft strich über ihren nackten Körper, und sie lächelte, den Kopf leicht zur Seite geneigt.

Sebastian stand vor ihr. Das Mondlicht lag blass auf den Konturen seines muskulösen Körpers. Auch er war nackt bis auf das Tuch, das um seine Hüften geschlungen und seitlich zum Knoten geknüpft war. Mary hätte gern hinuntergesehen, um festzustellen, wie der Knoten geöffnet werden konnte, aber sie wollte den Blick nicht senken. Sie war im Bann von Sebastians Augen, dessen Blick sie so fest umschloss wie eine Umarmung.

Obwohl die Luft kühl war, fror sie nicht. Eine wohlige Wärme durchflutete sie. Und auch Sebastian, dessen Sehnen unter der schweißfeucht glänzenden Haut angespannt waren, schien die Kühle der Nacht nichts auszumachen. Mit einer ruhigen, beinahe trägen Bewegung griff er zu dem Tuch, das um seine Hüften lag, und zog mit einem anmutigen Schwung den Knoten auf. Mary hielt den Blick weiter auf sein Gesicht gerichtet, voll Angst vor dem, was das Tuch enthüllt hatte, und doch auch voller Begierde.

Als er plötzlich einen Schritt auf sie zukam, stockte ihr einen Moment der Atem, und sie hob wie im Reflex die Hand zur Brust. Sein schönes Gesicht war schmal und streng; das lange, wellige Haar hob sich im leichten Luftzug von seinen Schultern, und als er an sie herantrat, sah sie die Narben, die seinen vollkommenen Körper entstellten; weiße Schwellungen, wo sein Fleisch durchbohrt worden war.

Er war so schön, dass sie es als schmerzlich empfand. Tiefe, grüblerische Augen, eine lange, gerade Nase, ein kantiges Kinn über einem kräftigen, sehnigen Hals. Dunkelhäutig und geschmeidig, kraftvolle Arme, schöngebildet die haarlose Brust.

Als er dicht vor ihr stand und sein Blick sie durchdrang, als könnte er sie im Innersten berühren, spürte Mary, wie sich in ihrem Bauch etwas rührte; tief im Becken ein Aufwallen, das sie zuerst erschreckte, dann überwältigte. Allein seine Nähe und sein tiefer Blick hatten das ausgelöst. Was würden dann erst seine Berührung oder sein Kuss bewirken?

Mit einem tiefen Seufzer griff sie nach seiner Hand, führte sie an ihren Mund und drückte ihre Lippen auf die überraschend harte und schwielige Handfläche. Dann zog sie Sebastians Hand zu ihrer linken Brust hinunter.

Immer noch ruhte sein verzehrender Blick auf ihr, und als er den Kopf neigte und mit seinen Lippen die ihren berührte, seine Zunge der ihren entgegenschob, zog es ihr die Kehle zusammen, und sie konnte einen Moment lang nicht atmen. Seine andere Hand glitt langsam abwärts, strich wie ein Hauch über die heiße Haut, und als sie ihren Ort fand und dort verweilte, hätte Mary am liebsten laut aufgeschrien. Die Finger streichelten und liebkosten, während Mary stocksteif dastand, wie erstarrt. Wonne mischte sich in ihre Verwirrung.

Dann begegneten sich ihre Körper und drängten sich aneinander. Seine Haut war warm und feucht. Sein Atem kam in Stößen wie der ihre. Sie rangen beide um Luft wie Ertrinkende. Mary suchte das Stöhnen, das in ihrer Kehle aufstieg, zu unterdrücken. Die Berührung von Sebastians Händen wurde heftiger, gröber.

Sein drängender, angespannter Körper erregte sie. Sie spürte, wie er seine Hand wegzog und etwas anderes ihren Platz einnahm, eine unsichtbare Waffe, die ihr Angst machte und zugleich lockte.

Mary öffnete die Augen und sah sich in heller Panik im Zimmer um. Doch ihre Angst, die aus der Unwissenheit über das, was ihr hier geschah, geboren war, wich einem wilden Verlangen, wie sie es nie gekannt hatte und das alle ihre Instinkte, sich zu verteidigen und zu schützen, besiegte.

Sebastian schloss seine Arme um sie und legte sie sachte auf dem Bett nieder. Sein Körper bedeckte sie. Er lag schwer auf ihr, sodass sie Mühe hatte zu atmen. Sein heißer Mund schien sie verzehren zu wollen, glitt von ihren Lippen abwärts, über ihren Hals zu ihrer Brust, sog sich so heftig an ihr fest, dass Mary leise aufschrie.

Er drückte ihr die Beine auseinander. Sie riss weit Augen und Mund auf. Sie öffnete sich Sebastian, die Arme ausgebreitet wie am Kreuz; ein williges Opfer.

Ein süßer, wonniger Schmerz durchfuhr sie plötzlich. Und dann spürte sie noch etwas anderes; ein Fluten, das seinen Stößen folgte wie das Kielwasser einem Boot. Ihr ganzer Körper schien dahinzuschmelzen in einer Flamme, die von ihren Füßen aufwärts stieg, ihre Beine hinauf, immer größer und gewaltiger wurde, zu einem lodernden Feuer wuchs, das über ihr zusammenschlug, sodass sie einen Moment lang nichts mehr hören und sehen konnte. Dann fiel es in sich zusammen und leckte in kleinen Flämmchen seliger Erschöpfung und Befriedigung über sie hin.

Mary riss die Augen auf.

Keuchend sah sie zur Zimmerdecke hinauf. Sie hielt den Atem an und lauschte in die Stille des Hauses. Alles schlief. Ein Glück, dachte sie, dass sie im Schlaf nicht laut geschrien hatte.

Während sie in die Dunkelheit starrte, dachte sie

über den Traum nach. Wieso hatte sie ausgerechnet von Sebastian geträumt? Ein merkwürdiger Traum war das gewesen. Wie Sebastian in sie eingedrungen war, wie sich das angefühlt hatte, so echt. Sie verstand es nicht. In Wirklichkeit nämlich hatte sie Mike noch nicht einmal erlaubt, sie dort zu berühren. Woher hatte sie wissen können, wie es sich anfühlte?

Während sie reglos dalag, wurde ihr bewusst, dass ihr Körper eine Veränderung durchgemacht hatte. Was war anders?

Ihr Herz schlug wie rasend, sie schwitzte trotz der Kühle der Nacht, in den Beinen hatte sie ein komisches Gefühl, wie nach langem, anstrengendem Lauf, aber das waren nicht die Dinge, die sie jetzt verwunderten.

Es war etwas zwischen ihren Beinen, ihren Schenkeln; es war etwas in jenem Gebiet, das der streng katholischen Mary unbekannt und verboten war. Irgendetwas hatte sich dort auf geheimnisvolle Weise verändert. Irgendetwas war dort geschehen.

Vorsichtig und ängstlich schob Mary die Hand über die kantige Erhebung ihrer rechten Hüfte und tauchte ihre Finger hastig in das Dreieck zwischen ihren Schenkeln. In aller Eile erkundete sie mit den Fingerspitzen die verbotene Zone und zog die Hand mit einem Ruck wieder weg.

Sie berührte den Zeigefinger mit dem Daumen. Eine unerklärliche schleimige Klebrigkeit haftete dort.

Mary zog die Hand hoch und legte sie auf ihre Bettdecke. Sie schloss die Augen und beschwor noch einmal Sebastian herauf, aber sie konnte die erregenden Gefühle, die er entzündet hatte, nicht wieder lebendig machen. Sie war ausgeleert, es interessierte sie nicht mehr, und während sie nochmals über die erstaunliche Tatsache nachdachte, dass sie von Sebastian geträumt hatte und nicht von Mike, fiel sie in einen tiefen, traumlosen Schlaf.

Mary stand im Morgensonnenschein und bürstete sich kräftig das Haar, unzufrieden, dass die Dauerwelle noch immer nicht herausgewachsen war. Sie hatte sich vor einiger Zeit entschieden, ihr Haar, das sie bisher kurz getragen hatte, wachsen zu lassen. Bis zum Sommer, der noch zwei Monate entfernt war, sollte es ihr lang und glatt den Rücken hinunterfließen, und die starke Sonne würde es, so hoffte Mary, zu einem hellen Honigblond ausbleichen.

Marys Mutter, in jeder Hinsicht eine konservative Frau, war mit der Idee ihrer Tochter, mit lang flatterndem Haar durch die Gegend zu laufen, nicht einverstanden. Sie selbst trug ihr rotes Haar ebenfalls kurz und setzte, wenn sie ausging, meist einen Hut auf, derzeit der Mode entsprechend eine Pillbox, die sie sich im Stil Jackie Kennedys auf den Hinterkopf zu drücken pflegte. Mary hatte ein ähnliches Hütchen, und auch das Kostüm, das sie zu Ostern bekommen hatte, glich dem ihrer Mutter: hüftlange Jacke und leicht ausgestellter Rock, der bis zu den Knien reichte. Alle Körperrundungen waren auf diese Weise erfolgreich verdeckt, und man glich der immer wie aus dem Ei gepellt wirkenden First Lady.

Von den Haarproblemen wanderten Marys Gedanken zu dem bestürzenden Traum der vergangenen Nacht, genauer gesagt, zu der körperlichen Entladung, mit der er sein Ende gefunden hatte. Während sie sich zum Spiegel neigte, um einen blühenden Pickel am Kinn zu inspizieren, dachte sie voller Unbehagen daran, dass sie gleich zur Heiligen Kommunion gehen würde. Durfte sie das nach diesem unzüchtigen Traum überhaupt noch? Bei der Beichte war sie schon am vergangenen Abend gewesen. Und nun hatte sie schon wieder gesündigt. Oder konnte der Traum vielleicht nicht als unzüchtiger Gedanke betrachtet werden, da sie ja keine Kontrolle über ihn gehabt hatte?

Mary war so vertieft in diese Überlegungen und die Inspektion des Pickels, dass sie das Erscheinen ihrer Mutter in ihrem Zimmer nicht bemerkte.

»Mary Ann, wir kommen zu spät zur Messe, wenn du noch länger vor dem Spiegel stehst!«

»Was?« Sie sah auf. »Ich hab einen Riesenpickel.«

Lucille McFarland verdrehte nur die Augen, hob abwehrend die Hände und ging aus dem Zimmer. Mary packte Hut, Handtasche und Handschuhe, schlüpfte in ihre hochhackigen Schuhe mit dem Pfennigabsatz und rannte ihrer Mutter hinterher.

Ted McFarland und die zwölfjährige Amy saßen schon im Wagen, als Mary und ihre Mutter aus dem Haus kamen.

»Mary würde lieber eine Todsünde auf sich nehmen, als mit einem Pickel zur Kirche gehen«, sagte Lucille, als sie in den großen Lincoln stiegen.

»Ach, Mutter!«

Ted McFarland, der den Wagen die steile Auffahrt hinunterlenkte, lächelte und zwinkerte seiner ältesten Tochter im Rückspiegel zu. Mary lachte.

In der Kirche, die mit Lilienbuketts und flackernden Kerzen geschmückt war, empfing sie ernste Stille, als sie eintraten. Im gebrochenen Licht der Sonne, das durch die bunten Fenster strömte, tauchten sie die Finger ins Weihwasser, knicksten mit dem Blick auf das große Kruzifix am anderen Ende der Kirche und begaben sich an ihre Plätze, wo sie niederknieten.

Während der Rosenkranz aus Perlmutt durch ihre Finger lief, bemühte Mary Ann McFarland sich nach Kräften um stille Andächtigkeit, aber sie fand sie nicht. Verstohlen hob sie den Blick und musterte die Leute in den Bänken. Mike war noch nicht gekommen.

Sie ließ ihre Augen wandern, bis sie schließlich zu

Sebastian gelangten, drüben auf der anderen Seite des Schiffs, gleich bei der ersten Kreuzwegstation. Unfähig, den Blick von ihm zu wenden, starrte sie ihn an, von neuem gefesselt von diesem kraftvollen Körper, der sie in ihrem Traum so erregt hatte.

Das Gemälde des Heiligen, eine Kopie von Mantegnas »Sebastian«, das im Louvre hing, berührte einen beinahe peinlich in seiner Lebensechtheit. Das Blut war zu realistisch, die von Pfeilen durchbohrten Muskelschwellungen, der Schweiß auf der Stirn, die Qual in dem aufwärts gerichteten Gesicht – das alles war mit fotografischer Genauigkeit festgehalten. Mary hatte während manch langweiliger Predigt dieses Gemälde betrachtet, aber niemals war ihr bei ihren regelmäßigen Besuchen der katholischen Sebastianskirche auch nur der Hauch eines unzüchtigen Gedankens in Zusammenhang mit dem Heiligen gekommen. Jetzt aber, eben wegen ihres bestürzenden Traums, konnte Mary die Erotik des Gemäldes nicht mehr übersehen. Von den sehnigen Schenkeln ging etwas aus, das ihr nie zuvor aufgefallen war; das um die Lenden geschlungene Tuch schien ihr etwas Herausforderndes zu haben, genauso wie der im Schmerz gewundene Leib.

Sie erinnerte sich der heißen Gefühle, die sie im Traum überflutet hatten, an den herrlichen Moment der Ekstase, und fragte sich, ob so etwas ihr je wieder geschehen würde. Und sie dachte daran, dass sie nun vielleicht nicht mehr würdig war, die Heilige Kommunion zu empfangen.

Als Pater Crispin und die Ministranten aus der Sakristei kamen, stand die Gemeinde auf. Mary faltete die Hände um ihren Rosenkranz und bat Gott, ihr den Traum zu vergeben und sie zu reinigen, damit sie reinen Gewissens zur Heiligen Kommunion gehen könne.

Der würzige Duft des Dillhühnchens mischte sich mit dem scharfen Aroma des Chilisoufflés. Lucille McFarland besuchte mit ihrer Freundin Shirley Thomas jeden Samstagmorgen einen Kurs für feine Kochkunst am Pierce College und ließ sonntags ihre Lieben in den Genuss ihrer neuerworbenen Künste kommen. Auch der Ostersonntag bildete da keine Ausnahme. Lucille und ihre beiden Töchter hatten den ganzen Nachmittag an die Vorbereitungen des Festmahls verwendet. Amy hatte Käse gerieben, bis ihr die Finger wehtaten; Mary hatte Eier getrennt, die Auflaufform eingefettet und frischen Dill gehackt. Nun standen Schüsseln auf dem Tisch, jedes Gericht eine Überraschung, und die Familie setzte sich zum Essen.

»Igitt!« Amy, die Zwölfjährige, schnitt ein Gesicht. »Ich hasse Hühnchen total!«

»Halt den Mund und iss!«, sagte Ted. »Davon wirst du groß und stark.«

Amy baumelte so heftig mit den Beinen, dass ihr

ganzer Körper wippte. »Stellt euch mal vor! Schwester Agatha ist Vegetarierin. Sie kauft ihr ganzes Essen in einem Naturkostladen.«

Ted lächelte. »Da braucht sie sich wenigstens nie Gedanken zu machen, was sie freitags kochen soll. Komm, iss jetzt.«

Amy stocherte auf ihrem Teller herum, pikte ein Stück Chili auf und schob es in den Mund. »He, Mary«, sagte sie, »kennst du schon den neuesten Aufziehpuppen-Witz?«

Mary seufzte. »Nein, was für einen?«

»Es gibt eine neue Präsident-Kennedy-Puppe. Wenn man die aufzieht, rennt der Bruder fünfzig Meilen.« Amy warf den Kopf zurück und lachte. Doch von ihrem Vater erntete sie nur ein missbilligendes Lächeln und von ihrer Mutter einen tadelnden Blick. Mary, die mit ihren eigenen Gedanken beschäftigt war, reagierte überhaupt nicht.

»Oder den von der neuen Helen-Keller-Puppe?«, fuhr Amy unerschüttert fort.

»Jetzt reicht es«, fuhr Lucille ihr in die Parade. »Ich weiß nicht, woher du deine Witze hast, aber ich finde sie reichlich geschmacklos.«

»Ach, Mama, in der Schule erzählen alle solche Witze.«

Kopfschüttelnd murmelte Lucille etwas von öffentlichen Schulen und griff nach dem Soufflé.

»Man zieht sie auf, und sie rennt gegen die Wand.«

»Jetzt reicht's aber wirklich!« Lucille schlug mit der Hand auf den Tisch. »Erst der Präsident und dann eine bedauernswerte Blinde. Das ist –«

»Lucille«, sagte Ted ruhig. »Zwölfjährige haben einfach einen anderen Humor. Das hat mit der Schule nichts zu tun.«

»He, Mary!« Amy warf ihre Gabel auf den Teller. »Wieso bist du eigentlich so still? Mike hat dich wohl heute nicht angerufen, hm?«

Mary richtete sich auf und sah ihre Schwester an. »Das hab ich gar nicht erwartet. Er hat mir erzählt, dass sie heute Besuch von Verwandten haben. Außerdem muss ich noch eine Arbeit fertig machen.«

Ted tupfte mit einem Stück Brot die Soße auf seinem Teller auf. »Ist das die, die du auf Französisch schreiben musst? Brauchst du Hilfe?«

»Nein, danke, Dad.«

»Ich nehme Spanisch«, verkündete Amy. »Schwester Agatha hat gesagt, man sollte eine Sprache lernen, die man gebrauchen kann. In Los Angeles sollte jeder spanisch sprechen.«

»Ich weiß«, sagte Mary. »Ich hab mir überlegt, ob ich nicht Suaheli lernen soll.«

»Wozu denn das?« Lucille zog die schmalen, gezupften Augenbrauen hoch.

»Ich gehe vielleicht zum Peace Corps.«

»Das ist ja was ganz Neues. Und was ist aus deinen Collegeplänen geworden?«

»Ich kann ja hinterher aufs College gehen. Beim Peace Corps sind es nur zwei Jahre. Ich würde gern nach Tanganjika gehen oder so was.«

Lucille strich sich automatisch eine dünne Haarsträhne aus dem Gesicht. Mary hatte jeden Monat neue Zukunftspläne und pflegte mit einer Begeisterung und einem Ernst darüber zu sprechen, die jeden Fremden von ihrer Zielstrebigkeit überzeugt hätte. Ihre Familie wusste es anders.

»Mach erst mal die Highschool fertig. du hast noch ein ganzes Jahr vor dir.«

»Ein Jahr und acht Wochen.«

Lucille verdrehte die Augen zur Decke. »Eine Ewigkeit.«

Mary wandte sich ihrem Vater zu. »Du kannst das doch bestimmt verstehen, Dad, oder?«

Er schob seinen Teller weg und lächelte. »Ich dachte, du wolltest Modezeichnerin werden.«

»Und vorher Tänzerin«, warf Amy ein.

Mary zuckte nur die Achseln. »Das ist jetzt was ganz anderes.«

Während ihre beiden Töchter das Geschirr spülten, trat Lucille durch die Schiebetür von der Küche auf die Terrasse hinaus und blickte in die Dunkelheit, die den Garten mit Rasenflächen und alten Bäumen so dicht verhüllte, dass er grenzenlos schien. Im Lichtschein, der aus dem Esszimmer fiel, war nur der vordere Teil des Schwimmbeckens zu sehen, weiß und ohne Wasser. Jenseits des Gartens, etwas oberhalb, auf einem grünbewachsenen Hügel, schimmerten die Lichter der nächsten Häuserzeile, und aus der Ferne war Gelächter zu hören.

Lucille drehte sich um und ging wieder ins Haus. »Hoffentlich kommt morgen endlich der Mann wegen des Schwimmbeckens«, sagte sie. »Es sieht so scheußlich aus, wenn es leer ist.«

»Zum Schwimmen ist es doch sowieso zu kalt, Mutter.«

»Das hat dich und Mike aber neulich Abend nicht abgeschreckt. Und dabei hättest du dir beinahe noch den Tod geholt.«

»Das war doch nicht meine Schuld«, entgegnete Mary. »Ich konnte schließlich nichts für den Kurzschluss an der Beckenbeleuchtung.«

»Nein, natürlich nicht, aber ich habe einen wahnsinnigen Schrecken bekommen, als ich dich schreien hörte und sah, wie Mike dich aus dem Wasser zog.«

»Mir ist doch nichts passiert, Mutter. Es hat mich nur erschreckt.«

»Trotzdem.« Lucille packte die Reste des Hühnchens in Frischhaltefolie und legte es in den Kühlschrank. »Es war furchtbar. Ich habe einmal gelesen, dass in einem Hotelschwimmbecken eine Frau ums Leben kam, als es einen Kurzschluss gab. Das hätte wirklich schlimm ausgehen können, Mary Ann.«

Mary hängte das feuchte Geschirrtuch auf und erklärte, sie ginge gleich in ihr Zimmer.

»Schaust du dir nicht die Ed Sullivan Show mit uns an? Heute Abend ist Judy Garland als Gast da.«

»Ich kann nicht, Mutter. Ich muss meine Arbeit diese Woche abgeben, und ich habe sie noch nicht getippt.«

Als sie hinausgehen wollte, legte Lucille ihr die Hand auf den Arm und hielt sie fest. »Geht es dir wirklich gut, Kind?«, fragte sie leise.

Mary lächelte flüchtig und drückte ihrer Mutter die Hand. »Aber ja. Ich hab nur so viel im Kopf. Du weißt doch, wie das ist.«

Auf dem Weg zu ihrem Zimmer machte Mary kurz Halt, um einen Blick ins Wohnzimmer zu werfen, wo ihr Vater sich mit einem Glas Bourbon in der Hand auf dem Sofa niedergelassen hatte und am Fernseher herumschaltete.

Ted McFarland war ein gut aussehender Mann, mit seinen fünfundvierzig Jahren immer noch so schlank und elastisch wie in seiner Jugend. Morgens vor der Arbeit ging er regelmäßig schwimmen, und einmal in der Woche trainierte er in einem Fitnessklub. Das kurze, leicht wellige Haar war dunkelbraun und an den Schläfen schon leicht ergraut. Er hatte ein weiches Gesicht mit kleinen Lachfältchen um die Augen, die verrieten, dass er nicht zum Trübsinn neigte.

Mary liebte ihren Vater abgöttisch. Einen ernsthaften Krach hatte es nie zwischen ihnen gegeben, und er war immer da, wenn sie ihn brauchte. Auch neulich Abend, nach dem Schrecken im Schwimmbecken, als sie den elektrischen Schlag bekommen hatte, war er es gewesen, der sie in die Arme genommen und getröstet hatte.

»Ich geh jetzt in mein Zimmer, Dad«, sagte sie.

Er sah auf und schaltete automatisch den Ton des Fernsehapparats ab. »Kein Fernsehen heute Abend? Ist die Arbeit so wichtig?«

»Ich muss sie tippen, wenn ich ein A, die Höchstnote, kriegen will.«

Er streckte lächelnd den Arm nach ihr aus. Sie ging zu ihm und setzte sich auf die Sofalehne neben ihn.

»Außerdem«, fuhr sie fort, während er den Arm um sie legte, »brauche ich gute Noten, wenn ich in der Begabtenklasse bleiben will.« Sie starrte auf den lautlos berichtenden Nachrichtensprecher auf dem Bildschirm und fand, er hätte einen Stich ins Grüne. »Die Farbe stimmt nicht, Dad.«

»Ich weiß. Irgendwann demnächst werden sie's schon besser hinkriegen. Bis dahin müssen wir mit dem zufrieden sein, was sie uns bieten.«

»Und was gibt's Neues in der Welt?«

»Nicht viel. Die Schwarzen im Süden demonstrieren immer noch. Jackie ist immer noch guter Hoffnung. An der Börse ist immer noch Baisse. Alles unverändert. Moment mal, nein! Ich hab was vergessen. Sybil Burton hat Richard heute endlich verlassen.«

Mary lachte. »Ach, Dad.« Sie schlang ihm die Arme um den Hals und gab ihm einen Kuss. Als sie aus dem Zimmer ging, hörte sie die plötzlich wieder einsetzende Stimme des Nachrichtensprechers. »... gab heute bekannt, dass der Theologe Hans Küng sich dafür ausgesprochen hat, den Index verbotener Bücher abzuschaffen ...«

Sie saß an ihrem Schreibtisch und starrte mit leerem Blick auf das Foto Richard Chamberlains, das an ihrer Pinnwand den beherrschenden Platz einnahm. Vor ihr lagen die Bilder ausgebreitet, die sie zur Illustration ihrer Facharbeit über die Kathedralen Frankreichs ausgeschnitten hatte. Aber sie hatte die Schreibmaschine bis jetzt nicht angerührt. Die Musik der Platte, die sie aufgelegt hatte, schwermütig gesungene Lieder von Joan Baez, drang nicht zu ihr durch. Sie war mit ihren Gedanken wieder bei dem Traum der vergangenen Nacht.

Halb wünschte sie, die aufwühlende Erinnerung abschütteln zu können, halb genoss sie sie auch mit einer heimlichen Wonne. Sie verstand nur nicht, warum ihr Unterbewusstsein nicht Mike, sondern ausgerechnet den heiligen Sebastian für die Rolle des Liebhabers auserkoren hatte.

Merkwürdig, fand sie jetzt, wo sie darüber nachdachte, dass sie in den sieben Monaten, seit Mike ihr Freund war, nicht ein einziges Mal von ihm geträumt hatte. Obwohl sie sehr viel über ihn fantasiert hatte. Bis zum Geschlechtsakt selbst allerdings waren diese Tagträume nie gegangen. Mary Ann McFarland erlaubte sich keine sündhaften Gedanken.

Seufzend stand sie auf und ging rastlos in ihrem Zimmer umher. Filmstars, Popsänger und ein nachdenklicher Präsident Kennedy blickten von den Wänden zu ihr hinunter. Auf der Kommode lagen neben ihrem Schul-Sweatshirt und mehreren Dosen Haarspray Fotos von Mike Holland im Football-Dress.

Mary streckte sich auf ihrem Bett aus. Die erotischen Erinnerungen an den heiligen Sebastian ließen sie nicht los; die Erinnerung nicht nur an den Traum, sondern vor allem daran, wie er geendet hatte. Zweifellos war der Traum Sünde gewesen; und zweifellos war es daher Unrecht zu hoffen, dass er wiederkehren würde. Sie musste ihn vergessen, ihn sich mit Gewalt aus dem Kopf schlagen. Den Blick auf die kleine blaugewandete Figur der heiligen Jungfrau gerichtet, die mit sanfter Duldermiene auf ihrem Toilettentisch stand, begann

Mary widerstrebend zu beten. »Heilige Maria, Mutter Gottes voller Gnaden …«

2

Mike Holland lebte mit seinem Vater und seinen beiden Brüdern in einem großen Bungalow nicht weit vom Haus der McFarlands entfernt. Nathan Holland hatte seit dem Tod seiner Frau vor fast zehn Jahren seine drei Söhne allein großgezogen. Dank jahrelanger Übung schaffte er es mühelos und ohne Panne, wie gewohnt das Frühstück für die ganze Familie auf den Tisch zu bringen, ehe er ins Büro fuhr. Das Geschirr würde er heute stehen lassen, da freitags immer die Zugehfrau kam.

»Mike? Bist du das?«, rief er, als er im Wohnzimmer Schritte und ein verschlafenes Gähnen hörte.

»Ja, Dad.«

»Komm, beeil dich ein bisschen. Deine Brüder lassen dir sonst nichts übrig.«

Mike ging ins Esszimmer und setzte sich an seinen angestammten Platz. Timothy, vierzehn, und Matthew, sechzehn, sahen nur kurz von ihren mit Schinken und Ei beladenen Tellern auf.

Nathan kam aus der Küche und stellte seinem ältesten Sohn einen Teller hin. »Ich hab dich gestern Abend gehört, Mike. du bist spät gekommen.«

»Wir haben ein bisschen länger gemacht.«

»Von wegen«, warf Timothy grinsend ein. »du hast Mary auf Umwegen heimgefahren, gib's doch zu!«

»Halt die Klappe, Tim.« Missmutig begann er zu essen.

Er hatte in der vergangenen Nacht schlecht geschlafen. Mary hatte sich mit nächtlichen Verführungskünsten in seine Träume gestohlen. Aber die Träume hatten genauso geendet, wie ihre realen Rendezvous immer endeten – unbefriedigend und mit Frust. Kein Wunder, dass Mike missmutig aufgewacht war.

»Sherry hat gestern Abend angerufen und nach dir gefragt«, bemerkte Matthew, der, wenn auch nur ein Jahr jünger, um einiges kleiner und schmächtiger war als Mike.

»Sherry ist Ricks Freundin«, sagte Mike.

»Außerdem«, mischte sich Tim vorlaut ein, »gehört sich's nicht, dass Mädchen Jungs anrufen.«

»Ich wollte es dir nur ausrichten, Mike.«

»Okay. Danke, Matt.«

Die drei Jungen aßen schweigend. Timothy und Matthew hatten aufgeschlagene Bücher vor sich liegen. Der Vierzehnjährige besuchte noch die katholische Schule der Gemeinde St. Sebastian und hatte doppelt so viele Hausaufgaben zu machen wie seine beiden Brüder, die an der Reseda Highschool waren. Aber im nächsten Jahr würde er zum Glück auch endlich auf die Highschool kommen.

Nathan kam wieder aus der Küche und rollte seine Hemdärmel herunter. »Wieso bist du heute so still, Mike? Ist was nicht in Ordnung?«

»Ach, mir sitzen nur die Abschlussprüfungen in den Gliedern, Dad. Ich bin froh, wenn sie vorbei sind.«

Sein Vater gab ihm einen kurzen Klaps der Ermunterung, und er schluckte seinen Kummer hinunter; den Kummer darüber, dass sämtliche Jungen auf der Schule ihn um etwas beneideten, was er gar nicht hatte. Wer würde aber auch die Wahrheit glauben? Dass nun schon seit neun Monaten das hübscheste Mädchen der ganzen Schule seine Freundin war und er noch immer nichts erreicht hatte.

Mike stocherte in seinem kalten Rührei herum. Im Grund, dachte er verdrießlich, ist Rick der Glückspilz. Wenigstens lässt die dicke Sherry ihn ran.

»Mary Ann! Mary Ann! Steh jetzt sofort auf!«

Sie öffnete langsam die Augen und schaute unter schweren Lidern zum Fenster hinüber, durch das das flirrende Licht der Junisonne in ihr Zimmer strömte. Wieder so ein Morgen, dachte sie gereizt. Das ist jetzt schon der dritte. Wieso wache ich dauernd mit Übelkeit auf?

Die Tür öffnete sich, und Lucille McFarland steckte den Kopf ins Zimmer. »Noch einmal ruf ich dich nicht, Mary Ann. Wenn ich dich im Auto mitnehmen soll, musst du endlich aufstehen.«

Mit einem tiefen Seufzer richtete Mary sich auf und rieb sich schlaftrunken die Augen. Sie spürte nicht einen Funken von dem Schwung und der Energie, die sie sonst morgens aus dem Bett trieben. Am liebsten hätte sie sich sofort wieder hingelegt. Vielleicht kam es daher, dass in zwei Wochen die Ferien anfingen. Vielleicht war es die asiatische Grippe. Noch einmal seufzte Mary zornig und gereizt, dann schwang sie die Beine aus dem Bett. Bis morgen musste sie das jedenfalls überwunden haben. Morgen war Cheerleader-Probe für das kommende Schuljahr, und sie wollte unbedingt wieder mit im Team sein.

Warm und verlockend schien die Frühsommersonne durch die offenen Fenster des Klassenzimmers und weckte Fantasien von goldenen Tagen an weißen Stränden. Adam Slocum, der die Unruhe seiner Schüler sah, schluckte seinen Ärger hinunter. Er wusste genau, wie ihnen zumute war; er war noch nicht zu alt, um sich an den Lockruf des Sommers zu erinnern, an die Sehnsucht nach Freiheit und Ungebundenheit. Ihre Konzentration nahm ständig ab. Jedes Jahr war es das Gleiche, man konnte von Februar bis Juni förmlich zusehen, wie das Interesse nachließ und ihre Aufmerksamkeit sich anderen Dingen zuwandte. Sie waren jung, voller Energie und Lebensfreude, und je näher der Sommer kam, desto schwerer fiel es ihnen, den Tag zu erwarten, an dem sie endlich hinausstürmen konnten in heiße Tage voller Lust und Spiel.

»Meine Damen und Herren«, rief er zum fünften Mal und klopfte mit seinem Zeigestab aufs Pult. »Bitte!«

Sie nahmen sich zusammen, wandten ihm konzentrierte junge Gesichter zu.

Adam Slocum räusperte sich und fuhr in seinem Vortrag fort. Einige Minuten lang zollten sie ihm schweigend Aufmerksamkeit, und er spürte, dass sie seinen Ausführungen folgten. Aber kaum hatte er sich umgedreht, um die Herzkammern an die Tafel zu zeichnen, hatte er ihre Aufmerksamkeit schon wieder verloren.

Aus dem Augenwinkel sah Mary das verstohlene Signal. Germaine Massey, ihre beste Freundin, die einige Bänke entfernt saß, winkte ihr zu. Mary drehte sich ein wenig und sah, wie Germaine vorsichtig den Deckel ihres Ringbuchs hob. Darunter kam der Rücken eines dicken, abgegriffenen Taschenbuchs zum Vorschein. Mary neigte den Kopf und las den Titel. *Fanny Hill.* Zwei Exemplare des verbotenen Romans waren an der Reseda Highschool in Umlauf. Germaine und Mary standen seit Wochen auf der Warteliste.

»Miss McFarland!«

Sie fuhr herum. »Ja, Sir.«

»Können Sie mir die Arterien nennen, die den Herzmuskel versorgen?«

Sie lächelte mit blitzenden Zähnen. »Ja, Sir.«

Adam Slocum wartete einen Moment, dann seufzte er und sagte müde: »Würden Sie dann freundlicherweise Ihr Wissen mit uns teilen?«

Die Klasse lachte. »Die Herzarterien, Sir.«

Adam Slocum unterdrückte ein Lächeln und schüttelte resigniert den Kopf. Er konnte Mary Ann McFarland einfach nicht böse sein.

Ein leichter Windstoß fegte durch die offenen Fenster in den Biologiesaal. Das Skelett in der Ecke klapperte leise, und ein scharfer Hauch von Formaldehyd wehte durch den Raum. Den Blick auf die jungen Gesichter seiner Schüler gerichtet, fuhr Adam Slocum in seinem Vortrag fort und dachte dabei, was für ein Vergnügen es war, eine Begabtenklasse zu unterrichten. Er bedauerte es, dass das Schuljahr nun bald zu Ende gehen würde.

Von seinem Standort aus konnte Adam Slocum unter Marys Bank sehen; ihr enger Rock war hochgerutscht und enthüllte gebräunte, straffe Schenkel. Die Reseda Highschool hatte strenge Kleidervorschriften; Mädchen, bei denen der Verdacht bestand, dass sie ihre Röcke zu kurz trugen, mussten im Büro der Direktorin niederknien, und wenn der Saum nicht den Boden berührte, wurden sie umgehend nach Hause geschickt. Das war aber auch gut so, sonst würden die koketten jungen Dinger zweifellos ihre Reize völlig ungeniert zur Schau stellen, und wer würde dann noch ans Lernen denken?

Adam Slocum sah weg und konzentrierte sich auf die dicke Sherry, die Mike Holland schöne Augen machte.

Als Adam Slocum sich wieder der Zeichnung an der Tafel zuwandte, sah Mary zu Germaine hinüber und krauste die Nase. Dann warf sie Mike einen Blick zu und lächelte. Es kostete ihn Mühe, das Lächeln zu erwidern. Er brachte kaum die Mundwinkel hoch. Seine Gedanken kreisten schon wieder oder immer noch um den vergangenen Abend. Er versuchte, sich jedes Wort, jede Geste ins Gedächtnis zu rufen, um herauszubekommen, was er falsch gemacht hatte.

Er und Mary waren wie jeden Donnerstag in die Jugendgruppe der Katholischen Gemeinde gegangen und hatten Pater Crispin bei den Vorbereitungen zu einem Sommerfest geholfen. Da war alles wie immer gewesen. Es war die Stunde darauf, die Mike jetzt noch einmal vor sich ablaufen ließ, während er den Blick auf Adam Slocums Kreideherz gerichtet hielt, ohne etwas zu sehen. Er steuerte in Gedanken seinen Corvair wieder in die Hügel von Tarzana hinauf.

»Du bist an unserer Straße vorbeigefahren, Mike«, hatte Mary gesagt.

Er grinste. »Ich weiß.« Er gab ein wenig mehr Gas und zog den Wagen mit quietschenden Reifen um die Kurve.

»Ach, komm, Mike, du weißt, dass meine Mutter schimpft, wenn ich nicht pünktlich nach Hause komme.«

»Sag doch einfach, es hätte länger gedauert.«

»Mike –«

Als der Wagen die Höhe des Hügels erreichte und Tarzana hinter ihnen zurückblieb, hörte Mary auf zu protestieren. Sie hatten selten Gelegenheit, ganz allein miteinander zu sein, und Mike wusste, dass sie solche Momente genauso herbeisehnte wie er. Man musste ihr nur ein bisschen gut zureden ...

Er lenkte den Wagen von der Straße in eine Parkbucht. Dieser Teil des Mulholland Drive war dunkel, und dichtbelaubte Bäume schützten die Parkbucht vor dem Scheinwerferlicht entgegenkommender Autos. Vor ihnen lag lichtflimmernd das San Fernando Tal.

»Mary«, sagte er ruhig, nachdem er den Motor ausgeschaltet hatte. »Wir müssen miteinander reden.«

»Ich mag nicht, Mike. Jetzt nicht.«

»Doch, wir müssen. Wir können es doch nicht einfach ignorieren. Wenn mein Vater wirklich mit uns nach Boston zurück will, sehen wir uns eine Ewigkeit nicht. Du musst mir versprechen, dass du mir treu bleibst.«

Mary schaute zum Fenster hinaus auf das Lichtermeer. »Ich mag nicht darüber reden, Mike. Es macht mich so traurig. Am liebsten möchte ich überhaupt nicht daran denken. Wenn ich mir vorstelle, dass du den ganzen Sommer weg bist! Ich komme mir bestimmt ganz verlassen vor.«

»Genau darüber müssen wir reden. Und deshalb musst du mir versprechen, dass du mir treu bleibst.« Er legte seine Hand auf ihre Schulter und spielte mit ihrem Haar. »Mary«, sagte er leise, »du musst mir versprechen, dass du dir keinen anderen suchst.«

»Ach, Mike.« Sie drehte sich um und sah ihn an. »Wie kannst du so was überhaupt denken?«

»Versprich es mir, Mary.«

»Okay, Mike. Ich versprech es dir. Ich schau nicht mal einen anderen an.«

»Versprich es richtig, Mary.«

»Ich mein's ernst, Mike. Ich schwöre bei der heiligen Theresa, dass ich dir treu sein werde.«

Er entspannte sich etwas. »Wenn wir fahren, und mein Vater ist ziemlich sicher, dass wir fahren, dann gleich am zweiten Ferientag. Bis dahin sind es nur noch zwei Wochen.«

Mary starrte wieder zur Windschutzscheibe hinaus. »Ich weiß.«

»Zwei Wochen, Mary. Und dann drei Monate, ehe wir uns wieder sehen.«

Sie nickte, ohne etwas zu sagen.

»Mary ...« Er rückte näher an sie heran und legte ihr den Arm um die Schultern. Als seine Hand zu ihrer Brust glitt, schob sie sie weg.

»Nein, Mike. Nicht.«

»Warum nicht?«, flüsterte er, die Stirn in ihr Haar gedrückt. »Du magst es doch. Du lässt es mich sonst immer tun. Außerdem sind wir jetzt lange genug befreundet. Ein ganzes Jahr. Komm schon, Mary, alle tun es.«

Sie schüttelte schwach den Kopf. »Nicht alle, Mike. Ich möchte das nicht tun, was du willst. Wir haben oft genug darüber gesprochen. Es ist nicht recht, solange wir nicht verheiratet sind.«

Einen Moment richtete er sich starr auf, dann schmiegte er sich wieder an. »Davon rede ich doch gar nicht, Mary.« Seine Stimme war weich und beredsam, und seine Lippen streiften ihr Ohr, während er sprach. »Ich hab gemeint – du weißt schon, nur das Übliche.«

Er schob ihr die Hand unter das Kinn und drehte ihren Kopf, sodass ihr Gesicht ihm zugewandt war. Ganz leicht zuerst, dann leidenschaftlicher küsste er sie. Aber als er seine Zunge zwischen ihre Lippen schieben wollte, wich sie zurück.

»Nein, Mike – nicht!«

»Okay«, hauchte er. Behutsam schob er seine Hand unter ihre Bluse. Mary schloss die Augen und atmete schneller. Aber als er seine Finger unter ihren Büstenhalter schieben wollte, stieß sie seine Hand wieder weg.

»Nicht jetzt, Mike. Bitte!«

»Warum denn nicht? Du magst es doch sonst immer.«

»Sie tun weh, Mike. Bitte!« Sie sah ihn flehend an. »Nicht jetzt.«

Mike war verstört, einen Moment lang beinahe ärgerlich, dann wurde er wieder weich. »Mary«, flüsterte er und zog sie an sich, »ich mag dich so sehr. Das weißt du doch. Und in zwei Wochen bin ich weg. Vielleicht entschließt sich mein Vater sogar, in Boston zu bleiben, und dann komme ich nie wieder zurück.«

Sie fuhr herum. »Mike!«

Er drückte heftig seinen Mund auf den ihren und stieß ihr die Zunge zwischen die halb geöffneten Lippen. Im ersten Moment erwiderte sie seinen Kuss, stöhnte leise, dann riss sie mit einem Ruck den Kopf nach rückwärts.

»Ich möchte es mit dir tun«, sagte er heiser. »Hier. Jetzt gleich.«

»Nein, Mike –«

»Es ist schön. Wirklich. Du findest es bestimmt schön. Und ich tu dir nicht weh. Wir tun es so, wie du möchtest.«

»Nein!«

»Du brauchst dich nicht mal auszuziehen.«

Als sie plötzlich die Hände vor ihr Gesicht schlug und zu weinen anfing, seufzte Mike ungeduldig und zog seinen Arm von ihren Schultern. Sie weinte ein paar Minuten lang, dann wurde sie wieder ruhiger.

»Hey, Mary, sei nicht böse«, sagte Mike. »Es tut mir Leid.«

Sie schluckte und wischte sich mit den Fingern die Augen. »Ich will es ja auch, aber wir dürfen nicht. Erst wenn wir verheiratet sind.«

Er sah sie einen Moment lang stumm an, dann sagte er bedrückt: »Vielleicht sehen wir uns nie wieder. Ich liebe dich, Mary. Liebst du mich auch?«

Sie sagte »ja« und begann wieder zu weinen.

Da hatte Mike den Wagen angelassen, und sie waren in eisigem Schweigen zu ihrem Haus gefahren.

»Mr. Holland! Bitte!« Krachend knallte der Zeigestab auf das Lehrerpult.

Mike sah erschrocken auf.

»Ich kann ja verstehen, Mr. Holland, dass Sie lieber junge Damen betrachten als mich, aber ich erwarte, dass Sie wenigstens Ihre Ohren in meiner Richtung spitzen. Würden Sie also jetzt bitte die Frage beantworten.«

Die anderen lachten erheitert, und Mike sagte verlegen: »Entschuldigen Sie, ich habe die Frage nicht gehört.«

Adam Slocum seufzte wieder. Auch Mike Holland konnte er nicht böse sein. Der gut aussehende blonde Junge mit dem offenen Gesicht war nicht nur Klassensprecher und Mannschaftskapitän des Football-Teams, er war vor allem ein glänzender Schüler.

»Können Sie uns den Unterschied zwischen Venen und Arterien sagen?«

Mit einem raschen, ihm selbst völlig unbewussten Blick auf Mary trug Mike eine Antwort wie aus dem Lehrbuch vor. Während er sprach, sah Adam Slocum nachdenklich zu der kleinen McFarland hinüber, die augenblicklich mit einem entwaffnenden Lächeln antwortete.

Der Biologielehrer kannte diesen Typ von Mädchen: die geborene Führernatur, immer im Mittelpunkt, von allen umworben. Jeder in der Klasse wollte ihre Aufmerksamkeit, jeder richtete sich unwillkürlich nach dem, was sie für richtig hielt. Fast in jeder Klasse gab es solche Anführer; manchmal waren sie eine Plage, verleiteten die anderen zu nichts als Dummheiten und Streichen; manchmal waren sie Vorbilder, denen die ganze Klasse in allem nacheiferte, ob nun im guten oder im schlechten Sinn. Der Herdentrieb war bei den Teenagers stark ausgeprägt, und ob sie sich dessen bewusst waren oder nicht, fast immer kürten sie stillschweigend einen Anführer, der ihnen in den Wirrnissen und Schwierigkeiten der Adoleszenz Orientierung geben sollte. Oft wählten sie die Hübscheste oder den Bestaussehenden, wobei sie hervorragendes Aussehen mit hervorragendem Intellekt gleichsetzten. Mary Ann

McFarland hatte beides. Es hätte Slocum interessiert, wie weit sich Mary ihres Einflusses auf die anderen bewusst war.

»Wer kann mir die größte Arterie und die größte Vene im menschlichen Körper nennen?«

Mehrere Arme schossen in die Höhe. Im Grund ist es eine Schande, dachte Adam Slocum, man macht sie mit sämtlichen Systemen und Funktionen vertraut, nur das eine, das so wichtig ist wie alle anderen, das unterschlägt man; es ist verboten, tabuisiert, man könnte sogar bestraft werden, wenn man es im Unterricht zur Sprache bringt. Man konnte über Gene und Chromosomen sprechen, über weiße und schwarze Mäuse, über Fortpflanzung und Paarung, aber wie diese Gene praktisch weitergegeben wurden, darüber durfte man kein Wort verlauten lassen. Er rollte die Karte mit der Darstellung der Blutgefäße auf, räusperte sich und sagte: »Arterien vom Herzen weg, Venen zum Herzen ...«

Während alle eifrig schrieben, kehrte Mike mit seinen Gedanken wieder zum Debakel des vergangenen Abends zurück. Er schaute zu Mary hinüber, die mit konzentriertem Gesicht Slocums Vortrag folgte, und wusste, dass sie die Sache schon vergessen hatte.

In der letzten Stunde hatten die Mädchen Sport, und obwohl sie heute nur einen Vortrag über weibliche Hygiene zu hören bekommen würden, mussten sie Sportbekleidung anziehen. In der Hitze des Nachmittags saßen zweihundert Mädchen im Schneidersitz auf dem Boden des Turnsaals und schauten sich gelangweilt einen Trickfilm über die Menstruation an, den sie seit der fünften Klasse schon mindestens zehnmal gesehen hatten.

Später, im Umkleideraum, wurden die Mädchen wieder lebendig. Allgemeines Gesprächsthema war ein neuer Film, der gegenwärtig in einem Kino in der Nähe gezeigt wurde.

»Mensch, es muss doch irre sein, mit Warren Beatty zu schlafen«, rief Sheila aufgekratzt. Sie war eines der wenigen Mädchen, die sich beim Umziehen nicht schamhaft hinter der Tür ihres Garderobenschränkchens versteckte, sondern ganz ungeniert ihre schwarze Turnhose auszog. »Ich hab den Film dreimal gesehen, und ich könnte ihn mir sofort noch mal anschauen.«

Mary saß auf der schmalen Bank unterhalb der Schränke und zog sich ihre Turnschuhe von den Füßen.

»Ich finde, es war ganz richtig, dass Natalie Wood ihn nicht rangelassen hat«, sagte ein Mädchen mit hochtoupiertem Haar.

»Schön blöd«, entgegnete Sheila. »Schau doch, was es ihr gebracht hat. In der Irrenanstalt ist sie gelandet.«

Mary sah zu Germaine auf, die vor dem Schrank neben ihrem stand und sich eilig umzog. Germaine lachte nur. Sie beteiligte sich fast nie an diesen Diskussionen.

Sie war ein introvertiertes Mädchen mit radikalen Ansichten, die sie meist nur ihrer Freundin Mary mitteilte.

Mary faltete ihre Turnsachen ordentlich und verstaute sie in ihrem Beutel. »Ich hab den Film auch gesehen«, sagte sie leise.

»Ich auch«, erwiderte Germaine, während sie ihre Turnsachen kurzerhand in ihre Schultasche stopfte. »Die sind ja albern. Die reden über Sex, als wäre es was Besonderes.« Germaine schlug die Schranktür zu und fuhr sich mit dem Kamm durch das schwarze Haar, das ihr bis zu den Hüften hinunterreichte.

Mary schlüpfte in ihr Kleid und sagte dabei: »Das einzige, was mich im Moment interessiert, ist das mistige B, das ich für meine Arbeit in Französisch bekommen hab. Nur weil ich nicht oft genug den Konjunktiv verwendet hab. Wie soll ich denn bei einem Bericht über französische Kathedralen den Konjunktiv verwenden? Kannst du mir das vielleicht sagen?«

Germaine zuckte die Achseln. »Ach, das machst du in der Abschlussprüfung wieder gut. Ich kenn dich doch.«

Während Mary vor dem Spiegel an der Innenseite der Schranktür ihren schwarzen Lidstrich nachzog, setzte sich Germaine auf die Bank, um auf sie zu warten.

Rundherum flogen krachend die Schranktüren zu, und das Getümmel in der Garderobe begann sich zu lichten. Aber da es die letzte Unterrichtsstunde des Tages gewesen war, blieben viele, um noch ein Schwätzchen zu halten. Fast überall drehten sich die Gespräche um die Pläne für den kommenden Abend und das Wochenende.

»Hör dir das an, Mare«, sagte Germaine. »Die reden von ein bisschen Knutscherei im Autokino, als wär das eine Riesensache. Wetten, dass nicht eine einzige schon mal mit einem Jungen geschlafen hat? Dazu haben die viel zu viel Angst. Die sind garantiert alle noch brave Jungfrauen.«

Mary warf ihrer Freundin einen kurzen Blick zu und widmete sich wieder ihrem Make-up. Germaine Massey war eine Progressive, eine Anhängerin des Nonkonformismus. Sie hatte einen Freund, der an der Universität von Kalifornien in Los Angeles Politologie studierte, und mit ihm besuchte sie Künstlerkneipen, wo Lyrik gelesen wurde, die sich nicht reimte, nahm an politischen Versammlungen teil und experimentierte in der so genannten freien Liebe.

Im Augenblick blätterte sie in dem zerfledderten Exemplar von *Fanny Hill*, das sie endlich erobert hatte. »Da brauch ich bestimmt nicht lange, Mare«, murmelte sie, über das Buch geneigt, sodass ihr langes Haar nach vorn fiel und ihr Gesicht verbarg. »Lieber Gott, hör dir das an! Sie nennt ihn auch noch eine Pistole!«

Mary schraubte das Fläschchen mit dem Eyeliner zu und legte es in das Schminktäschchen, das sie ganz hinten in ihrem Garderobenschrank verwahrte. Als sie in den Schrank hineingriff, streifte sie mit der Hand ein kleines Bündel, das versteckt im Dunkeln lag, und wusste im ersten Moment nicht, was das war. Dann fiel ihr ein, dass es die Binde war, die sie für Notfälle immer hier aufhob. Ein Gedanke blitzte auf, und sie runzelte die Stirn. Aber da sagte Germaine etwas, und der Gedanke flog weg.

Als Mary und Germaine um drei durch den Schulkorridor gingen, stießen sie mit Mike und seinem Freund Rick zusammen.

»Hallo, Mary. Ich kann dich heute leider nicht mitnehmen. Wir haben noch eine Teambesprechung.«

»Das macht nichts, Mike. Ich rufe meine Mutter an. Wann kommst du heute Abend?«

»Wahrscheinlich erst nach sieben. Ich hab meinem Vater versprochen, dass ich vor dem Wochenende noch das Schwimmbecken sauber mache. Tschüs.«

Ehe die beiden Jungen das Gebäude verließen, gingen sie in die Toilette, wo der Zigarettenqualm in dicken Schwaden hing. Sie knallten ihre Bücher auf die schulterhohe gekachelte Mauer neben der Tür und gingen direkt zu den Waschbecken. Beide zogen Kämme heraus, ließen Wasser darüber laufen und kämmten dann ihr Haar.

Mike warf Rick einen Blick zu. »Na, hat's geklappt gestern Abend?«

»Nee. Sherrys Mutter hat sie nicht weggehen lassen, und außerdem musste ich lernen. Und wie war's bei dir? Was gelaufen?«

Mike grinste vielsagend. »Wir haben eine prima Stelle am Mulholland Drive entdeckt.« Er klopfte das Wasser von seinem Kamm und steckte ihn ein. »Alles bestens.«

Rick pfiff halb neidisch, halb bewundernd durch die Zähne.

»Das ist bestimmt die Grippe«, sagte Lucille und lenkte den Wagen in die Einfahrt zum Haus. »Ein Glück, dass Freitag ist.«

»Ja, aber morgen ist Cheerleader-Probe.«

»Konntest du wenigstens dein Mittagessen runterbringen?«

»Ein bisschen was, ja, aber hinterher war mir wieder schlecht. Das kommt und geht. Aber am schlimmsten ist diese fürchterliche Müdigkeit. Ich fühl mich immer total erschöpft, weißt du.«

Lucille nickte. Sie hielt den Wagen vor der Haustür an, schaltete den Motor aus und blieb noch einen Moment sitzen. »Vielleicht sollte ich doch mal mit dir zum Arzt gehen. Schade, dass Dr. Chandler nicht mehr praktiziert. Aber wir werden schon jemanden finden. Komm, gehen wir rein, dann ruf ich Shirley an. Vielleicht kann sie uns einen Arzt empfehlen.«

Dr. Jonas Wades Praxis befand sich in einem modernen Glaskasten an der Ecke Reseda Avenue und Ventura Boulevard. Das Wartezimmer war freundlich, ohne aufdringlich zu sein, ganz in gedämpften Blau- und Grüntönen gehalten, mit einem dicken Teppich, vielen Grünpflanzen und einem großen Aquarium voll exotischer Fische. Lucille war sofort beeindruckt. Nicht nur Shirley Thomas, sondern auch noch zwei andere Freundinnen hatten ihr den Arzt empfohlen, und sie hatte noch am Tag ihres Anrufs einen Termin für Mary bekommen, da kurz zuvor ein anderer Patient abgesagt hatte. Es war fünf Uhr.

Die Wartezeit kam Mary wie eine Ewigkeit vor. Sie hoffte inbrünstig, Dr. Wade würde ein steinalter Mann sein, eine rasche, unpersönliche Untersuchung vornehmen und sie dann mit einer Schachtel Tabletten nach Hause schicken.

Als die Sprechstundenhilfe ihren Namen rief, wischte sie sich die feuchten Hände an ihrem Rock ab und folgte der Frau ins Sprechzimmer. Lucille blieb mit einer Zeitschrift im Wartezimmer sitzen.

Der alte Dr. Chandler hatte seine Praxis in einem kleinen Haus gehabt, wo sich in den dreiunddreißig Jahren seiner Tätigkeit als Arzt nichts verändert hatte, wo nichts modernisiert worden war. Eine andere Arztpraxis hatte Mary nie kennen gelernt. Als sie jetzt in den kühlen, weißen Raum mit den abstrakten Gemälden an den Wänden geführt wurde, fühlte sie sich fremd und befangen. Und als die Sprechstundenhilfe sie aufforderte, sich auszuziehen, wurde ihr beklommen zumute.

Nachdem sie in den Papierkittel geschlüpft war, setzte sie sich auf den Untersuchungstisch und wartete nervös. Zu ihrer Überraschung kam nicht der Arzt herein, sondern wieder die Sprechstundenhilfe, die ihr den Arm abband und ihr eine Ampulle voll Blut abnahm. Dann drückte sie ihr einen Plastikbecher in die Hand und schickte sie mit der Anweisung, ihren Urin in dem Becher aufzufangen, in die kleine Toilette neben dem Sprechzimmer.

Nachdem Mary das erledigt hatte, hockte sie sich wieder auf den Untersuchungstisch, und als endlich Dr. Wade hereinkam, fiel ihr das Herz vollends in die Hose.

Er war viel zu jung, höchstens Anfang Vierzig. Sehr groß und schlank in dem langen weißen Kittel. Das Haar war schwarz mit einigen grauen Sprenkeln. Sein Lächeln war so routiniert, dachte Mary, als hätte er es vor dem Spiegel einstudiert. Die schwarzen Augen waren lebhaft und scharf, als könnten sie durch den Papierkittel hindurchsehen.

»Hallo«, sagte er und blickte auf die Karte in seinen Händen. »Was ist dir lieber, Mary oder Mary Ann?«

»Mary«, antwortete sie mit kleiner Stimme.

»Okay, Mary, ich bin Dr. Wade. Also –« er faltete die Karte auseinander – »deine Mutter schreibt hier auf dem Formular, das sie für uns ausgefüllt hat, du hättest die Grippe.« Sein Lächeln wurde breiter. »Wollen wir mal schauen, ob ihre Diagnose richtig ist?«

Mary nickte.

Er legte die Karte weg und ging zum Waschbecken, um sich die Hände zu waschen. »Auf welche Schule gehst du, Mary?«

»Reseda Highschool.«

»Elfte Klasse?«

»Ja.«

»Jetzt sind bald Ferien, nicht?«

»Ja.«

Dr. Wade drehte sich um und sah sie lächelnd an, während er sich die Hände an einem Papiertuch trocknete. »Und hast du schon Pläne für den Sommer? Fährst du weg?«

Sie schüttelte den Kopf.

Immer noch lächelnd, stellte er ihr in einem Ton, als kenne er sie seit Jahren, eine Reihe von Fragen, die Mary jeweils nur mit einem kaum hörbaren »Ja« oder »Nein« beantwortete, während sie sich ernsthaft zu erinnern suchte, ob sie je Keuchhusten oder die Masern oder sonst eine schwere Krankheit gehabt hatte, ob sie an wiederkehrenden Kopfschmerzen oder Schwindelgefühlen litt. Dr. Wade machte sich bei jeder ihrer Antworten einen kleinen Vermerk auf seiner Karte und sagte schließlich: »Gut, Mary, kommen wir jetzt auf das aktuelle Problem. – Was für Beschwerden hast du?«

Sie schilderte ihm stockend die Lethargie und die Übelkeit der letzten drei Tage. Fragen nach Halsschmerzen, Übergeben, Durchfall, Kopfschmerzen, Schüttelfrost und Fieber verneinte sie.

Als er den silbernen Füller zumachte und einsteckte, klopfte es leise, und die Sprechstundenhilfe trat ein. Nachdem sie die Tür hinter sich geschlossen hatte, reichte sie Dr. Wade wortlos mehrere Papiere in verschiedenen Farben.

In der Stille, die ihr bedrückend erschien, hockte Mary in ihrem Papierkittel auf dem Untersuchungstisch und beobachtete den Arzt, während er die verschiedenen Berichte las; erst den gelben, dann den roten, danach den blauen und schließlich den weißen. Seine Miene blieb unverändert.

Als er die Papiere in die gefaltete Karte steckte und lächelnd den Kopf hob, zog sich Mary unwillkürlich zusammen. Jetzt kam der Teil, vor dem ihr graute. Die Finger des Arztes waren überraschend kühl, als er behutsam ihren Hals abtastete, die Unterlider ihrer Augen herunterzog, ihr Haar beiseite strich, sodass er ihr in die Ohren sehen konnte. Während er sie untersuchte, unterhielt er sich ruhig und freundlich mit ihr.

»Was hast du denn nach der Highschool vor, Mary?«

Das kalte Stethoskop berührte ihren Rücken. »Ich weiß noch nicht. Ich geh wahrscheinlich nach Berkeley.«

»Ah, da habe ich auch studiert. Bitte tief einatmen.

Halte die Luft jetzt einen Moment an. Ja. Jetzt langsam ausatmen.«

»Aber ich hätte auch Lust, zum Peace Corps zu gehen.«

»Noch mal einatmen. Anhalten. Langsam ausatmen.« Das kalte Ding bewegte sich über ihren Rücken. »So, zum Peace Corps? Ja, ich kann mir vorstellen, dass das interessant wäre.«

Er trat jetzt vor sie hin und zog ihren Kittel auseinander, um ihr das Stethoskop unter die linke Brust zu drücken. Mary machte die Augen zu.

»Mich würde da Ost-Afrika reizen«, bemerkte er ruhig, »aber ich denke, im San Fernando Tal gibt's für mich genug zu tun.«

Mary versuchte zu lächeln und atmete auf, als er das Stethoskop entfernte. Dann schlug er ihr mit einem kleinen Hämmerchen aufs Knie und bat sie, sich niederzulegen.

Mary biss die Zähne aufeinander und streckte sich aus. Sie starrte zur weißen Zimmerdecke hinauf, während Dr. Wade ihren Bauch abtastete. Als er den Papierkittel hochschob und sie die kühle Luft auf ihrer Brust spürte, hielt sie den Atem an.

»Bitte heb deinen rechten Arm über den Kopf.«

Sie drückte wieder die Augen zu. Seine Finger betasteten ihre Brust und die Achselhöhle. Sie zuckte zusammen.

»Tut das weh?«

»Ja«, flüsterte sie.

Nochmals drückte er behutsam. »Hier auch?«

»Ja.«

»Und hier?«

»Ja...«

Dann wiederholte er dic Untersuchung an der anderen Brust. »Sag mal, Mary, was ist dir unangenehmer? Arzt oder Zahnarzt?«

Sie öffnete die Augen und sah in Dr. Wades lächelndes Gesicht. »Äh – ich –«

»Für mich ist der Zahnarzt so ziemlich das Schlimmste, was es gibt. Ich schlucke vorher jedes Mal ein Beruhigungsmittel, auch wenn ich weiß, dass nur eine Füllung gemacht werden muss.«

Sie lachte ein wenig.

»Tut das hier weh?«

»Ja.«

Als er den Kittel endlich wieder herunterzog und vom Untersuchungstisch wegtrat, setzte sich Mary hastig auf. Dr. Wade hatte die Karte wieder zur Hand genommen.

»Wann hattest du das erste Mal deine Periode, Mary?«, fragte er, ohne aufzusehen. »Wie alt warst du da?«

Mary wurde rot. »Ich – äh – ich war zwölf.«

»Und sie kommt immer regelmäßig?«

Sie leckte sich die spröden Lippen. »Ja, eigentlich

schon. Das heißt, nicht ganz. Manchmal dauert es nur fünfundzwanzig Tage und manchmal mehr als dreißig.

»Wann hattest du die Periode das letzte Mal?«

»Hm…« Sie überlegte. »Ich weiß es nicht mehr«, sagte sie schließlich mit gerunzelter Stirn.

Er nickte, während er schrieb. »Versuch doch mal, dich zu erinnern. Ist es weniger als einen Monat her?«

»Nein, ich glaub nicht.« Sie zog die Brauen zusammen, während sie zurückdachte. Sie hatte nie Buch geführt, wie andere Mädchen das taten. Es war ihr einfach zu lästig gewesen. Aber als sie jetzt zurückblickte, schien ihr eine lange Zeit vergangen zu sein, seit sie das letzte Mal ihre Tage gehabt hatte. »Es muss vor Ostern gewesen sein.«

Dr. Wade nickte wieder, während er schrieb. Dann steckte er seinen Füller ein und sah Mary lächelnd an. »Wir sind gleich fertig. Wartest du noch einen Moment? Ich bin gleich wieder da.« Damit ging er aus dem Behandlungsraum.

Dr. Wade kam nicht wieder. An seiner Stelle erschien einige Minuten später die Sprechstundenhilfe, die wartete, bis Mary sich angekleidet hatte, und führte sie in ein freundliches, behaglich eingerichtetes Sprechzimmer.

An den holzgetäfelten Wänden standen mehrere hohe Regale mit Fachbüchern, dazwischen hingen hübsch gerahmte alte Stiche und moderne Aquarelle. Auf dem großen Schreibtisch stapelten sich Fachzeitschriften und Papiere. An der rechten Ecke stand eine Leselampe und davor ein gerahmtes Foto von einer Frau, die zwei Teenager, ein Mädchen und einen Jungen, in den Armen hielt.

Als Dr. Wade hereinkam und die Tür hinter sich schloss, setzte sich Mary in den Ledersessel und bemühte sich, ruhig und gelassen zu wirken. Nachdem auch er sich gesetzt und die Krankenkarte vor sich aufgeschlagen hatte, sah er Mary mit warmem Lächeln an. »Ich wollte, alle meine Patienten wären so geduldig und verständnisvoll wie du.«

Sie räusperte sich und sagte leise: »Danke.«

»Du bist sehr hübsch, Mary. Du hast sicher viele Freunde.

Sie zuckte die Achseln.

Dr. Wade lachte freundlich und neigte sich auf seine Ellbogen gestützt ein wenig zu ihr hinüber. »Hast du einen festen Freund?«

»Ja.«

»Der Junge ist ein Glückspilz.« Er lachte wieder. »Also ...« Dr. Wade machte eine kleine Pause, und sein Gesicht wurde ernst. »Während ich dich untersuchte, Mary, habe ich im Labor dein Blut und deinen Urin untersuchen lassen. Das tue ich routinemäßig bei allen neuen Patienten. So weit scheinst du völlig gesund zu sein, Mary.«

Sie zog die Brauen hoch.

»Aber das heißt nicht, dass da nicht doch etwas – äh, nicht stimmt. Die vorläufigen Untersuchungen zeigen, dass dein Blutbild normal ist.«

Er tippte auf die bunten Blätter, die neben dem Krankenblatt vor ihm lagen. »Keine Anämie und keine Infektion.« Seine Hand ruhte auf dem letzten Bericht, dem lavendelfarbenen. Er enthielt die Ergebnisse der Untersuchung, die er selbst durchgeführt hatte, während Mary sich angekleidet hatte.

Er sah ihr aufmerksam ins Gesicht. »Ich muss dir noch ein paar Fragen stellen, Mary. Hast du schon einmal Geschlechtsverkehr gehabt?«

Sie zuckte zusammen. »Wie bitte?«

»Hast du schon einmal mit einem Jungen geschlafen?«

Sie sah ihn bestürzt an. »Aber nein. Noch nie.«

»Ganz sicher?«

»Bestimmt nicht. Niemals.«

Er musterte sie einen Moment schweigend, dann sagte er eindringlich: »Mary, was hier zwischen uns gesprochen wird, bleibt strikt unter uns. Niemand erfährt davon. Auch meine Sprechstundenhilfe nicht. Ich werde es nicht einmal in die Karte schreiben.« Zum Beweis faltete er das Krankenblatt und schob es weg. »Es bleibt, wie ich schon sagte, ganz unter uns, Mary. Sieh es als eine rein medizinische Frage – genauso als hätte ich dich gefragt, ob du deine Mandeln noch hast.«

Sie senkte einen Moment verwirrt die Lider, dann sah sie Dr. Wade wieder an. Der Blick ihrer Augen war verständnislos. »Ich sage die Wahrheit, Dr. Wade«, erklärte sie. »Wirklich. Ich habe nie mit einem Jungen geschlafen.«

»Hm.« Jonas Wade warf einen Blick auf das Krankenblatt neben seinem Ellbogen, dann konzentrierte er sich wieder auf das junge Mädchen. »Mary«, sagte er ernst und beobachtete sie dabei aufmerksam, »es ist möglich, dass etwas passiert ist, ohne dass du dir bewusst wurdest, was da passiert ist.«

Sic zwang sich zu einem Lachen. »Doch, das wüsste ich, Dr. Wade. Es war nichts. Ich – ich war ja noch nicht mal ausgezogen, wenn ich mit Mike zusammen war. Ich meine – ich hab ihm noch nicht mal erlaubt, mich da anzufassen ...« Sie wurde brennend rot.

Sie hörte Papiere rascheln, und als sie aufblickte, sah sie, dass Dr. Wade ihre Unterlagen zusammenschob. »Das ist alles, Mary.« Sein Lächeln war warm, und seine Stimme war wieder lauter. »Manche Krankheiten zeigen sich nicht gleich im Blut oder im Urin. Sie haben eine Inkubationszeit. Wir werden Kulturen anlegen und sehen, ob die uns sagen, was dir fehlt. Mit Bestimmtheit können wir erst etwas sagen, wenn alle Befunde vorliegen. Bis dahin solltest du Folgendes beachten: Keine Überanstrengung, viel trinken, gesund essen und viel schlafen. Okay?«

»Okay.«

»Und wenn ich die endgültigen Befunde habe, rufen wir dich an.«

3

Am nächsten Morgen war Mary so übel, dass sie sich übergeben musste. Aber es gelang ihr trotz der Proteste ihrer Mutter, ihren Vater zu überreden, sie zur Schule zu fahren, wo die *Cheerleader* für das nächste Schuljahr ausgewählt wurden. Sie war todmüde und schlapp, aber sie hielt durch und war überglücklich, als sie erfuhr, dass sie wieder zum Team gehören würde.

Am Nachmittag lernte sie für die Prüfungen, die in der übernächsten Woche stattfinden sollten, und nach dem Abendessen sah sie sich mit der Familie zusammen einen Bericht im Fernsehen über Sinn und Zweck der Konklave an, das derzeit im Vatikan gehalten wurde. Ehe sie sich am Abend mit Mike traf, ging sie noch zur Beichte.

Eine Welle der Übelkeit überflutete sie, als sie im Beichtstuhl niederkniete und Pater Crispin flüsternd ihre Sünden anvertraute. Sie entschuldigte sich für ihre Unpässlichkeit, erklärte, sie hätte die Grippe. Die Buße, die er ihr für ihre Sünden auferlegte, war leicht: Fünf Rosenkränze.

Am Sonntag nach der Kirche lag Mary den ganzen Nachmittag am Schwimmbecken und las, während ihr Vater sich im Fernsehen das Baseballspiel der Dodgers gegen die New Yorker Giants ansah und ihre Mutter drei Schwestern von St. Sebastian, die Verschiedenes zu erledigen hatten, herumchauffierte.

Am Montagmorgen fühlte sich Mary keinen Deut besser, und ihre Mutter ließ sie nicht zur Schule gehen. Am Nachmittag rief die Sprechstundenhilfe von Dr. Wade an und bat Mary, am folgenden Morgen vor der Schule in die Praxis zu kommen. Sie brauchten noch eine Urinprobe von ihr, sagte sie und instruierte Mary, nach sieben Uhr abends nichts mehr zu trinken.

Am Dienstagmorgen fühlte sich Mary so weit besser, dass sie wieder zur Schule gehen konnte. Vorher ließ sie sich wie vereinbart von ihrer Mutter bei Dr. Wade vorbeifahren.

Als Mary am Mittwoch gegen Abend aus ihrem Zimmer kam, traf sie mit ihrem Vater zusammen, der, noch damit beschäftigt, ein frisches Hemd zuzuknöpfen, aus dem Elternschlafzimmer trat.

»Hallo, Daddy! Wann bist du denn heimgekommen?«

Sie gab ihm einen Kuss, dann gingen sie Arm in Arm durch den Flur.

»Vor einer Viertelstunde ungefähr. Du hattest dein

Radio so laut, dass du mich nicht gehört hast. Wer ist denn dieser Tom Dooley eigentlich, hm?«

»Ach, Dad!« Sie drückte ihn lachend. Wie gut, dass er jeden Mittwoch zum Training ging und sich nicht so gehen ließ wie die meisten Väter ihrer Freundinnen, die schon einen Bauch hatten und schlaff und schwabbelig wirkten.

»Geht's dir besser, Kätzchen?«

»Viel besser. Ich glaub, jetzt hab ich's überwunden, wenn ich auch keine Ahnung hab, was es war.«

»Und wie war's in der Schule?«

»Gut. Ich hab ein A auf meinen Vortrag gekriegt. Und –« Sie sah mit lachenden Augen zu ihm auf.

»Und was?«

»Und was das Beste von allem ist: Mikes Vater nimmt die Stellung in Boston doch nicht an. Sie bleiben alle hier in Tarzana und fahren auch den Sommer über nicht weg.«

Ted McFarland lachte. »Ja, das ist natürlich herrlich, Kätzchen.«

»Jetzt können Mike und ich jeden Tag mit den anderen nach Malibu fahren.«

Sie traten ins Esszimmer, wo Amy schon am Tisch saß, während Lucille noch dabei war, das Besteck zu verteilen.

»Da brauchst du natürlich unbedingt einen neuen Badeanzug, wie?«, meinte Ted, als er sie losließ, um sich an seinen Platz zu setzen.

»Du sagst es, Dad. Ich glaub, du kannst Gedanken lesen.« Sie setzte sich ihm gegenüber.

»Aber dass du dir ja nicht so ein unanständiges Ding kaufst, wo man alles sieht«, bemerkte Lucille.

Als alle saßen, sprach Ted das Tischgebet und schnitt dann den Braten auf.

»Ach, wenn ich mir das vorstelle«, sagte Mary ausgelassen. »Zwölf Wochen Faulenzen am Strand. Und von morgens bis abends mit Mike zusammen. Ich freu mich unheimlich auf die Ferien.«

Lucille, die den Brokkoli verteilte, meinte: »Ich hoffe nur, dir bleibt auch noch ein bisschen Zeit für mich. Du weißt doch, wir haben dieses Riesenstück Crêpe de Chine, das Shirley mir geschenkt hat. Wir müssen unbedingt was draus machen.«

»Aber klar!«, versicherte Mary. »Das hab ich nicht vergessen.«

Sie hatten geplant, während der Ferien gemeinsam zu nähen, da der Stoff leicht für zwei Kleider reichte.

Lucille strich sich das Haar aus dem Gesicht. »Wahnsinnig, diese Hitze. Wir bekommen bestimmt einen heißen Sommer.«

Mary sah ihrer Mutter in das gerötete Gesicht. Vor langer Zeit hatte sie den rosigen Teint ihrer Mutter bewundert; sie brauchte niemals Rouge wie andere Frauen; doch später, sie musste ungefähr vierzehn gewesen sein, hatte sie entdeckt, dass die rosigen Wangen nicht naturgegeben waren, sondern von einem gelegentlichen nachmittäglichen Cocktail herrührten.

Mittwochs wurde immer schon um halb sechs zu Abend gegessen, weil Ted zum Turnen ging und Lucille zu ihrem Frauenverein. Günstigerweise fand auch der Firmunterricht, an dem Amy derzeit teilnahm, regelmäßig mittwochabends statt.

»Gehst du heute Abend mit Mike weg?«, fragte Ted seine älteste Tochter.

Mary nickte. »Wir gehen ins Kino. Im Corbin läuft ein neuer Film. *Mondo Cane.* Die meisten aus meiner Klasse waren schon drin.«

»Und wie geht's dir im Firmunterricht, Amy? Brauchst du Hilfe?«

»Ach wo.« Amy schüttelte den Kopf, dass die braunen Haare flogen. »Schwester Agatha hilft mir prima. Es ist eigentlich genau das Gleiche wie vor der Kommunion.«

Ted nickte lächelnd und dachte flüchtig an die Tage in Chicago, als er auf dem Priesterseminar gewesen war. Das war vor Ausbruch des Krieges gewesen. 1941 hatte Ted das Seminar verlassen, um an die Front zu gehen, und nach drei Jahren im Süd-Pazifik hatte er sich nicht mehr zum Priester berufen gefühlt. Er hatte eine ganz andere Laufbahn eingeschlagen und war ein erfolgreicher Börsenmakler geworden, aber manchmal, wenn wie jetzt etwas Erinnerungen weckte, fragte er sich, wie sein Leben verlaufen wäre, wenn er damals auf dem Seminar geblieben wäre.

»Aber das mit den kleinen Babys«, sagte Amy, »find ich trotzdem gemein.«

Aus seinen Gedanken gerissen, sah er Amy blinzelnd an. »Wie meinst du das?«

»Ach, Daddy, du hast ja überhaupt nicht zugehört! Schwester Agatha hat uns letzte Woche vom Fegefeuer erzählt und dass da die ganzen kleinen Kinder sind, die noch nicht getauft sind. Ich finde es gemein vom lieben Gott, dass er so was tut, wo sie doch überhaupt nichts dafür können.«

»Aber du weißt doch, Amy«, sagte Ted bedächtig, »wenn sie nicht getauft sind, dann sind sie immer noch mit der Erbsünde belastet. Und solange man mit der Erbsünde belastet ist, kann man nicht in den Himmel kommen. Darum werden wir ja alle getauft.«

»Und darum«, sagte Mary leise, »haben die Ärzte Mrs. Franchimonis Baby gerettet und Mrs. Franchimoni sterben lassen.«

Lucille hob mit einem Ruck den Kopf. »Wer hat dir das erzählt, Mary Ann?«

»Pater Crispin. Aber vorher hörte ich es von Germaine. Die hörte, wie ihre Mutter mit einer Nachbarin darüber sprach.«

»Ach, Germaine Massey, das hätte ich mir ja denken können. Ihre Eltern sind Sozialisten, das weißt du wohl.«

»Na und?«

»Für mich sind das die gleichen wie die Kommunisten, und ich sage, wenn sie unbedingt den Kommunismus wollen, dann sollen sie doch nach Russland gehen und dort leben. Mal sehen, ob es ihnen dann immer noch so gut gefällt.«

»Was war denn mit Mrs. Franchimonis Baby?«, fragte Amy neugierig.

»Germaine hat mir erzählt, die Ärzte hätten Mr. Franchimoni gesagt, seine Frau sei in Lebensgefahr, und sie wollten das Kind opfern, um Mrs. Franchimoni zu retten. Aber Mr. Franchimoni sprach mit Pater Crispin darüber, und der sagte, das Kind müsse um jeden Preis am Leben erhalten werden. Also sagte Mr. Franchimoni den Ärzten, sie sollten das Kind retten, und darum musste Mrs. Franchimoni sterben.«

»Aber das ist ja furchtbar!«, rief Amy entsetzt.

»Mary.« Ted legte sein Besteck weg und faltete die Hände vor sich auf dem Tisch. »So einfach ist es nicht. Die Sache ist weit komplizierter.«

»Oh, ich weiß, Dad. Nachdem Germaine mir das erzählt hatte, habe ich Pater Crispin danach gefragt, und der hat mir alles erklärt.«

»Was sagte er denn?«

»Er sagte, zwischen dem sterblichen Leben und dem spirituellen Leben sei ein Unterschied, und uns ginge es darum, das spirituelle Leben zu retten. Wenn die Mutter stirbt, sagte er, kommt sie in den Himmel, weil sie getauft ist. Aber man muss auch dem Kind die Möglichkeit geben, getauft zu werden, weil es sonst niemals in den Himmel kommen kann.«

Ted nickte nachdenklich. Dann sah er Amy an. »Verstehst du das?«

»So ungefähr, ja.«

»Wenn man die Mutter rettet und das Kind sterben lässt, kommt nur eine Seele in den Himmel. Aber wenn man die Mutter sterben lässt und das Kind zur Welt bringt und tauft, dann kommen zwei Seelen in den Himmel. Das ist der wichtige Unterschied, Amy: Seelen statt irdische Leben. Pater Crispin hat Recht. Okay, Amy?«

»Ja, wahrscheinlich. Es wäre schon schlimm, wenn so ein Baby ins Fegefeuer müsste.«

Danach schwiegen alle. Amy hielt den Blick auf ihren Teller gesenkt und fragte sich, warum Gott, der allmächtig war und alle Wesen liebte, nicht bereit war, kleine ungetaufte Kinder in den Himmel zu lassen. Lucille dachte an Rosemary Franchimoni und das letzte Gespräch, das sie mit ihr geführt hatte. Ted dachte daran, dass Arthur Franchimoni sich nach dem Tod seiner Frau völlig von der Kirche zurückgezogen hatte. Und Mary fragte sich, während sie mit Widerwillen in ihrem Brokkoli herumstocherte, wann Mike sie abholen würde.

Das Läuten des Telefons brach das Schweigen. Mit einem Sprung war Amy von ihrem Stuhl und flitzte in den Flur hinaus. Sie konnten ihre gedämpfte Stimme hören. Dann kam sie schon wieder hereingelaufen.

»Es ist Dr. Wade.«

»Oh! Was will er denn?«

»Keine Ahnung. Er wartet am Telefon.«

Lucille stand auf und ging hinaus. Die anderen warteten schweigend.

»Er hat mich gebeten, nachher mit Mary in seine Praxis zu kommen«, berichtete sie bei ihrer Rückkehr.

»Heute abend noch? Wozu denn das?«

»Er hat jetzt alle Befunde und möchte es uns persönlich sagen.«

»Ach, Mutter, das ist doch längst vorbei. Mir geht's wieder gut. Hast du ihm das nicht gesagt? Außerdem wird Mike gleich kommen und –«

»Wir gehen auf jeden Fall hin, Mary. Wir werden ja sehen, was er sagt. Wahrscheinlich verschreibt er dir nur ein paar Vitamine.«

Diesmal fühlte sich Mary weit wohler, als sie in dem Ledersessel vor Dr. Wades Schreibtisch saß und sich in seinem Sprechzimmer umsah. Heute war ja auch keine peinliche Untersuchung zu erwarten, sondern nur ein Bericht über ihre Befunde. Als Dr. Wade hereinkam und leise die Tür hinter sich schloss, sah Mary ihn mit ganz anderen Augen als bei ihrem ersten Besuch. Er war nicht so groß, wie er ihr damals erschienen war, und auch nicht mehr so jung. Sie sah die Fältchen um seinen Mund und seine Augen, und er schien mehr graue Haare zu haben als das letzte Mal. Das Lächeln jedoch war unverändert, vertraueneinflößend und herzlich.

»Hallo, Mary«, sagte er ruhig und bot ihr die Hand.

Sie nahm sie ein wenig scheu. »Hallo, Dr. Wade.«

»Also.« Er ging um seinen Schreibtisch herum und räumte einige Schriftstücke weg, ehe er sich setzte. Lächelnd sagte er: »Als ich in deinem Alter war, Mary, war ich überzeugt, Ärzte hätten ein unheimlich leichtes Leben. Sie brauchen die Leute nur A sagen zu lassen und fahren ansonsten in Cadillacs spazieren. Eine schöne Illusion war das!«

Mary lachte.

»Okay Mary, deine Befunde sind jetzt alle da.« Er griff nach einem Hefter und schlug ihn auf. »Blut und Urin praktisch unverändert. Du hast doch sicher Biologie in der Schule?«

»Ja.«

»Dann weißt du, dass Infektionen sich immer im Blut zeigen und dass ein Tropfen Urin genügt, um die verborgensten Dinge zu diagnostizieren.«

»O ja.«

Dr. Wade machte eine kleine Pause und sah zu den Berichten hinunter, die er vor sich liegen hatte. Als er den Blick wieder hob, sah Mary mit Überraschung, dass das Lächeln verschwunden war. Er wirkte sehr ernst.

»Mary, ich muss dich etwas fragen. Und ich frage nicht aus Neugier oder um dir Vorhaltungen zu machen, das darfst du mir glauben. Du bist schließlich siebzehn Jahre alt, fast schon erwachsen, und du weißt, dass ich einzig dazu da bin, deine Interessen zu vertreten.«

Sie sah ihn nur groß an, ohne etwas zu erwidern.

»Ich habe dir die Frage am letzten Freitag schon einmal gestellt, Mary, aber ich muss dich noch einmal fragen. Bitte denke genau nach, ehe du mir antwortest. Hast du schon einmal mit einem Jungen geschlafen?«

Einen Moment lang starrte sie ihn verblüfft an. Dann sagte sie ruhig: »Nein, Dr. Wade.

»Bist du ganz sicher?«

»Aber ja. Wirklich. Ich würde es Ihnen sagen, wenn es anders wäre.«

Jonas Wade musterte das junge Gesicht. Er wurde nicht klug aus diesem Mädchen. Schließlich sagte er: »Mary, als du das letzte Mal hier warst, haben wir im Labor, wie ich dir sagte, die Routinetests machen lassen und festgestellt, dass dir nichts fehlt. Als ich dich dann untersuchte, sagtest du mir, dass deine Brüste spannen und sehr empfindlich sind und dass du zwei Monate lang keine Periode mehr gehabt hast. Während du dich wieder anzogst, habe ich daraufhin selbst einen Test durchgeführt, hier in meiner Praxis.« Er zog das lavendelfarbene Blatt heraus und hielt es hoch. »Mary, hast du schon einmal von dem so genannten Gravindex gehört?«

Sie schüttelte den Kopf.

»Der Gravindex ist ein Schwangerschaftstest, Mary«, sagte er ernst, ohne den Blick von ihrem Gesicht zu wenden.

Sie sah ihn ruhig an.

»Ich habe den Test hier in meiner Praxis durchgeführt, und das Ergebnis war positiv.« Er hielt immer noch das lavendelblaue Blatt hoch. »Das ist der Grund, weshalb ich gefragt habe, ob du schon einmal mit einem Jungen geschlafen hast.«

Marys Blick flog zu dem Blatt in seiner Hand und kehrte dann zu seinem Gesicht zurück.

»Positiv heißt, dass du schwanger bist, Mary«, fuhr er fort, noch immer verwundert über ihr Verhalten.

Sie zuckte die Achseln. »Das Ergebnis ist falsch.«

»Zu der Überzeugung kam ich auch, nachdem du mir meine Fragen beantwortet hast. Es kommt ab und zu vor, dass der Test falsche Ergebnisse zeigt. Aus diesem Grund beschloss ich, einen zuverlässigeren Test durchzuführen. Hast du schon einmal vom Froschtest gehört?«

»Nein.«

»Wir nehmen einen Tropfen Urin von einer Frau und injizieren ihn einem männlichen Frosch. Ein paar Stunden später untersuchen wir den Urin des Frosches unter dem Mikroskop. Wenn sich männliche Samenzellen zeigen, heißt das, dass die Frau schwanger ist.«

Mary, die die Hände ruhig im Schoß liegen hatte, sah ihn nur an.

»Deshalb baten wir dich, am Dienstagmorgen noch einmal zu einer Urinprobe zu kommen. Der Test muss mit dem ersten Urin des Tages gemacht werden. Wir haben deinen Urin dem Frosch injiziert, Mary, und unter dem Mikroskop zeigten sich männliche Keimzellen.«

Dr. Wade schwieg und betrachtete Marys Gesicht. Es zeigte nur mildes Interesse an dem, was er gesagt hatte.

»Mary, dieser letzte Test zeigt, dass du schwanger bist.«

Wieder zuckte sie die Achseln und lachte ein wenig. »Das Ergebnis kann nur falsch sein, Dr. Wade. Genau wie bei dem anderen Test.«

»Der Froschtest ist fast hundert Prozent zuverlässig, Mary. Und wir haben ihn zweimal gemacht, um ganz sicher zu sein. Es kann keinen Zweifel daran geben, dass du schwanger bist.«

Mary lächelte. »So sieht es vielleicht aus. Aber ich kann gar nicht schwanger sein.«

Dr. Wade lehnte sich in seinem Sessel zurück und sah Mary nachdenklich an. Es war nichts Ungewöhnliches, dass junge unverheiratete Mädchen in einem solchen Fall leugneten. Wenige allerdings hielten ihr Leugnen auch noch angesichts solch unwiderlegbarer Beweise aufrecht, und noch nie hatte er erlebt, dass ihm bei einem solchen Gespräch so ruhig und so völlig unberührt widersprochen worden war. Fast immer war es so, dass die Mädchen spätestens zu diesem Zeitpunkt zu weinen anfingen und die Wahrheit gestanden. Oder aber sie wurden wütend. Oder sie bekamen Angst. Keine hatte bisher so reagiert wie Mary Ann McFarland. Er fand ihr Verhalten unbegreiflich.

»Wirklich, Mary, es wäre gescheiter, du würdest mir die Wahrheit sagen. Man wird es nämlich sowieso bald sehen, und dann hilft Leugnen auch nichts mehr.«

»Dr. Wade –« Mary breitete in einer hilflosen Geste die Hände aus – »ich habe Ihnen die Wahrheit gesagt. Ich kann unmöglich schwanger sein. Ihr Testergebnis stimmt nicht.«

»Es gibt noch andere Beweise. Du hast seit zwei Monaten die Periode nicht mehr gehabt. Deine Brust ist empfindlich. Du leidest an morgendlicher Übelkeit.«

Sie zuckte wieder die Achseln. »Was soll ich Ihnen denn sagen? Ich kann nicht schwanger sein. Es muss etwas anderes sein.«

Stirnrunzelnd beugte sich Dr. Wade über seinen Schreibtisch. »Mary, es kann passieren, dass eine Frau schwanger wird, auch wenn der Penis nicht eingeführt wird. Wenn er sich nur in der Nähe ihrer Vagina befindet.«

Mary wurde brennend rot und senkte die Lider. »So was hab ich nie getan, Dr. Wade«, sagte sie leise. »Das habe ich Ihnen doch gesagt. Ich habe mich von Mike nur hier anfassen lassen.« Sie strich sich mit einer Hand über die Brust. »Ich hab Mike nie erlaubt, dass er – dass er was anderes tut.«

»Und doch bist du schwanger.«

Sie hob den Kopf. »Dagegen kann ich nur sagen, dass ich es nicht bin. Sie werden schon sehen, dass Sie sich geirrt haben, wenn nichts passiert.«

»Es wird aber etwas passieren, Mary. Dein Bauch wird dicker werden, und dann musst du es eingestehen.«

Mary lachte nur. Das war ja alberner als ein Streit mit Amy.

»Mary«, sagte Dr. Wade langsam, »glaubst du mir, wenn ich dir sage, dass ich dein Freund bin und nur dein Bestes will?«

»Ja.«

Ohne den Blick von ihrem Gesicht zu wenden, sagte er: »Ich muss es deinen Eltern sagen.«

»Okay.« Mary wies mit einer Hand zur Tür. »Holen Sie doch meine Mutter gleich herein. Sie sitzt im Wartezimmer.«

Jonas Wade hatte Mühe, seine Überraschung zu verbergen. An diesem Punkt brachen sonst selbst die hartnäckigsten Mädchen zusammen.

»Was wird deine Mutter denn sagen, wenn sie hört, dass du schwanger bist?«

»Sie wird es nicht glauben. Sie weiß, dass ich so was niemals tun würde.«

»Bist du da ganz sicher?«

Mary neigte den Kopf leicht zur Seite. Ihr Blick war offen und unschuldig. »Aber natürlich. Meine Mutter weiß, dass ich sie nicht belügen würde.«

»Und dein Vater?«

»Genauso.«

Jonas Wade nickte bedächtig und überlegte einen Moment. Dann drückte er auf einen Knopf seiner Sprechanlage und bat die Sprechstundenhilfe, Lucille McFarland hereinzuführen.

Als Lucille ihm gegenüber Platz genommen hatte, nahm er sich einen Moment Zeit, um sie zu mustern und sich ein Bild von ihr zu machen. Sie war eine gut aussehende Frau, sonnengebräunt und schlank. Das Gesicht war nur dezent geschminkt, das tizianrote Haar allerdings hielt er für gefärbt. Scharfe blaue Augen, denen ihrer Tochter sehr ähnlich. Die Ähnlichkeit zwischen Mutter und Tochter war stark; Lucille musste in ihrer Jugend so hübsch gewesen sein wie Mary. Jetzt, Anfang Vierzig, verrieten die scharfen Falten in ihrem Gesicht, dass sie zu viel Zeit in der Sonne verbrachte. Ihre Kleidung war teuer und konservativ, ihr Verhalten war selbstsicher und gewandt. Jonas Wade hatte das deutliche Gefühl, dass dieses Gespräch nicht einfach werden würde.

Er räusperte sich, berichtete dann kurz von den Routineuntersuchungen, die gemacht worden waren, von seiner eigenen Untersuchung Marys und kam dann vorsichtig zum kritischen Punkt.

»Aufgrund gewisser körperlicher Symptome, die Ihre Tochter zeigte, Mrs. McFarland, sah ich mich genötigt, zusätzliche Untersuchungen durchzuführen. Die Befunde dieser Untersuchung liegen mir jetzt vor, und sie sind eindeutig.«

Lucille nickte. »Was fehlt meiner Tochter, Dr. Wade?«

»Alle Befunde weisen auf eine Schwangerschaft hin, Mrs. McFarland.«

Einen Moment war es ganz still. Dann rief Lucille: »Was?« und wandte sich abrupt ihrer Tochter zu.

»Es stimmt nicht, Mutter. Ich habe Dr. Wade gesagt, dass die Befunde falsch sind. Ich habe nie etwas getan –«

Jonas Wade beobachtete Mary scharf, während sie mit ihrer Mutter sprach, und wieder verblüffte ihn ihre Gelassenheit und ihre Sicherheit. Vielleicht, dachte er, glaubte das Mädchen wirklich, was sie sagte.

»Gut«, sagte Lucille kurz, die sich sofort wieder gefasst hatte. »Die Befunde müssen falsch sein, Dr. Wade, da meine Tochter sagt, dass eine Schwangerschaft ausgeschlossen ist.«

Jonas Wade seufzte und wünschte, er säße zu Hause vor dem Fernseher. »Mrs. McFarland, unser Labor hat zweimal den Froschtest durchgeführt. Beide Male waren Spuren von Schwangerschaftshormonen in Marys Urin feststellbar. Sie hat seit Ostern keine Menses mehr gehabt. Ihre Brust spannt und ist sehr empfindlich. Sie leidet an morgendlicher Übelkeit. Ich glaube nicht, dass ich mich täusche.«

Wieder trat Schweigen ein. Lucille wandte sich wieder Mary zu und sah sie eindringlich an. »Sag mir die Wahrheit, Mary, hast du –«

»Nein, Mutter! Wirklich nicht! Er täuscht sich. Ich hab nie so was getan.«

Lucilles kalter Blick ruhte auf dem Gesicht ihrer Tochter, während sie sprach. »Dr. Wade, haben Sie eine gynäkologische Untersuchung bei meiner Tochter gemacht und festgestellt, ob sie unberührt ist?«

Oh, oh, dachte Jonas Wade, während er geduldig antwortete: »Nein, Mrs. McFarland, das habe ich nicht getan. Es bestand kein Anlass dazu, als ich Ihre Tochter untersuchte.«

Lucille drehte den Kopf und sah ihn mit ihren harten blauen Augen an. »Jetzt wäre eine solche Untersuchung aber doch wohl angebracht. Damit ließe sich die ganze Sache ein für alle Mal aufklären.«

»Leider nicht, Mrs. McFarland. Ein unverletztes Hymen ist kein Beweis für Unberührtheit. Das ist nur ein

Märchen. Tatsache ist, dass eine Frau auch Geschlechtsverkehr haben kann, ohne dass das Hymen zerreißt.«

Mary wäre vor peinlicher Verlegenheit am liebsten in den Boden versunken.

»Trotzdem«, fuhr Jonas Wade fort, »würde ich unter den Umständen zu so einer Untersuchung raten. Wenn Ihre Tochter schwanger ist, müsste ich die entsprechenden körperlichen Veränderungen feststellen können.«

Mary wurde der Mund trocken. Lieber Gott, dachte sie verzweifelt, lass das alles nicht wahr sein.

»Meine Erlaubnis haben Sie, Dr. Wade«, hörte sie ihre Mutter sagen, sah, wie Dr. Wade auf seine Sprechanlage drückte, hörte, wie er die Sprechstundenhilfe bat, ins Zimmer zu kommen.

Zehn Minuten später lag Mary im nüchternen Behandlungszimmer in dem gynäkologischen Untersuchungsstuhl und starrte wie gebannt zu den grellen Lichtern an der Decke hinauf. Mit schweißfeuchten Händen hielt sie die Metallkanten des Stuhls umklammert, und als sie hörte, dass die Tür sich öffnete, schluckte sie krampfhaft.

Die Sprechstundenhilfe, die ihr in den Stuhl geholfen hatte, blieb an ihrer Seite stehen, während Dr. Wade Mary untersuchte.

»Es dauert nur eine Minute«, sagte er beruhigend. »Und es tut nicht weh. Du spürst nichts weiter als den Druck meiner Hand an deinem Bauch, Mary.«

Sie biss die Zähne aufeinander und schloss die Augen.

»Und?«, sagte Lucille, als Mary wieder ins Sprechzimmer kam und sich in den Sessel neben ihr fallen ließ.

»Es war grässlich.«

Lucille tätschelte ihr wortlos den Arm.

Als Jonas Wade ins Zimmer kam und sich hinter seinen Schreibtisch setzte, senkte Mary den Kopf, um ihn nicht ansehen zu müssen.

»Mrs. McFarland, die Untersuchung hat den Befund der Labortests bestätigt. Es gibt keinen Zweifel daran, dass Mary schwanger ist.«

Mary riss den Kopf in die Höhe und starrte ihn mit offenem Mund an.

»Alle klassischen Anzeichen für eine Schwangerschaft sind vorhanden«, fuhr er fort. »Die Gebärmutter ist weich und vergrößert. Es steht –«

»Das kann nicht sein«, flüsterte Mary.

»Was ist mit dem Hymen, Dr. Wade?«, fragte Lucille scharf.

Er zuckte die Achseln. »Es ist unversehrt, Mrs. McFarland. Aber das bedeutet, wie ich Ihnen schon sagte, nicht unbedingte –«

»Und eine vergrößerte Gebärmutter bedeutet genauso wenig, Dr. Wade. Das weiß ich aus eigener Erfahrung. Ich hatte eine Totaloperation, weil meine Gebärmutter sich vergrößerte. Und der Froschtest ist auch nicht unfehlbar. Es kann eine Verwechslung der Proben vorliegen. Solche Geschichten passieren doch dauernd.«

»Mrs. McFarland –«

»Dr. Wade, meine Tochter würde so etwas nie tun.« Lucille stand auf und bedeutete Mary, ihr zu folgen. »Tests sind nicht unfehlbar und Ärzte ebenso wenig. Wir werden jemand anders konsultieren. Guten Abend, Dr. Wade.«

4

Lucille hielt die Hände vor ihr Gesicht geschlagen und murmelte immer nur: »O Gott, o Gott, das kann doch nicht wahr sein. Lieber Gott...«

Mary hockte auf der Bettkante und wusste nicht, was sie sagen sollte. Mehrmals öffnete sie den Mund, aber es kam kein Wort über ihre Lippen. Die Nachricht war für sie genauso ein Schlag wie für ihre Mutter, deren schmale Schultern zuckten, während sie lautlos weinte. Aus dem vorderen Teil des Hauses kamen die Geräusche der Haustür, die geöffnet und geschlossen wurde; dann Teds Stimme, als er nach Lucille und den Kindern rief, dann sein Schritt, der sich dem Schlafzimmer näherte. Gleich darauf stand er an der offenen Tür zu Marys Zimmer, die Krawatte gelockert, den obersten Hemdknopf geöffnet, das Jackett an einem Finger über der Schulter.

»Was ist denn los?«

Mary hob den Kopf und sah ihren Vater an. Einen Moment lang tat er ihr Leid. Doch ehe sie etwas sagen konnte, begann Lucille zu sprechen.

»Dr. Evans hat eben angerufen«, sagte sie mit tränenerstickter Stimme. »Er sagte, dass Mary schwanger ist.«

Im ersten Augenblick schien es, als hätte Ted nicht gehört. Er zeigte überhaupt keine Reaktion, blieb nur reglos an der Tür stehen und schaute zu seiner Frau und seiner Tochter hinüber. Dann sagte er langsam und ungläubig: »Was? Mary ist schwanger?«

»Es ist nicht wahr, Daddy«, flüsterte Mary. »Sie irren sich.«

»Hör endlich auf damit! »fuhr Lucille sie an. Sie zog die Hände vom Gesicht und richtete sich auf. »Was habe ich falsch gemacht, Mary Ann?«, fragte sie, mühsam das Schluchzen unterdrückend. »Warum hast du mir das angetan?«

Mary starrte in das verschwollene Gesicht ihrer Mutter. »Ich weiß nicht mehr, was ich sagen soll.«

»Du kannst uns vor allem erst einmal sagen, wer es war. Mike Holland?«

»Nein!«, schrie Mary. »Warum kannst du mir nicht glauben? Mike und ich haben nie was gemacht.«

»Für wie dumm hältst du mich eigentlich, Mary Ann?« Lucilles Stimme schwoll an. »Ich schäme mich zu Tode.«

Mary sah ihren Vater flehentlich an. Ted bemühte sich, die Situation einzuschätzen, um angemessen reagieren zu können, aber er war in diesem Moment völlig überfordert. So etwas passierte immer nur den Töchtern anderer Männer.

»Du hast uns blamiert«, warf Lucille ihr mit zitternder Stimme vor und begann wieder zu weinen.

Mary öffnete den Mund und breitete die Hände aus.

»Beim ersten Mal habe ich dir geglaubt«, sagte Lucille und stand auf. »Ich habe mich vor Dr. Wade lächerlich gemacht. Aber Dr. Evans ist Gynäkologe. Er sagte, dass an deiner Schwangerschaft kein Zweifel besteht. Aber das, was mich am tiefsten verletzt, Mary Ann, ist, dass du mich belogen hast.«

Erst jetzt trat Ted ins Zimmer. »Wir müssen das in Ruhe besprechen.«

Lucille wich einen Schritt zurück. »Jetzt nicht. Ich bin zu kaputt. Ich – ich muss erst nachdenken.« Mit steifen Schritten ging sie zur Tür. Dort drehte sie sich noch einmal nach ihrem Mann und ihrer Tochter um. »Du hast mich bis ins Innerste verletzt, Mary Ann.«

Leise schloss sich die Tür hinter ihr, und ihre Schritte entfernten sich im Flur.

Mary sah hoffnungsvoll zu ihrem Vater auf. »Daddy?«, sagte sie zaghaft.

Sichtlich erschüttert setzte sich Ted zu ihr aufs Bett und musterte sie mit forschendem Blick. Er wusste nicht, was er sagen, wie er beginnen sollte. Er brachte kein einziges Wort zustande. Er hatte das Gefühl, als hätte man ihm mit einem Ruck den Boden unter den Füßen weggerissen.

»Was ist passiert?«, hörte er sich schließlich fragen.

»Ich weiß es nicht, Daddy. Beide Ärzte sagen, dass ich ein Kind bekomme.«

Er nickte langsam. Er erinnerte sich, dass Lucille ihm, während er vor dem Fernseher gesessen hatte, etwas von einem Arzt in einer luxuriösen Praxis erzählt hatte, der nicht einmal eine einfache Grippe diagnostizieren konnte; sie hatte irgendetwas von Laboruntersuchungen erzählt und dass dieser Arzt die Frechheit besessen hätte zu behaupten, ihre Tochter sei schwanger. Und am Samstagnachmittag, als sie am Schwimmbecken gesessen und Piña Coladas geschlürft hatten, während auf dem Grill die Steaks brutzelten, hatte Lucille erklärt, dass sie mit Mary, die immer noch an Übelkeit litt, zu einem Gynäkologen gehen würde.

Während Ted jetzt auf Mary hinuntersah, fragte er sich, wo war ich eigentlich die ganze Zeit.

»Es ist nicht wahr«, hörte er Mary mit kleiner Stimme sagen. »Ich weiß nicht, was mir fehlt, Daddy, aber ich bin bestimmt nicht schwanger.«

Ted räusperte sich in der Hoffnung, dass endlich die Worte fließen würden. Aber es kam gar nichts.

»Ich weiß ja, dass sie Untersuchungen gemacht haben, Daddy, und ich weiß auch, dass sie beide erfahrene Ärzte sind, aber es ist einfach nicht möglich.«

Ted brachte endlich wenigstens einen tiefen Seufzer zustande. Und dann kamen auch Worte. »Mary«, sagte er leise. »Ich mache mir Vorwürfe. Ich habe das Gefühl, das ist alles meine Schuld.«

»Aber wieso denn?«

»Ich habe als Vater versagt. Ich habe dir nicht beigebracht –«

»Aber Daddy! Es hat nichts mit dir zu tun. Ich habe irgendeine Krankheit oder was, das die Ärzte nicht erkennen können. Was hat das damit zu tun, ob du ein guter Vater bist oder nicht?«

»Kätzchen.« Ted streichelte Marys Wange. »Vielleicht hatte deine Mutter Recht. Vielleicht hätte ich dich und Amy auf der katholischen Schule lassen sollen. Vielleicht wäre das dann nicht –«

»Aber Daddy –«

»Hör mir zu, Kätzchen. Ich glaube nicht, dass du etwas Schlimmes getan hast, okay? Glaubst du mir das?«

Sie nickte unsicher.

»Du hast wahrscheinlich nicht gewusst, was du tust. Selbst jetzt ist dir wahrscheinlich nicht klar, was du getan hast. Ich dachte immer, deine Mutter hätte dich aufgeklärt –«

»Daddy«, sagte sie flehentlich. »Ich weiß genau, wie es geht, und ich hab nie so was getan. Das hab ich den Ärzten auch gesagt. Ich hab so was nie getan.«

Ted sah seiner Tochter stirnrunzelnd ins Gesicht. »Mary, ich glaube nicht, dass zwei Ärzte eine Schwangerschaft bei dir feststellen könnten, wenn es nicht so wäre.«

»Aber ich bin nicht schwanger!«, rief sie. »Daddy!« Die Tränen schossen ihr in die Augen. »Du musst mir glauben. Ich hab nichts getan.«

»Komm, komm«, flüsterte er, legte den Arm um sie und zog sie an sich. Sie legte den Kopf an seine Brust. Ein Weilchen weinte sie noch, dann wurde sie still. Ted hielt sie fest an sich gedrückt.

»Mary«, sagte er leise. »du musst mir vertrauen, ja?«

Sie nickte stumm.

»Ich verurteile dich nicht. Ich bin auch nicht böse oder sonst etwas in der Richtung. Ich stehe auf deiner Seite, Mary, denn du bist meine Tochter. Ich möchte dir helfen. Glaubst du mir das?«

Sie nickte wieder.

»Kätzchen – sag mir nur eines.«

»Ja, Daddy?«

Er holte Atem. »Wer war es?«

Mit einem Ruck hob Mary den Kopf und wich vor ihrem Vater zurück. »Du glaubst ihnen«, flüsterte sie ungläubig.

»Das muss ich doch, Kätzchen.«

»Wieso? Wieso musst du ihnen glauben und nicht mir?«

»Sag mir nur, wer es war, Mary? War es Mike?«

Sie fuhr zurück, als hätte er sie geschlagen. »Daddy!«, schrie sie mit schmerzverzerrtem Gesicht. »Ach, Daddy! Oh, lieber Gott!«

Als sie aufsprang, fuhr Ted hoch und packte sie beim Arm.

»Lauf jetzt nicht vor mir weg, Mary.«

»Du bist genau wie Mutter. Du glaubst, dass ich es getan habe.«

»Mary –«

»Nein! Nein!« Mit einer abrupten Bewegung riss Mary sich los und rannte zur Tür.

»Mary! Warte!«, rief Ted ihr nach, aber er war so blind von seinen eigenen Tränen, dass er nicht sehen konnte, wohin sie lief.

Im sanften Licht der Spätnachmittagssonne, das durch die großen Fenster seiner Praxis strömte, saß Jonas Wade über lästiger Büroarbeit. Nachdem er die Sprechstundenhilfe nach Hause geschickt hatte, war er mit grimmiger Entschlossenheit daran gegangen,

Krankenblätter zu vervollständigen und Korrespondenz zu diktieren, die bisher unerledigt liegen geblieben war.

Am Nachmittag war nicht viel los gewesen. Mehrere Patienten hatten ihre Termine abgesagt. Wer konnte es ihnen verübeln, dass sie bei dieser Hitze lieber in ihrem Garten geblieben oder zum Schwimmen gegangen waren? Selbst Gelsons Supermarkt, den er von seinem Platz aus sehen konnte, war wie ausgestorben. Die Sonne würde erst in zwei Stunden untergehen; dies war die heißeste Zeit des Tages.

Er hob den Kopf, als er von draußen Geräusche hörte. Ja, jemand rüttelte am Türknauf. Als es danach klopfte, ging er ins Wartezimmer hinaus. Er konnte hören, wie im Hausflur jemand davonging.

Er öffnete die Tür und schaute hinaus. Überrascht sah er Mary Ann McFarland bei den Aufzügen stehen.

»Mary?«, rief er.

Sie drehte sich um. Als sie ihn sah, lächelte sie entschuldigend und kam auf ihn zu.

»Hallo, Dr. Wade. Ich dachte, Sie wären schon gegangen. Die Tür zur Praxis war abgeschlossen.«

»Ja, die Praxis ist auch schon geschlossen. Wolltest du zu mir?«

Sie blieb unschlüssig stehen.

»Komm doch herein, wenn du möchtest.« Er trat zurück und hielt ihr die Tür auf.

Als sie, immer noch zögernd, an ihm vorüberging, sah er, dass ihre Augen rot und verschwollen waren. Sie sah auch nicht so gepflegt und adrett aus wie die vergangenen Male, als sie bei ihm gewesen war. Ihr Haar war so zerzaust, als sei sie gerade aus dem Bett gekommen, die Bluse hing ihr hinten aus dem Rock.

Er ging ihr voraus in sein Sprechzimmer und setzte sich. Mary blieb stehen, ohne ein Wort zu sagen.

»Wie bist du denn hergekommen, Mary?«, fragte Jonas Wade, um dem Mädchen seine Befangenheit zu nehmen.

»Mit dem Rad.«

»Bei dieser Hitze?«

Sie hob den Kopf zu den großen Fenstern und sah blinzelnd in die dunstige gelbe Sonne. »Ja, es ist wirklich ziemlich heiß...«

»Setz dich doch, Mary.«

Sie kauerte sich auf die Sesselkante, als wolle sie jeden Moment wieder aufspringen und davonlaufen.

»Möchtest du etwas Kaltes trinken?«, fragte er, während er das unruhige Spiel ihrer Hände beobachtete. »Ich glaube, wir haben eine Cola draußen im Kühlschrank.«

»Nein, danke.« Sie hielt den Kopf gesenkt.

»Was kann ich für dich tun, Mary?«

Sie zupfte an ihrem Rock. »Ich wollte mit jemandem reden.«

»Okay.«

Langsam hob sie den Kopf und sah ihn an. Sein Gesicht war ernst, aber sein Blick machte ihr Mut.

»Ich weiß eigentlich gar nicht, warum ich hergekommen bin. Ich wollte nur weg.«

»Weg von wo?«

»Von zu Hause.«

»Warum?«

Sie senkte wieder den Kopf. »Ich hätte wahrscheinlich lieber zu Pater Crispin gehen sollen, aber manchmal ist er nicht in der Kirche. Er ist ziemlich viel unterwegs, wissen Sie, in Krankenhäusern und so. Aber ich wusste, dass Sie da sein würden, Dr. Wade, weil ja Mittwoch ist, und – na ja, letzten Mittwoch ...«

»Ja, ich weiß.«

Mary sah ihn an. »Dr. Wade, bitte sagen Sie mir, dass es nicht wahr ist. Sagen Sie mir, dass es nicht stimmt, was sie sagen.«

»Wen meinst du mit ›sie‹, Mary?«

»Dr. Evans und meine Eltern. Meine Mutter ist mit mir zu ihm gegangen, er ist Gynäkologe, und er sagte, dass ich ein Kind bekomme.«

»Ach, so.«

»Und meine Mutter war ganz außer sich.« Die Worte kamen jetzt in einem Schwall. Mary strömten die Tränen über das Gesicht. »Ich hab sie noch nie so gesehen. Und mein Vater ist genauso. Er glaubt, ich hätte es mit

Mike getan. Aber ich hab es überhaupt noch nie getan, Dr. Wade. Ich weiß, dass es Unrecht ist und dass man es erst tun soll, wenn man verheiratet ist, weil es sonst eine Sünde ist. Aber ich weiß nicht, warum sie mir nicht glauben. Ich sage doch die Wahrheit!«

Jonas Wade lehnte sich in seinem Sessel zurück. »Ich kenne Dr. Evans, Mary. Er ist ein ausgezeichneter Arzt.«

»Aber er täuscht sich.«

»Mary.« Jonas Wade stand auf und kam um seinen Schreibtisch herum. Er setzte sich in den Sessel neben Mary und beugte sich zu ihr. »Mary, du bist ein intelligentes Mädchen. Du bist in der Schule bestimmt sehr gut.«

»Ja. Ich bin in der Begabtenklasse.«

»Na bitte! Du hast Biologieunterricht. Du musst doch wissen, dass das, was du behauptest, unmöglich ist.«

Sie schüttelte den Kopf. »Gerade weil ich Biologie habe, weiß ich ja, dass das, was Sie und Dr. Evans sagen, unmöglich ist.«

Jonas Wade ließ sich das einen Moment durch den Kopf gehen.

»Mary, was weißt du über Verhütung?«

»Ich weiß, dass es Unrecht ist zu verhüten.«

»Ich verstehe.« Er lehnte sich zurück und bedachte seine nächsten Worte. »Du gehst regelmäßig zur Kirche?«

»Ja.«

»Das dachte ich mir. Und du gehörst zur Katholischen Jugend?«

»Ja.«

Jonas Wade nickte langsam und nachdenklich. Den Blick auf Marys Gesicht gerichtet, versuchte er zu erkennen, was hinter den beinahe noch kindlichen Zügen vorging, die jetzt Verwirrung und Schmerz ausdrückten, versuchte, in den Tiefen der blauen Augen den Schatten eines Gedankens zu erhaschen. Aber alles, was er entdeckte, war die arglose Ehrlichkeit der Unschuldigen, die ungeheuchelte Verwirrung der fälschlich Beschuldigten. Und plötzlich kam ihm ein Gedanke, der ihn innehalten ließ. Es kam ihm der Gedanke, dass dieses Mädchen vielleicht die Wahrheit sagte.

Eine Erinnerung wurde wach. Er blickte in das unschuldige junge Gesicht des Mädchens und entsann sich eines Berichts, den er vor noch nicht langer Zeit gelesen hatte – von einer ledigen Mutter in England, die mit ihrer Behauptung, unberührt gewesen zu sein, großes Aufsehen erregt hatte ...

»Mary«, sagte er schließlich, »wissen deine Eltern, dass du hier bist?«

»Nein. Ich wusste ja selbst nicht, dass ich hierher kommen würde. Ich bin einfach aus dem Haus gerannt, hab mein Fahrrad gepackt und bin so weit geradelt, wie ich konnte. Ich weiß nicht, warum ich zu Ihnen gekommen bin. Wahrscheinlich muss ich einfach mit jemandem reden, und ich wusste sonst niemanden ...«

»Ich muss deine Eltern anrufen, Mary.«

Sie seufzte. »Ich weiß.« Sie drehte den Kopf und sah durch das Fenster wieder zum dunstigen gelben Himmel hinaus, während Jonas Wade die Telefonnummer ihrer Eltern wählte.

Er lebte in einem großen Bungalow im besseren Teil von Woodland Hills in einer von Eukalyptusbäumen beschatteten Straße, wo stattliche Villen weit zurückgesetzt in großen Gärten standen. Das Haus war ein weiträumiger Bau im typischen kalifornischen Ranch-Stil mit großen Panoramafenstern, die vorn auf einen gepflegten Vorgarten hinausblickten und hinten auf Rasenflächen unter Avocado- und Orangenbäumen und ein großes Schwimmbecken.

Einen *Tequila-Sunrise* in der Hand, von dem er hin und wieder trank, stand Jonas Wade am Fenster des Wohnzimmers und beobachtete eine Gruppe junger Leute, die sich draußen am Schwimmbecken tummelte. Aus der Küche zogen die Düfte des Abendessens herein, und ab und zu konnte er durch das Glas das Kreischen der jungen Leute hören, die sich gegenseitig ins Wasser stießen.

Aber das alles nahm er nur am Rande wahr. Seit er Mary Ann McFarland ihren erregten Eltern übergeben hatte, wollte ihm das Mädchen nicht mehr aus dem

Sinn. Er hatte ähnliche Szenen schon mehrmals im Lauf seiner ärztlichen Praxis erlebt: verzweifelte junge Dinger und aufgeregte Eltern. Doch diesmal war es ein wenig anders gewesen – zwar war Mary Ann verzweifelt gewesen, doch sie hatte nicht aufgehört, ihre Unschuld zu beteuern.

Während Jonas Wade geistesabwesend dem ausgelassenen Treiben seiner beiden Kinder mit ihren Freunden zusah, meldete sich wieder die Erinnerung an den Bericht, der ihm am Ende seines Gesprächs mit der kleinen McFarland plötzlich eingefallen war. Wo hatte er ihn nur gelesen? Und wann? Er hatte ihn damals nur flüchtig überflogen und sogleich wieder vergessen. Nur die Ähnlichkeit der jetzigen Situation mit der geschilderten hatte die Erinnerung wachgerufen. In England. Eine Ärztin, die den Beteuerungen der Frau geglaubt hatte, hatte sich mit dem Fall befasst. Hatte Untersuchungen angestellt, die interessante Daten zutage gefördert hatten. Aber wie hatte der Befund schließlich ausgesehen?

Penny eilte ins Wohnzimmer. Er hörte das Klappern ihrer Absätze auf dem Parkettboden und sah sie, als sie an ihm vorbeilief – klein, zierlich und beweglich, in Shorts und einem trägerlosen Oberteil, das schwarze Haar noch in dicken Wicklern.

»Das Essen ist in zehn Minuten fertig«, rief sie ihm zu. »Ruf die Kinder rein, ja?«

Jonas trank den letzten Schluck seines Cocktails und

ging zur Terrassentür. Die drückende Hitze schlug ihm ins Gesicht, als er sie aufzog, und die Gerüche von jungen Eukalyptusblättern, faulenden Früchten, welkem Gras und Staub stieg ihm in die Nase. Einen Moment tat es ihm Leid, die jungen Leute vom heiteren Spiel in Sonne und Wasser wegholen und in das von der Klimaanlage kalte Haus rufen zu müssen. Er betrachtete die schlanken, braun gebrannten Körper, die in der Sonne glänzten; zwei Mädchen und zwei junge Männer, sprühend vor Lebenslust.

»Hallo, Kinder!«, rief er laut.

Sie verstummten und drehten sich nach ihm um; die achtzehnjährige Cortney, zum Sprung bereit auf dem Drei-Meter-Brett; ihre Freundin Sarah Long, die am Beckenrand saß; der neunzehnjährige Brad und sein Freund Tom im Wasser.

»Das Essen ist gleich fertig. Zieht euch was an!«

Er kehrte ins Haus zurück, hörte das Klatschen des Wassers, als Cortney hineinsprang, dann lautes Gelächter. Er zog die Tür hinter sich zu und ging zur Bar, um sich noch einen Drink zu machen. Lächelnd nickte er der geschäftig vorbeieilenden Carmelita zu; sie war eine gute Haushälterin, auch wenn sie kaum ein Wort englisch sprach. Sie war fleißig und immer freundlich. Und einmal in der Woche servierte sie den Wades *enchiladas* und *tostadas,* wie sie nur südlich der Grenze zu bekommen waren.

Mit dem Glas in der Hand ging er zu seinem Arbeitszimmer. Drinnen blieb er unschlüssig stehen. Er wusste gar nicht, was er hier wollte.

Sein Blick fiel auf die nagelneue Urkunde, die auf seinem Schreibtisch lag; eine große Ehre, auf ein weiteres Jahr zum Präsidenten der Galen-Gesellschaft gewählt worden zu sein. Als er die Urkunde am vergangenen Samstag erhalten hatte, auf der Junisitzung der elitären Vereinigung, die insgesamt nur zwanzig Mitglieder hatte, war er sehr stolz gewesen und im ersten Moment sprachlos vor Freude. Aber schon einen Tag später war das Hochgefühl stark abgeflaut. Schließlich war er eines der Gründungsmitglieder der Galen-Gesellschaft, er hatte angeregt, die Mitgliederzahl auf zwanzig zu beschränken und nur die angesehensten Ärzte aufzunehmen. Na schön, dann hatten sie ihn eben wieder zum Präsidenten gewählt – aber war das so umwerfend?

Jonas hörte nur mit halbem Ohr das Geschrei der jungen Leute, die jetzt vom Garten ins Haus stürmten. Er versuchte, sich ins Gedächtnis zu rufen, in welcher Zeitschrift er über diesen Fall in England gelesen hatte. Er trat zu dem breiten Wandregal und musterte erst die Bücher, dann die Stapel von Fachzeitschriften, und während er jeden einzelnen Titel las, öffnete sich eine Tür in seinem Gedächtnis, und ein paar zusätzliche Details aus dem Artikel, von dem er nicht mehr wusste, wo und wann er erschienen war, drängten hervor.

In London. Eine unverheiratete Frau brachte eine Tochter zur Welt. Sie schwor Stein und Bein, niemals mit einem Mann zusammen gewesen zu sein. Ihre Ärzte lachten sie aus. Aber eine Genetikerin – wie hieß sie nur? – hatte den Fall aufgegriffen. Hatte an dem Kind verschiedene Untersuchungen vorgenommen. Hautverpflanzungen. Einige primitive und zuverlässige Chromosomentests. Und der Befund –

Jonas schloss die Augen. Wie hatte der Befund ausgesehen?

»Jonas?«

Er fuhr herum.

Penny stand lächelnd an der Tür, das Haar jetzt ausgekämmt und perfekt toupiert. »Das Essen steht auf dem Tisch.« Und schon war sie wieder verschwunden.

Jonas blieb noch einen Moment vor dem Bücherregal stehen, dann griff er zum Telefon auf seinem Schreibtisch. Es war die Frage, ob Bernie überhaupt zu Hause war.

Bernie war zu Hause gewesen und hatte versprochen, nach dem Essen vorbeizukommen. Auch bei Steak und Avocadosalat ging Jonas die kleine McFarland nicht aus dem Kopf. Nachdem er seinen Freund angerufen hatte, einen Genetiker an der Universität von Kalifornien in Los Angeles, hatte er noch einmal versucht, sich zu erinnern, wo er den Artikel über den Fall in England gelesen hatte, und war dann sehr zerstreut zu Tisch gegangen.

Um das Tischgespräch brauchte er sich nicht zu kümmern. Seine Kinder und ihre beiden Freunde sorgten mit einer Diskussion darüber, welchen Film man sich am Abend ansehen sollte, für Unterhaltung und Lebhaftigkeit.

Als Carmelita die gezuckerten Erdbeeren auftrug, riss Jonas sich aus seinen Gedanken und bemühte sich bewusst, seiner Umgebung etwas mehr Aufmerksamkeit zu widmen. Liebevoll betrachtete er Cortney, jugendliches Abbild ihrer Mutter. Er verglich sich mit Ted McFarland, der vor wenigen Stunden aschgrau und niedergeschlagen in seiner Praxis gesessen hatte, und dankte seinem Schöpfer, dass sie mit Cortney niemals ernste Schwierigkeiten gehabt hatten. Vor drei Jahren, als sie fünfzehn gewesen war, hatte sie eine kurze Phase der Rebellion durchgemacht und war mit einer Clique ziemlich übler Altersgenossen herumgezogen. Lederjacken, aufgemotzte alte Autos, dröhnende Musik und freche Widerreden. Aber Jonas hatte sie kurzerhand die Schule wechseln lassen, und das hatte gewirkt. Jetzt studierte sie Theaterwissenschaften und brachte die besten Noten nach Hause. Nicht mehr lange, dann würde sie heiraten – einen netten jungen Mann wie Brads Freund Tom, der Betriebswirtschaft studierte und ganz sicher seinen Weg machen würde und der unverkennbar in Cortney verliebt war. Und Brad würde zielstrebig sein Jurastudium beenden, eine Anwaltskanzlei aufmachen, eine Frau wie Cortney heiraten und sich hier im San Fernando Tal niederlassen. Jonas und Penny würden endlich das Haus für sich haben, und das Leben würde in Ruhe und Behaglichkeit seinen Lauf nehmen.

Jonas starrte auf seine Erdbeeren hinunter. Seinen langweiligen Lauf, flüsterte eine Stimme in seinem Inneren.

Bernie kam, als Carmelita das Geschirr spülte und Penny sich zurückgezogen hatte. Die jungen Leute waren schon abgefahren. Jonas und sein Freund konnten ungestört und in Ruhe reden.

Nachdem Jonas zwei Drinks gemacht hatte, setzten sich die beiden Männer in sein Arbeitszimmer mit den bequemen Ledersesseln, und Jonas kam ohne Umschweife zur Sache.

Bernie Schwartz, Genetiker an der Universität von Kalifornien in Los Angeles, ein untersetzter Mann von scharfer Intelligenz, hörte sich den Bericht seines Freundes mit wachem Interesse an. Jonas und Bernie verband nicht nur die alte Freundschaft aus der Studienzeit; sie fühlten sich vor allem durch ihr Interesse an der Wissenschaft und dem Vergnügen an einer guten Debatte miteinander verbunden. Vor einigen Jahren hatte Jonas sich nach Kräften bemüht, den Freund in die Galen-Gesellschaft hineinzubringen, doch das Gründungsgesetz, an dem er selbst mitgewirkt hatte und das bestimmte, dass nur praktizierende Ärzte in die Vereinigung aufgenommen werden sollten, hatte das verhindert. Aus diesem Grund hielten sie wöchentlich bei ein paar Drinks ihre privaten kleinen Diskussionen über wissenschaftliche Themen, die ihnen am Herzen lagen.

Als Jonas nun seinen kurzen Bericht über Mary McFarland mit der Frage abschloss, was Bernie von der Sache halte, erwiderte dieser: »Ich? Meine Meinung willst du wissen? Du bist doch der Arzt, Jonas. Ich bin nur ein kleiner Feld-Wald-und-Wiesen-Genetiker.«

»Sag mir trotzdem deine Meinung.«

»Okay, entweder sie lügt, um den Knaben zu schützen, oder sie hat die Geschichte wirklich vergessen. Ich würde sagen, schick sie zum Psychiater.«

Jonas schwieg einen Moment, dann sagte er unvermittelt: »Bernie, was kannst du mir über Parthenogenese sagen?«

»Parthenogenese? Jungfernzeugung? Fortpflanzung durch eine Eizelle, die nicht durch einen männlichen Samen befruchtet worden ist. Warum fragst du?«

»Ich weiß, was das Wort bedeutet, Bernie. Ich wollte von dir wissen, wo und wie dieses Phänomen in der Natur vorkommt.«

»Du meinst wohl bei Tieren im Gegensatz zu Pflanzen. Hm ...« Er zog die fleischigen, breiten Schultern hoch. »Soweit ich mich erinnere, kommt es bei manchen niederen Tieren vor, bei Guppys zum Beispiel, und dann gibt's noch eine Eidechsenart, die rein weiblich ist und sich auf dem Weg der Parthenogenese fortpflanzt. Möglicherweise gibt's auch bestimmte Frösche ...«

»Wie sieht's bei höheren Tieren aus?«

»Lass mich überlegen. Soviel ich weiß, gibt's eine bestimmte Art Truthühner, wo Parthenogenese künstlich herbeigeführt wird. Zu Zuchtzwecken, glaube ich –«

»Künstliche Parthenogenese interessiert mich nicht, Bernie, ich rede von spontaner Parthenogenese.«

»Die gibt's nur bei den niederen Tieren, Jonas.«

»Nicht bei Säugetieren?«

»Nein, ich hab jedenfalls nie davon gehört, dass sie da spontan auftritt.« Er riss plötzlich die kleinen dunklen Augen auf. »Moment mal, du glaubst doch nicht etwa, dass dieses Mädchen –«

»Ich habe irgendwo mal was von Experimenten mit vaterlosen Mäusen gehört oder gelesen. Weißt du darüber was?«

»Vaterlose Mäuse ...« Bernie krauste die Stirn. »Das liegt einige Zeit zurück, Jonas. Außerdem war's da nicht spontan, sondern künstlich, im Labor erzeugt.« Er kratzte sich nachdenklich am Kinn. »Die Parthenogenese bei Säugetieren ist ein Thema, das hin und wieder mal angerührt wird, ohne dass man ihm ernste Beachtung schenkt. Herrgott, wo hab ich da nur neulich was gelesen? In einer meiner Zeitschriften – es ging da um eine bestimmte Art von Truthühnern ...«

»Dann erzähl mir von den Truthühnern.«

»Warte, da muss ich erst mal überlegen. Es war in Maryland, in einem Ort namens Beltville. Ein Truthahnzüchter bemerkte, dass in einer großen Zahl unbefruchteter Eier ganz von selbst embryonisches Wachstum begann. Bei vielen hörte die Entwicklung allerdings auf, ehe das Embryo voll ausgebildet war, aber ich glaube, bei jedem sechsten Ei kam es zur völligen Reifung, und es schlüpfte eine Truthenne aus. Danach experimentierte man herum, indem man die parthenogenetischen Truthennen – also die, die aus unbefruchteten Eiern entstanden waren – mit Hähnen paarte, deren weibliche Sprösslinge parthenogenetische Eier hervorgebracht hatten. Und bald hatten die Züchter Tiere, die Eier legten, die nicht mehr befruchtet werden mussten.«

»Mir ist schleierhaft, wie das möglich sein soll.«

Bernie zuckte die Achseln. »Soviel ich weiß, hatten sämtliche parthenogenetische Tiere in ihren Körperzellen den doppelten Chromosomensatz.«

»Wie kann das sein?«

»Offenbar haben sich die Chromosomen des unbefruchteten Eis einfach verdoppelt.«

Jonas schüttelte den Kopf. »Weiß man, wodurch die Entwicklung eines Embryos ohne Befruchtung hervorgerufen wurde?«

Bernie überlegte einen Moment. »Ich kann mich nicht genau erinnern. Aber ich glaube, sie sind nicht dahinter gekommen, wie das geschah.« Er trank den Rest seines Whiskys aus. »Es gibt auf diesem Gebiet kaum Daten, Jonas. Frag den Mann auf der Straße, und er wird dir nicht mal sagen können, was man unter Parthenogenese versteht. Vor ein paar Jahren gab es ziemlich Wirbel durch diese Spurway-Geschichte, und ein paar Monate lang schauten sämtliche Genetiker der Welt gespannt nach London, aber inzwischen hat sich das alles wieder gelegt.«

Jonas schlug sich mit der Hand vor die Stirn. »Genau! Das ist es! Spurway! Dr. Helen Spurway.« Er sprang auf und ging zum Bücherregal. »Über die Frau hab ich doch was gelesen ...«

»Das ist acht Jahre her, Jonas. Das war neunzehnhundertfünfundfünfzig.«

»Verdammt.« Jonas trommelte mit den Fingern auf einen Stapel medizinischer Fachzeitschriften, während er im Geist die Termine für den nächsten Tag durchging. Sprechstunde von 10 bis 12, nachmittags keine Patienten. Da konnte er sich in die Bibliothek der medizinischen Fakultät an der Uni setzen.

»Jonas«, sagte Bernie ruhig. »Möchtest du immer noch meine Meinung hören?«

»Natürlich.«

»Schick sie zum Psychiater.«

»Ja, wahrscheinlich hast du Recht«, sagte Jonas seufzend. »Ich habe das heute Nachmittag schon ihren Eltern empfohlen, die allerdings nicht gerade begeistert waren. Die Mutter ist der Überzeugung, dass sie bei ihrem Priester am besten aufgehoben sind.«

»O wei!«

»Ich weiß gar nicht, ob sie da so Unrecht hat, Bernie. Wie dem auch sei, wenn sie mich noch einmal um meine Meinung fragen, werde ich auf psychiatrische Behandlung dringen. Und inzwischen werd ich mal festzustellen versuchen, was es mit diesen Truthühnern auf sich hat.«

5

Jetzt hätte er eigentlich schon dort sein müssen. Er wünschte, er wäre es.

Ted McFarland, der mit einem doppelten Scotch im Wohnzimmer saß und auf den toten Bildschirm des Fernsehapparats starrte, wünschte aus tiefstem Herzen, dies könnte ein normaler Mittwoch sein. Sein Trainingsabend. Gerade jetzt hätte er die Entspannung dringend gebraucht.

Aber er konnte natürlich nicht weggehen. Nicht unter diesen Umständen. Jemand musste gewissermaßen die Festung halten; jemand musste stark sein, sich wenigstens stark zeigen.

Aber wer brauchte ihn denn überhaupt?

Amy war im Firmunterricht, Mary hatte sich in ihrem Zimmer eingeschlossen und sprach mit niemandem, und Lucille …

Aus dem Nebenzimmer hörte Ted ab und zu das Klirren der Whiskyflasche, wenn sie ihr Glas neu füllte.

Lucilles anfänglicher Zorn auf Mary war zu Bekümmerung und dann zu Enttäuschung dahingeschmolzen; jetzt suchte sie verzweifelt einen Weg, um wieder Zugang zu ihrer Tochter zu finden, um von ihr zu erfahren, was sie tun wollte, um zu fragen, warum sie das getan hatte, die ganze Familie enttäuscht und blamiert hatte. Aber Ted wusste, womit Lucille sich in Wirklichkeit herumschlug: mit plötzlichen schmerzlichen Erinnerungen an die Vergangenheit.

Gegen einen überstürzten Besuch bei Pater Crispin, wie Lucille ihn gewollt hatte, nachdem sie Dr. Wades Praxis verlassen hatten, hatte er sein Veto eingelegt. Ein solches Gespräch war seiner Meinung nach verfrüht und hätte zu nichts geführt. Zumal Lucille getrunken hatte. Und Mary war im Augenblick nur verstockt, nicht bereit, mit irgendeinem Menschen offen zu sprechen. Aber morgen, ja, morgen ganz bestimmt. Pater Crispin würde wissen, was zu tun war.

Ted McFarland liebte seine älteste Tochter abgöttisch. Der Grund für diese beinahe krankhafte Liebe war kein Geheimnis: Ted, der seine Mutter nie gekannt hatte und in einem Jungenheim aufgewachsen war, hatte das Weibliche in seiner Umgebung heftig vermisst und immer von einer Schwester oder einer Tochter geträumt. Als Lucille in den Wehen gelegen hatte, hatte Ted in der Kirche gekniet und um eine Tochter gebetet.

Auch über Amys Geburt war er glücklich gewesen, aber Mary war die Erstgeborene, Mary war sein ganzer Stolz, der Sinn seines Lebens. Ihre grazile junge Schönheit entzückte ihn, und er hatte es nie wie andere Väter bedauert, sie vom Kind zur jungen Frau heranwachsen zu sehen.

Aber jetzt – er starrte blind vor sich hin –, das war viel zu schnell gegangen. Er konnte die Vorstellung nicht ertragen, sie schwanger zu sehen, den jungen schönen Körper aufgeschwollen im formlosen Umstandskleid. Nichts würde bleiben von ihrer Anmut und Geschmeidigkeit. Es war wie die Schändung eines Tempels, hässlich und gemein. Ted krümmte sich plötzlich zusammen und drückte die Arme in seinen Magen, als hätte er einen Tritt erhalten.

Mary, Mary, schrie es qualvoll in ihm. Meine schöne Mary. Was habe ich falsch gemacht?

Sie stand vor dem hohen Spiegel, der an der Innenseite der Schranktür angebracht war, und betrachtete ihren nackten Körper. Im weichen Licht der Schreibtischlampe, die sie auf sich gerichtet hatte, starrte sie wie gebannt in den Spiegel.

Es war das erste Mal, dass sie ihren nackten Körper bewusst wahrnahm. Im Badezimmer, wenn sie duschte oder ein Bad nahm, erhaschte sie immer nur einen flüchtigen Blick auf ihre nackten Schultern im beschlagenen Glas; und wenn sie sich hier in ihrem Zimmer an- oder auskleidete, wandte sie dem Spiegel unwillkürlich stets den Rücken zu. Sie hatte kaum je eine nackte Frau zu Gesicht bekommen. Ihre Mutter hatte ihr eigenes Bad und Ankleidezimmer neben dem elterlichen Schlafzimmer, und wenn Amy das Bad benützte, das sie sich mit ihrer Schwester teilte, sperrte sie immer ab.

Fasziniert stand sie jetzt vor dem Spiegel und musterte kühn ihre nackte Gestalt. Sie war verlegen dabei, schämte sich, hatte das Gefühl, etwas Verbotenes zu tun; sie fühlte sich unbehaglich unter der Musterung ihrer eigenen Blicke.

Aber sie musste hinsehen, sie musste es wissen. War wirklich etwas verändert?

Die Schultern waren dieselben, gerade und kantig, wie die einer Schwimmerin; die Arme langgliedrig und kraftvoll; die Hüften sanft gerundet unter der schmalen

Taille; die Schenkel nicht zu fleischig – fest und straff; die langen Beine glatt und wohlgeformt. Die Haut war leicht gebräunt; nirgends ein Makel; matt glänzend im Spiel von Licht und Dunkel.

Ihr Blick blieb auf ihren Brüsten haften. Sie starrte auf die Brustwarzen. Sie erschienen ihr dunkler, ein wenig größer als vorher. Und die Brüste selbst – war es ihre Einbildung, oder waren sie tatsächlich größer geworden?

Zögernd hob Mary eine Hand, umschloss behutsam eine Brust und drückte leicht. Es tat weh.

Sie senkte den Arm wieder, konnte sich aber noch immer nicht vom Spiegel abwenden. Sie hatte das Gefühl, eine fremde Frau zu betrachten, mit ihrem forschenden Blick das Schamgefühl dieser Frau zu verletzen. Gleichzeitig aber fühlte sie sich so distanziert und unpersönlich, als inspiziere sie ein Standbild.

Aus dem Flur hörte sie gedämpfte Schritte und hielt einen Moment den Atem an, um zu lauschen. Vor ihrer Zimmertür hielten die Schritte an, aber nur einen Moment. Dann verklangen sie in Richtung zum Schlafzimmer der Eltern.

Mary atmete auf und setzte die Erkundung ihres Körpers fort. Als ihr Blick ihren Bauch erreichte, hob sie beide Hände und legte sie auf die kühle Haut unterhalb ihres Nabels. Sie drückte leicht, als wolle sie ergründen, was unter der Trennwand aus Fleisch und Muskeln verborgen war. Ihr Bauch war flach und straff. Aber was hatte Dr. Wade gesagt? »Es wird bald zu sehen sein ...«

Sie runzelte die Stirn. Was würde zu sehen sein? Unter ihren Händen lag ein Geheimnis, und gleich, welcher Art es war, Mary hätte damit am liebsten nichts zu tun gehabt. Dr. Wade musste sich getäuscht haben. Nichts wuchs da in ihrem Bauch.

Sie senkte die Hände und richtete ihren Blick auf ihr Gesicht. Was ging mit ihr vor? Woher kam die morgendliche Übelkeit? Woher das unerklärliche Anschwellen ihrer Brüste? Zwei Ärzte behaupteten, eine Schwangerschaft sei die Ursache, aber Mary wusste, dass das unmöglich war.

Sie bemühte sich, sich alles ins Gedächtnis zu rufen, was sie über solche Dinge wusste. Vielleicht sollte sie einmal mit Germaine reden. Germaine hatte Erfahrung; ihr Freund, der Student, war zwanzig und hatte Germaine Liberalität gelehrt; sie redeten dauernd von Revolution und freier Liebe. Aber Mary hatte Schwierigkeit, mit anderen über Sexualität oder die eigene Körperlichkeit zu sprechen. So nahe sie und Germaine einander standen, so viele Geheimnisse sie miteinander teilten, diese Themen waren stillschweigend tabuisiert worden zwischen ihnen.

Darum suchte Mary jetzt in ihrem eigenen begrenzten Wissen nach der wahren Ursache dessen, was mit ihr vorging. Und etwas fiel ihr ein. Ihre Periode. Wann hatte sie das letzte Mal ihre Periode gehabt? Es war lange her ...

Neue Schritte im Flur lenkten Mary ab. Dann hörte sie die Stimmen ihrer Eltern.

»Du meinst, wir sollten zu einem Psychiater gehen?«, fragte Lucille, die, den Kopf in die Hand gestützt, an ihrem Toilettentisch saß. »Ich weiß nicht, Ted. Davon halte ich nicht viel.«

»Ich denke, es wäre zu ihrem Besten«, sagte Ted müde.

Lucille starrte in den Spiegel über dem Toilettentisch und sah eine Fremde darin. »Weißt du, woran mich das erinnert, Ted?«, fragte sie leise, eigentlich mehr zu sich selbst sprechend als zu ihrem Mann. »An Rosemary Franchimoni.«

»Lucille, lass das jetzt –«

»Ich habe lange mit Rosemary Franchimoni gesprochen«, fuhr sie fort. »Kurz vor ihrem Tod – du weißt doch, im Krankenhaus. Und sie sagte mir, dass sie das Kind von Anfang an nicht haben wollte. Ted, sie wollte das Kind überhaupt nicht. Sie sagte mir, sie hätte Angst, weil der Arzt ihr dringend von einer weiteren Schwangerschaft abgeraten hatte.«

Lucille beobachtete die Bewegungen ihrer Lippen. Hinter ihr stand Ted reglos in der Mitte des Zimmers.

»Es war gemein, Ted. Ungerecht. Kein Mensch hat Rosemary Franchimoni gefragt, was *sie* wollte ...« Lucille schluckte. »Es ist nicht Marys Schuld, Ted. Es ist die Schuld des Jungen. Ich weiß doch, wie Männer einen zwingen, indem sie behaupten, es sei ihr gutes Recht. Und Frauen müssen ...« Sie schüttelte den Kopf. »Ich meine, ich hab damit heute keine Probleme mehr. Ich kann eigentlich von Glück sagen. Mir kann nichts passieren, seit ich operiert bin –«

»Lucille, bitte –«

»Aber was wäre, wenn ich nicht operiert worden wäre? Was wäre, wenn dauernd die Gefahr einer Schwangerschaft über uns hinge? Und wenn ich dann vielleicht daran sterben würde.« Im Spiegel trafen sich ihre Blicke. »Du weißt, was du zu tun hast«, sagte Lucille beinahe kalt.

Er sah sie nur stumm an.

Sie stand auf und drehte sich um. »Du musst jemanden suchen, Ted. Du musst deiner Tochter diese Schande ersparen.«

Er brauchte einen Moment, ehe er begriff, was sie meinte. Ungläubig starrte er sie an. »Was hast du da gesagt?«

»Du weißt genau, was ich gesagt habe. Du musst jemanden ausfindig machen, zu dem Mary gehen kann. Damit sie dieses – dieses Ding loswird.«

»Nein. Das tue ich nicht!«

»Du musst. Du kannst doch nicht tatenlos zuschauen, wie sie sich ihr Leben verpfuscht. Du musst deine Tochter schützen, Ted. Such jemanden und geh mit ihr hin.«

»Aber das kann ich nicht. Ich meine –« Er wandte sich von ihr ab und sah sich um, als suche er einen Fluchtweg. »Ich hab doch keine Ahnung von diesen Dingen. Ich habe nie von so einer Person gehört. Ich wüsste gar nicht, wo ich anfangen soll.«

»Dann sag Nathan Holland, er soll sich drum kümmern. Wir wissen beide, dass sein Sohn ihr das angetan hat.«

»Nathan ...« Ted rieb sich die Stirn.

»Geh zu ihm und rede mit ihm. Sag ihm, dass er verantwortlich ist. Sag ihm, was sein Sohn unserer Tochter angetan hat. Ted!« Lucille wurde lauter. »Sie soll nicht mit dieser grässlichen Belastung durchs Leben gehen müssen. Dieses Ding muss verschwinden. Weg damit!«

»Mein Gott –«

»Ted, du musst es für mich tun. Für uns!« Sie streckte den Arm nach ihm aus, aber er wich zurück. »Ich werde nicht zulassen, dass sie diese Schande ertragen muss: Diese Qual. Sie soll das nicht erfahren. Du bist ihr Vater, Ted. Tu etwas!«

Er drehte sich langsam um und sah sie mit tiefer Trauer an. Dann nickte er. »Nathan. Ja ... Er muss es erfahren ...« Mehr wusste er nicht zu sagen.

Den nackten Rücken an ihre Zimmertür gepresst,

starrte Mary mit aufgerissenen Augen in die Dunkelheit um sich herum. Sie hatte jedes Wort des Gesprächs im Schlafzimmer ihrer Eltern gehört. Wie gejagt stürzte sie zu ihrem Schreibtisch und riss eine Schublade auf, nahm ihr altes Tagebuch heraus und trug es ins Licht. Sie hatte schon seit Jahren nichts mehr hineingeschrieben, weil sie es eines Tages kindisch gefunden hatte.

Jetzt setzte sie sich an ihrem Schreibtisch nieder und blätterte durch die Seiten, auf denen sie fast zwei Jahre lang tägliche Begebenheiten, ihre Schwärmereien, Wünsche und Träume als Zwölf- und Dreizehnjährige aufgeschrieben hatte, bis zum Letzten beschriebenen Blatt.

Auf die leere Seite, die darauf folgte, schrieb sie: »Ich bin unberührt, und keiner glaubt mir. Am liebsten möchte ich sterben.«

6

»... immer noch steigt aus der Sixtinischen Kapelle schwarzer Rauch auf zum Zeichen, dass noch immer kein Nachfolger für Papst Johannes XXIII. gekürt worden ist. Ein Sprecher des Kardinalskollegiums sagte heute Morgen –«

Ted schaltete das Radio aus, als er das Haus Nathan Hollands vor sich auftauchen sah. Es stand auf einer Anhöhe unter Palmen und Sykomoren. Ted steuerte den Lincoln die steile Auffahrt hinauf und schaltete den Motor aus, noch ehe der Wagen ganz zum Stillstand gekommen war.

Nathan Hollands Haus war eines der schönsten im Viertel. Als leitender Angestellter einer großen Versicherungsgesellschaft konnte er sich das Personal leisten, das nötig war, um Haus und Garten das ganze Jahr über tadellos instand zu halten.

Ted war der Mann sympathisch. Näher gekommen waren sie sich erst, seit Mary sich im vergangenen Sommer mit Mike angefreundet hatte. Seither waren er und Lucille mehrmals bei Nat zum Abendessen eingeladen gewesen und im Dezember zu einer Weihnachtsparty. Es war bewundernswert, dachte Ted, wie Nat es schaffte, seine drei Söhne großzuziehen, das große Haus in Ordnung zu halten und dabei noch seiner anspruchsvollen Stellung bei der Versicherungsgesellschaft gerecht zu werden.

Geistesabwesend starrte Ted auf die sauber gestutzte Hecke, die das Grundstück umgrenzte. Lucille hatte heute Morgen nicht ein einziges Wort gesprochen. Stöhnend war sie beim Rasseln des Weckers aufgestanden, ins Bad gegangen und hatte erst einmal vier Aspirin geschluckt. Später hatte sie wortlos Kaffee gemacht und eine Platte mit Toast und Schinken hingestellt, die keiner anrührte. Sie hatte sehr schlecht ausgesehen, das Gesicht eingefallen und fahl, die Augen von dunklen Ringen umschattet. Auch als Ted ihr seine Absicht mitgeteilt hatte, Nathan Holland aufzusuchen, hatte sie mit keinem Wort reagiert.

Ted fühlte sich kaum besser als Lucille. Er hatte so starke Kopfschmerzen wie schon lange nicht mehr, sein ganzes Leben erschien ihm plötzlich sinnlos und verfehlt.

Er legte einen Moment den Kopf aufs Steuerrad und erinnerte sich mit einem scharfen Stich des Schuldbewusstseins an den vergangenen Abend. Lucille war schon eingeschlafen gewesen, als das Telefon geläutet hatte. Es war Amy gewesen, die wissen wollte, ob etwas passiert sei. Der Firmunterricht war schon seit einer halben Stunde aus, und Mama war immer noch nicht gekommen, um sie abzuholen.

Ted hob den Kopf vom Steuerrad und kniff die Augen zu. Amy, wir haben dich vollkommen vergessen ...

Der ganze Abend war so schrecklich und unwirklich gewesen wie ein böser Traum. Er wünschte, er hätte ihn einfach vergessen können. Aber er wusste auch, dass im Erinnern das Gefühl war, und das Gefühl gab ihm den Willen und die Kraft weiterzumachen. Er musste mit Nathan Holland sprechen. Das war der einzige logische nächste Schritt. Vielleicht würden sie gemeinsam eine Lösung finden.

Als sich die Haustür plötzlich öffnete, fuhr Ted zusammen. Er zog den Zündschlüssel ab und sprang aus dem Wagen.

»Hallo, Nat.« Er winkte kurz.

Nat lachte. »Ich dachte doch, ich hätte Sie vorfahren gehört. Kommen Sie rein.«

Ted hatte Nat gleich nach dem Aufstehen angerufen, um diesen Termin mit ihm zu vereinbaren. Als Nat vorgeschlagen hatte, er solle zu ihm ins Büro kommen, hatte Ted erklärt, er zöge es vor, mit ihm allein zu sein. Daraufhin hatten sie ausgemacht, dass sie sich um elf bei Nat treffen würden.

»Ich bin Ihnen dankbar, dass Sie sich die Zeit genommen haben«, sagte Ted nach der Begrüßung.

»Aber das ist doch selbstverständlich.« Nat schloss die Haustür und ging seinem Gast ins kühle Wohnzimmer voraus. »Ich war heute Morgen schon im Büro und nehme mir jetzt eine lange Mittagspause. Möchten Sie eine Tasse Kaffee?«

»Ja, gern. Sind die Jungen zu Hause?«

Nat, der schon auf dem Weg zur Küche war, drehte sich kurz um. »Mike und Matt sind in der Schule, aber heute ist früher Schluss, weil morgen der letzte Schultag ist. Ich denke, die beiden werden gegen Mittag heimkommen.«

»Ja...« Ted sah sich zerstreut im Wohnzimmer um. »Ich weiß...« Er ging zum Sofa und setzte sich. »Und wo ist Timothy?«, rief er.

»Der ist bei den Nachbarn, beim Schwimmen. Er hat ja schon seit einer Woche Ferien. Ich komme sofort, Ted, machen Sie es sich bequem.«

Der Rat war gut gemeint, aber Ted war so angespannt, dass er wie auf Kohlen saß. Lucilles Worte vom vergangenen Abend wollten ihm nicht aus dem Kopf. »Du bist ihr Vater. Tu etwas, damit sie dieses Ding loswird.«

Er hatte nicht die Absicht, einen solchen Weg einzuschlagen. Gestern Abend war es ihm, vom Scotch benebelt, beinahe wie eine Erlösung erschienen; schnell und heimlich das Leben im Keim ersticken, ehe es aufblühen konnte. Fort mit dem Schmutz, ehe andere auch nur ahnen können, dass er da ist. Aber im nüchternen Licht des Morgens hatte Ted bei der Vorstellung einer Abtreibung nur Abscheu empfunden, und er war überzeugt, dass auch Lucille die Ungeheuerlichkeit ihrer Worte bewusst geworden war.

Als Nat mit dem Tablett kam, auf dem Kaffee und Kuchen standen, riss Ted sich zusammen und sah ihm lächelnd entgegen.

»Es ist schön, Sie mal wieder zu sehen«, sagte Nat. »Wie geht es Lucille und den beiden Mädchen?«

»Oh – gut. Und Ihnen und den Jungen?«

»Könnte nicht besser sein.«

Ted trank einen Schluck von seinem Kaffee, dann umfasste er seine Tasse mit beiden Händen und sah den Mann an, der ihm gegenüber in einem tiefen Sessel Platz genommen hatte. Nathan Holland war ein großer, robuster Mann Anfang Fünfzig mit einer weißen Löwenmähne und einer tiefen Bassstimme, die einem Sänger oder Schauspieler hätte gehören können.

»Was macht das Versicherungsgeschäft, Nat?«

»Ich kann mich nicht beklagen. Und die Börse?«

Ted starrte stirnrunzelnd in den dampfenden Kaffee. So konnte das nicht weitergehen. Er setzte seine Tasse nieder und sah Nat direkt in die grauen Augen.

»Ich bin nicht aus geschäftlichen Gründen hergekommen, Nat. Es ist leider eine sehr ernste Sache.«

Nat nickte nur.

»Ich habe ein schlimmes Problem, Nat, und ich möchte Ihnen sagen, dass dieser Gang mir nicht leicht gefallen ist.«

Nat stellte seine Tasse auf den Tisch und sah sein Gegenüber ernst an.

»Was gibt's denn?«

Ted überlegte, wie er es formulieren sollte. Aber es gab nur eine Möglichkeit. »Meine Tochter ist schwanger.«

Nats Gesicht blieb völlig ausdruckslos. Es war, als hätte er nicht gehört. Dann sagte er: »Was?«

»Ich sagte, meine Tochter ist schwanger.«

»Welche?«

Ted zog die Brauen zusammen. Welche? »Mary. Mary ist schwanger.«

»Aber das ist doch –« Nat schlug sich mit beiden Händen auf die Knie und lehnte sich zurück. »Das kann ich nicht glauben.«

Ted starrte auf seine Hände hinunter. »Ich weiß. Ich kann es auch nicht glauben. Es ist ...« Er schüttelte den Kopf.

»Ted.« Nats Stimme war gedämpft. »Seit wann wissen Sie es?«

»Seit gestern Nachmittag.«

»Und es steht außer Zweifel? Ein anderer Arzt würde vielleicht –«

»Nein. Lucille war mit Mary bei zwei Ärzten. Sie stellten beide das Gleiche fest.«

Eine lange Zeit verging, ehe Nat endlich fragte: »Was sagt Mary denn dazu?«

Plötzliche Wut wallte in Ted auf; die Wut über die eigene Ohnmacht. Er sprang auf und ging mit langen Schritten zum offenen Kamin. Einen Ellbogen auf den Sims gestützt, starrte er in die dunkle Öffnung.

»Sie leugnet es«, sagte er leise. »Das macht es noch schlimmer, Nat. Mary behauptet steif und fest, sie könne gar nicht schwanger sein.«

Nat nickte ernst und teilnahmsvoll. »Ich könnte mir

denken, dass das meistens die erste Reaktion ist in so einem Fall. Das arme Kind, sie muss schreckliche Angst haben.«

Irgendwo im Haus tickte leise eine Uhr. Aus der Küche kam das Brummen des Kühlschranks. Im Garten zwitscherten ein paar Vögel. Endlich brach Nat das Schweigen.

»Ich weiß, warum Sie hergekommen sind, Ted«, sagte er leise. »Sie glauben, es war Mike.«

Er holte tief Atem. »Ja.«

»Okay. Reden wir darüber.«

Ted hob den Kopf und sah den Mann im Sessel an. Ihre Blicke trafen sich flüchtig, dann wandten sie beide die Gesichter ab.

»Nat, bitte glauben Sie mir eines«, sagte Ted. »Ich beschuldige ihn nicht. Mary hat nie etwas darüber gesagt. Sie bestreitet, schwanger zu sein. Wenn sie es tut, um jemanden zu schützen, dann möchte ich wissen, um wen es sich handelt. Ich möchte es ans Licht bringen, damit sie nicht länger zu lügen braucht. Und Mike – nun ja, es erschien uns am wahrscheinlichsten.«

Nat Holland hatte das Gefühl, als hätte sich soeben eine schwere Last auf seine Schultern gesenkt. Wie ein müder, alter Mann stand er auf. »Gut, Ted, wir werden mit Mike sprechen. Und dann?«

Ja, und dann? Ted hatte keine Ahnung. Was taten Väter in einer solchen Situation? Was tut man mit einer

Tochter, die noch nicht einmal die Schule abgeschlossen hat und ein Kind erwartet? Was sagt man ihr? Wie verhält man sich zu ihr? Was ist mit den Nachbarn? Mit der Kirchengemeinde? Wie soll es mit der Schule weitergehen? Wie versteckt man sie? Und was geschieht, wenn das Kind da ist?

Wieder hörte er die Worte, die Lucille am vergangenen Abend gesprochen hatte, Nein! Er ging vom Kamin weg und kehrte zur Couch zurück, schlug mit der Faust auf die Lehne.

»Ich weiß nicht, was ich tun soll, Nat. Ich weiß es einfach nicht.«

»Uns wird schon etwas einfallen, Ted. Beruhigen Sie sich. Wir kümmern uns um Mary.«

Ja, dachte Ted trostlos, aber wer kümmert sich um uns?

Als sie die Hintertür knallen hörten, drehten sie sich beide um und blickten wie gebannt in Richtung zur Küche. Schranktüren wurden geöffnet und wieder zugeschlagen, der Kühlschrank wurde aufgezogen und wieder geschlossen, ein Glas klirrte, eine Tüte knisterte. Dann erschien Mike an der Wohnzimmertür, in der einen Hand ein Glas Milch, in der anderen einen Teller mit Ingwerkeksen.

»Hallo!«, rief er erstaunt und blieb stehen. »So eine Überraschung. Hallo, Mr. McFarland. Wieso bist du um diese Zeit zu Hause, Dad?«

»Mike, wir möchten mit dir sprechen. Kannst du dich einen Moment zu uns setzen?«

»Aber klar.« Doch als er näher kam und ihre Gesichter sah, blieb er erneut stehen. »Was ist denn los?«, fragte er beinahe erschrocken. »Ist was passiert?«

»Setz dich, Mike.«

Er sah von seinem Vater zu Ted McFarland und wieder zurück zu seinem Vater. »Okay ...«

Als alle drei sich gesetzt hatten, Mike aufs Sofa neben Ted, räusperte sich Nat und sagte: »Mike, Mr. McFarland ist wegen einer sehr ernsten Sache hier. Und wir denken, dass sie dich betrifft.«

»Okay Dad.«

»Mary McFarland ist schwanger.«

Wieder das Schweigen der Ungläubigkeit. Mit großen Augen, die so grau waren wie die seines Vaters, starrte der siebzehnjährige Mike den Vater seiner Freundin an. Dann sagte er das Gleiche wie vorher Nat. »Was?«

»Mary McFarland ist schwanger.«

»Ach –« Er ballte die Hände zu Fäusten. »Hör auf, Dad. Das glaub ich nicht.«

»Es ist wahr.« Ted beobachtete aufmerksam das Gesicht des Jungen.

»Das gibt's doch nicht! O Mann!« Mike sprang auf und ging von den beiden Männern weg. »Mein Gott –«

»Mike«, sagte Nat, »bist du es gewesen?«

Mike wirbelte herum. »Was?«

»Sag die Wahrheit, Mike.«

Mike blickte in die bitter ernsten Gesichter der beiden Männer und bekam Angst. »He, Dad, hör mal –« Er breitete in hilfloser Gebärde beide Hände aus. »Ich kann's nicht gewesen sein. Ehrlich. Mary und ich haben nie –«

»Mike!« Nat stand auf und trat seinem Sohn zornig gegenüber. »Hast du Mary Ann geschwängert?«

»Wirklich, Dad, ich –« Er sah sich gehetzt im Zimmer um. »Nein! Es ist nicht möglich. Wir haben nie was miteinander gemacht.«

»Versuch nicht, mich für dumm zu verkaufen!« Nats Gesicht war hochrot. »Ich hab doch gehört, wie du am Telefon bei deinen Freunden mit deinen Eroberungen angegeben hast. Ich hab gehört, wie du Rick vom Mulholland Drive erzählt hast. Wofür hältst du mich eigentlich, Mike?«

Der Junge wich langsam vor seinem Vater zurück. Ein schrecklicher Gedanke keimte in Ted auf, ein Gedanke, auf den er bis jetzt nicht gekommen war.

Man hatte ihm seine Tochter verdorben.

Und Mike Holland hatte vor seinen Freunden noch damit angegeben, dass er es getan hatte.

»Mike«, sagte er mühsam beherrscht. »Mike, es ist nur natürlich, dass du es leugnest. Etwas anderes habe ich nicht erwartet. Aber um Gottes willen, Junge, Mary versucht, dich zu schützen und geht dabei selbst durch die Hölle.«

»Mr. McFarland, ich war es nicht!« Mikes Gesicht war angstverzerrt. »Ehrlich. Ich hab nie was mit Mary getan –«

»Wieso hast du dann vor deinen Freunden damit angegeben?«

»Sie hat mir überhaupt nicht erlaubt, sie anzufassen.«

Ted sprang vom Sofa hoch. Das Blut dröhnte ihm in den Ohren. »Kannst du nicht wenigstens ein Mann sein und dich dazu bekennen?«

Nat drehte sich um. »Versuchen wir, ruhig zu bleiben, Ted. Wir sind doch erwachsene Leute. Wir können die Situation im Griff behalten.«

Ted drückte sich die Fäuste auf die Augen. Im Geist sah er Mikes große, grobe Hände auf Marys zarter Haut; sah, wie er sich auf sie legte und in sie hineinstieß wie ein schwitzendes Vieh. Wut, Verwirrung und Eifersucht drohten Ted zu überwältigen.

»Jetzt mal mit der Ruhe«, sagte Nat vernünftig. »Wir müssen die Wahrheit herausbekommen. Mike, sag mir jetzt offen und ehrlich – hast du mit Mary geschlafen?«

»Nein, Vater.« Mike wich noch einen Schritt zurück. »Ehrlich, sie hat mir nie erlaubt –«

»Du hast vor deinen Freunden damit angegeben, Mike, und jetzt leugnest du es?«

»Mensch, Dad, ich musste denen doch irgendwas erzählen. Ich konnte doch nicht sagen, dass Mary mich nicht ranlässt –«

Mit einem Riesensprung stürzte sich Ted McFarland auf den Jungen. Während dieser zurücksprang, packte Nat Ted und umschlang ihn mit beiden Armen.

»Du Scheißkerl!«, brüllte Ted. »Du musstest den anderen was erzählen? Mary hat dich nicht *rangelassen?*«

»Ted!«, donnerte Nat, der immer noch Mühe hatte, Ted zu halten. »Beruhigen Sie sich! Kommen Sie, beruhigen Sie sich doch.«

Ted erschlaffte mit einem Schlag. Keuchend stand er da, den Blick voller Hass und Wut auf Mike gerichtet. Nat ließ ihn los und trat einen Schritt zurück.

»Wutausbrüche führen zu nichts«, sagte er ruhig.

Teds Atem wurde ruhiger.

»Okay«, sagte Nat. »Setzen wir uns wieder.«

»Gib endlich zu, was du meiner Tochter angetan hast«, zischte Ted zornfunkelnd. »Wenn du dir schon eingebildet hast, Manns genug zu sein, um mit ihr zu bumsen, dann sei jetzt auch Manns genug, um dich dazu zu bekennen.«

»Ehrlich, Mr. McFarland, ich –«

»Mike«, sagte Nat bestimmt, »setz dich jetzt erst einmal. Komm, Junge, setz dich, damit wir in Ruhe reden können.«

Den Blick misstrauisch auf Ted gerichtet, setzte sich Mike auf die Sofakante. Dann setzten sich auch die beiden Männer wieder.

Nats tiefe Stimme war ruhig und klar, als er zu sprechen begann. »Mary ist schwanger, Mike. Du bist seit fast einem Jahr ihr fester Freund und hast allen deinen Freunden erzählt, du hättest mit ihr geschlafen. Nein, unterbrich mich jetzt nicht, mein Junge. Ich sage nicht, dass ich dir nicht glaube, Mike, aber darum geht es hier nicht. Hier geht es um die Verantwortung. Du fandest, du wärst erwachsen genug, um dich damit zu brüsten, dass du mit Mary geschlafen hast; jetzt musst du dich erwachsen genug zeigen, die Konsequenzen zu tragen und die Verantwortung zu übernehmen.«

»Aber das Kind ist nicht von mir, Dad.«

»Ich habe dir schon einmal gesagt, dass es darum nicht geht, Mike. Du hättest deinen Freunden gegenüber nicht das große Mundwerk haben sollen. So wie die Dinge liegen, ist das Kind so gut wie deines.« Nat holte einmal tief Atem und ließ die Luft langsam wieder heraus. Dann sah er Ted an. »Alles in Ordnung? Möchten Sie etwas zu trinken?«

»Nein ...« Teds Stimme war heiser. »Nein, Nat, ist schon gut. Es tut mir Leid – ich weiß nicht, was plötzlich in mich gefahren ist.«

»Lassen Sie nur. Ich versteh es. Also, was wollen wir jetzt tun?«

Tun? Handeln? Eine Entscheidung treffen? »Ich weiß nicht, Nat. Ich hatte noch gar keine Zeit –«

»Haben Sie mit Pater Crispin gesprochen?«

»Noch nicht.«

Nat beugte sich vor und legte Ted die Hand auf den Arm. »Wir werden schon eine Lösung finden, Ted. wir müssen überlegen, was mit Mary und dem Kind geschehen soll. Ich weiß noch nicht – sie sind beide noch so jung für eine Ehe, aber wenn das –«

»Nein, keine Notheirat, Nat.«

»Vielleicht kann Pater Crispin helfen. Wir suchen ihn zusammen auf.«

Ted sah die Anteilnahme und die Besorgnis in den grauen Augen Nat Hollands und straffte seine Schultern. »Ich muss mir das alles noch einmal durch den Kopf gehen lassen, ehe ich mit Pater Crispin spreche. Lucille und ich müssen uns erst wieder fassen. Es ging alles so schnell.«

»Was sagt der Arzt?«

»Wozu?«

»Über das Kind, Ted. Wann ist es so weit?«

»Oh – ach so.« Wann waren sie in Dr. Wades Praxis gewesen, um Mary abzuholen? War das erst gestern Abend gewesen? »Er sagte, Januar.«

Keiner sprach mehr. Nach einer Weile stand Ted schwerfällig auf. Er sah auf Mike hinunter. Sein Zorn und seine Wut waren verraucht. Der Junge sah alt aus.

Nat brachte Ted zur Tür. »Es tut mir Leid, Ted. Wirklich. Ich fühle mich verantwortlich. Und Mike –« seine Stimme zitterte ein wenig – »ich weiß noch nicht, was ich da tun werde. Aber wir werden eine Lösung finden, Ted. Verlassen Sie sich darauf. Rufen Sie mich an. Halten Sie mich auf dem Laufenden.«

Ted war nicht fähig, dem anderen ins Gesicht zu blicken. »Ich berichte Ihnen, was Pater Crispin meint«, sagte er leise.

Jonas Wade nahm seine Brille ab und legte sie auf den Tisch. Mit Daumen und Zeigefinger rieb er sich den Nasenrücken, um die durch das lange Tragen der Brille entstandenen Einkerbungen wegzumassieren. Dann sah er nachdenklich auf die Zeitschriften hinunter, die vor ihm ausgebreitet lagen.

Er hatte ihn gefunden, den Bericht, den er vor einigen Jahren gelesen und an dessen Inhalt er sich nur noch bruchstückhaft erinnert hatte. Aber er hatte noch mehr gefunden; ein Artikel hatte zum nächsten geführt, immer neue Zeitschriften hatte er sich geholt, und jetzt saß er im stillen Lesesaal der Bibliothek allein vor einem Tisch, auf dem ein ganzes Dutzend aufgeschlagener Hefte verstreut lagen.

Und was hatten sie ihm schließlich nach zwei Stunden konzentrierter Lektüre sagen können?

Erst hatte er den Truthühnern nachgespürt. Der Artikel im *Scientific American* vom Februar 1961 enthielt im Wesentlichen das, was Bernie ihm bereits gesagt hatte. Danach: *Science Newsletter,* November 1957. Hier wurde berichtet, dass die Anzahl der Fälle von Parthenogenese bei solchen Truthennen und Hennen gestiegen war, die mit einem neuen Serum gegen Geflügelpocken geimpft worden waren. Man hatte beobachtet, dass mit dem Serum geimpfte Vögel aus unbefruchteten Eiern gesunde und normale Junge ausgebrütet hatten. Den Auslöser für diese Entwicklung hatte man jedoch nicht bestimmen können. Man war sich nicht darüber einig, ob der Impfstoff selbst oder ein unbekannter, in dem Serum enthaltener Stoff der Aktivator war.

Jonas hatte also Bernies parthenogenetische Truthennen gefunden und ebenso die Antwort auf die Frage, die Bernie ihm nicht hatte beantworten können: Nein, die Wissenschaft wusste nicht, was die Ursache für das Wachstum der unbefruchteten Eizelle war.

Nach einigem Suchen hatte Jonas auch den Bericht entdeckt, um dessentwillen er ursprünglich hierher gekommen war.

Im Jahr 1955 hatte in England eine dreißigjährige Frau behauptet, ihre Tochter jungfräulich gezeugt zu haben; die Empfängnis, erklärte sie, hätte während eines Bombenangriffs im Krieg stattgefunden. Dr. Stanlex Balfour-Lynn vom Queen Charlotte Maternity

Hospital und Dr. Helen Spurway, Dozentin für Eugenik am University College in London, hatten den Fall aufgegriffen und durch ihre Untersuchungen Genetiker und Embryologen auf der ganzen Welt aufmerksam gemacht.

Die Behauptung der Frau konnte nur durch Blut- und Serumuntersuchungen an der Tochter sowie durch eine langzeitliche Hautverpflanzung bestätigt oder widerlegt werden. Hautverpflanzungen von einem Menschen auf einen anderen waren einzig bei eineiigen Zwillingen möglich; in allen anderen Fällen wurde die fremde Haut abgestoßen, auch wenn es sich um Mutter und Kind handelte, da die Zellen des Kindes immer auch Antigene des Vaters enthielten.

Die Chromosomenuntersuchungen erwiesen, dass die genetische Struktur bei Mutter und Tochter identisch war. Jedoch die Hautverpflanzung gelang nicht. Dies allerdings sei kein schlüssiger Gegenbeweis, erklärten die Befürworter der Parthenogenese; das Misslingen der Verpflanzung könne alle möglichen Komplikationen zur Ursache haben und sei nicht eindeutig auf das Vorhandensein männlicher Antigene zurückzuführen.

Jonas nahm sich noch einmal den *Lancet* vom 5. November 1955 vor. Diese hoch angesehene englische Fachzeitschrift hatte sich in einem eingehenden Bericht mit der Kontroverse befasst, und der Autor hatte widerstrebend zugeben müssen, dass »wir unsere Überzeugung, spontane Parthenogenese bei Säugetieren sei ein Ding der Unmöglichkeit, vielleicht doch noch einmal überdenken müssen«. Der in Jonas' Augen entscheidende Satz lautete: »Es ist möglich, dass manche der ledigen Mütter, deren Starrsinn in alten Büchern angeprangert wird ... die Wahrheit gesprochen haben.«

Selbst beim *Lancet*, wo man Dr. Spurways Behauptungen anfänglich verlacht hatte, hatte man schließlich eingestehen müssen, dass es möglich sein konnte ...

Jonas legte die Zeitschrift aus der Hand und rieb sich die Augen. Die ganze Sache war äußerst unbefriedigend; einerseits hatte er mehr gefunden, als er erwartet hatte, andererseits jedoch weit weniger, als er sich erhofft hatte. Nach einigen Monaten lebhafter Kontroverse und weitreichender Publicity – *Time, Newsweek* und sogar der *Manchester Guardian* hatten über den Fall berichtet – hatte der Aufruhr sich gelegt, und bald krähte kein Hahn mehr danach.

Bewiesen ist gar nichts, hatte die schwerfällige wissenschaftliche Gemeinde erklärt; es gibt ja nichts als *negative* Beweise – die Zellen des Kindes enthalten dies *nicht* oder jenes; aber um eine Theorie zu erhärten, bedarf es positiver Beweise. Doch woher sollte man die nehmen?

Acht Jahre waren seitdem vergangen. Wissenschaft und Forschung hatten in der Zwischenzeit Riesenschritte gemacht. Es musste doch irgendwo irgendjemanden geben …

»Faszinierend«, sagte Bernie ohne große Überzeugung.

Sie saßen in einem Straßencafé in Westwood Village bei einem Bier. Jonas hatte Bernie eine Stunde zuvor angerufen und ihn gebeten, sich dort mit ihm zu treffen.

»Das ist alles, was du dazu zu sagen hast? Faszinierend?«

»Was willst du denn hören, Jonas?«

Jonas schüttelte den Kopf. Er hatte Bernie die Kopien der Artikel gezeigt, ihm seine Vorstellungen erläutert. »Es ist zum Verrücktwerden, Bernie. Je mehr ich lese, desto weniger weiß ich.«

»Das ist natürlich ziemlich deprimierend, aber wenn du mich für den Experten hältst, der dir deine Fragen zu dieser Sache beantworten kann, muss ich dich enttäuschen. »Er wischte sich den Bierschaum von den Lippen.« Aber lassen wir mal den Spurway-Fall beiseite, denn da konnte ja in den Augen der hohen Wissenschaft nichts bewiesen werden. Hast du denn sonst noch irgendetwas über Parthenogenese bei Säugetieren gefunden?«

»Nichts. Es drehte sich immer nur um Elritzen, Seeigel, Eidechsen und Vögel. Bei Geiern findet die Fortpflanzung in der Natur manchmal durch Parthenogenese statt. Darüber weiß ich jetzt eine ganze Menge. Aber über die höheren Tiere habe ich nichts gefunden.«

»Hm.« Bernie runzelte die Stirn und hüllte sich in Schweigen.

»Ich brauche deine Hilfe, Bernie.«

»Wozu? Bist du so sicher, dass das Mädchen die Wahrheit sagt? Schau mal, Jonas, die entscheidende Frage ist doch, ob Parthenogenese bei Säugetieren überhaupt möglich ist. Habe ich Recht? Man kann von Truthühnern nicht einfach auf Menschen schließen. Aber –« er hob belehrend seinen dicken Zeigefinger – »von, sagen wir, Mäusen sehr wohl. O ja, ganz entschieden. Und ich glaube, ich weiß, wo du da was finden kannst.«

Bernie wischte sich die Hand an einer Papierserviette ab und zog ein in Leder gebundenes Notizbuch aus der Innentasche seines Tweedjacketts. Er klappte es ganz hinten auf und schrieb etwas hinein. Dann riss er die Seite heraus und reichte sie Jonas.

»Mit dieser Dame solltest du dich mal unterhalten. Sie ist hier an der Universität.«

Jonas las den Namen. »Henderson, Embryologin. Ist sie gut?«

»Eine Kapazität. Du kannst sie praktisch zu jeder Zeit in ihrem Labor erreichen. Dritter Stock. Du brauchst vorher nicht anzurufen. Sie hat gern Besuch und sie redet gern. Und wenn *sie* dir sagt, dass Parthenogenese bei

Säugetieren nicht möglich ist, mein Freund, dann kannst du dich drauf verlassen, dass es stimmt, und kannst deine hirnverbrannte Idee endgültig ad acta legen.«

Es war ein glühend heißer Tag. Mary lag auf ihrem Bett und starrte zur Lampe in der Mitte der Zimmerdecke hinauf. Sie wünschte, sie hätte ein anderes Zimmer; ihres ging nach Süden. Nicht einmal die Klimaanlage, die das ganze Haus kühlte, brachte da viel Abhilfe.

Sie war heute Morgen nicht zur Schule gegangen. Nach einer fast schlaflosen Nacht, in der sie stundenlang geweint hatte, war sie am Morgen mit rasenden Kopfschmerzen und starker Übelkeit erwacht. Obwohl sie seit dem vergangenen Mittag nichts gegessen hatte, hatten die Gerüche von gebratenem Schinken und Kaffee, die aus der Küche kamen, das Gefühl der Übelkeit nur verstärkt, und sie war gar nicht erst hinausgegangen. Sie hatte ihr Zimmer abgesperrt und war den ganzen Tag für sich geblieben. Dass ihre Mutter nach dem gestrigen Tag zum Alltag zurückkehren konnte, als wäre nichts gewesen, war ihr unbegreiflich.

Niemand war an ihre Tür gekommen. Niemand hatte sich die Mühe gemacht, nach ihr zu sehen. Sie hatte gehört, wie ihr Vater gegen elf weggefahren war, und hatte mittags Amy mit ihrem Schwimmzeug unter dem Arm davongehen sehen. Sie hatte gehört, wie ihre Mutter durch das ganze Haus gegangen war und alle

Fenster geschlossen hatte, um dann die Klimaanlage einzuschalten. Danach war sie ins Schlafzimmer gegangen und hatte die Tür zugemacht.

Jetzt wurde es bereits dämmrig, und Mary lag immer noch in ihrem Zimmer. Auch ihre Mutter hatte sich nicht aus dem Schlafzimmer gerührt. Amy war bis jetzt nicht heimgekommen, und ihr Vater auch nicht.

Sie wartete mit Ungeduld und Furcht auf seine Heimkehr, um endlich zu erfahren, was er nun zu tun gedachte. Gestern Abend hatte ihre Mutter ihm gesagt, er solle jemanden suchen, damit sie »das Ding loswerden« könnten.

Das Telefon läutete.

Sie lauschte. Nichts rührte sich im Haus. Beim dritten Läuten sprang Mary vom Bett und rannte hinaus. Sie lief zu dem Apparat in der Küche, weil der von den Schlafzimmern am weitesten entfernt war, und hob ab.

»Hallo?«, meldete sie sich außer Atem.

»Mare?« Es war Germaine. »Wie geht's dir?«

Mary lehnte sich an die kühle Wand. »Hallo, Germaine.«

»Warum warst du heute nicht in der Schule? Alle haben nach dir gefragt.«

»Mir war wieder nicht gut.«

»Hat der Arzt denn nicht festgestellt, was dir fehlt?«

Mary seufzte. Seit jenem ersten Besuch bei Dr. Wade schien eine unendlich lange Zeit verstrichen zu sein.

Germaine wusste von diesem Besuch, aber nicht von dem Befund und auch nicht von dem zweiten Besuch bei Dr. Evans.

»Nein. Es scheint was ganz Mysteriöses zu sein.«

»Hey, wir haben heute unsere Zeugnisse bekommen. Stell dir vor, in Französisch hab ich ein B. Ist das nicht toll? Die fand meinen Aufsatz über den Existenzialismus tatsächlich gut. Mare? Hörst du mich überhaupt?«

»Ja.«

»Kommst du morgen wieder?«

»Ich weiß noch nicht.«

»Es ist der letzte Tag, Mare, du weißt doch, da geht's immer hoch her.« Einen Moment trat Schweigen ein. »Okay, dann mach ich jetzt mal Schluss. Ich warte morgen an der Fahnenstange auf dich wie immer, ja?«

»Ja.«

»Und wenn du was brauchst, dann ruf mich an, okay?«

»Ja. Danke.«

Den Hörer in der Hand behaltend, obwohl Germaine aufgelegt hatte, stand Mary da und sah sich wie eine Fremde in der Küche um. Mehrere Schubladen standen offen, auf der Anrichte waren Kaffeeflecken, die Butter auf dem Tisch war halb geschmolzen. Sie drückte auf die Gabel des Telefonapparats, wartete, bis das Freizeichen kam, und wählte dann beinahe mechanisch Mikes Nummer.

Timothy meldete sich. »Hier ist das Weiße Haus. Sie wünschen bitte?«

»Hallo, Timmy, ich bin's, Mary. Ist Mike da?«

»Ja, warte, ich hol ihn.«

Sie hörte den Jungen laut nach Mike rufen, hörte eine gedämpfte Antwort, dann wieder Timothys Stimme, »Es ist Mary«. Sie rutschte an der Wand hinunter, bis sie auf dem Boden hockte, und wartete darauf, dass Mike sich melden würde.

»Hallo«, sagte er endlich.

»Mike?« Mary umklammerte den Hörer so fest, dass ihre Finger weiß wurden. »Mike, kannst du gleich mal rüberkommen?«

Seine Stimme kam von weit her. »Mary – ich wollte dich gerade anrufen.«

In seinem Ton war eine Schwingung, die sie beunruhigte. »Mike«, flüsterte sie, »war mein Vater heute bei euch?«

Eine Pause. Dann sagte er: »Ja.«

Sie schluckte. »Dann – weißt du es?«

»Ja.«

Sie schloss die Augen. »Ich muss unbedingt mit dir reden.«

»Ja, Mary, ich will auch mit dir reden. Mary...« Seine Stimme klang gepresst und undeutlich, wie durch Watte. »Mein Gott, Mary, ich war total geschockt. Echt, ich hab den ganzen Tag an nichts anderes denken können. Ich meine, es ist so, so unfassbar, verstehst du? Mary, eins muss ich wissen.«

»Was denn?«

»Mit wem hast du's getan?«

Sie riss die Augen auf. Ihr Blick flog durch die Küche; die Unordnung, die ihre Mutter hinterlassen hatte – so untypisch für sie.

»Mike«, sagte sie angespannt, die Knie bis zur Brust hochgezogen. »Mike, ich hab nichts getan. Ich schwör's dir, ich hab nichts getan. Mit niemandem. Was die Ärzte sagen, ist nicht wahr. Sie irren sich. Aber ich hab solche Angst, und meine Eltern glauben mir nicht. Ich hab keinen Menschen.« Mary schossen die Tränen in die Augen. Sie sah die Küche nur noch wie durch einen Schleier. »Mike, du musst herkommen, ich brauch dich.«

»Ich kann nicht, Mary. Jetzt nicht –«

»Dann komm ich zu dir. Oder wir treffen uns irgendwo. Ich muss dir das alles erklären. Wir müssen drüber reden. Ich werd damit allein nicht fertig. Ich weiß nicht, was los ist.«

Mary lauschte auf die Stille und missverstand sie. »Ach, Mike«, flüsterte sie, »bitte tu mir das nicht an ...«

Schluchzend sagte er: »Es tut mir so Leid, Mary – so verdammt Leid. Ich – ich liebe dich. Ich liebe dich so sehr. Mary!«, rief er. »Es ist mir gleich, ehrlich. Ich steh zu dir, ich schwör's dir. Du kannst dich auf mich verlassen. Ich heirate dich auch, aber ich muss es wissen. Ich muss es wissen, Mary.« Er hatte Mühe, die Worte herauszubringen. »Warum ein anderer? Warum nicht ich?«

»Mike, bitte! Du verstehst mich nicht. Und ich weiß nicht, wie ich es dir verständlich machen soll.«

»Mary wenn du mich liebst –« er kämpfte um seine Beherrschung, »wenn du mich liebst, dann sei ehrlich mit mir. Wir müssen aufrichtig zueinander sein, das waren wir doch immer. Keine Geheimnisse, Mary, darum geht's doch, wenn man sich liebt. Wir stehen das gemeinsam durch, ich versprech es dir, aber lass mich nicht außen vor, lüg mich nicht an.«

»Ich lüge nicht –«

»Deinem Vater kannst du erzählen, was du willst, aber mir musst du vertrauen, Mary. Weißt du eigentlich, wie weh mir das tut? Es tut gemein weh, dich zu lieben und zu wissen, dass du es mit einem anderen getan hast und mir nicht mal so viel Vertrauen entgegenbringst, dass du mir die Wahrheit sagst –«

»Aber ich hab doch gar nicht –«

»Das ist wirklich das Schlimmste! Dass du mir nicht die Wahrheit sagst. Vertrau mir doch, Herrgott noch mal!«

Wieder schloss Mary die Augen und leckte sich die Tränen von den Lippen. Einen Moment lang war die Versuchung groß – ihm irgendetwas zu erzählen, eine Geschichte zu erfinden, einen anderen Jungen, einen

Freund von Germaine vielleicht, einen Freund ihres Freundes Rudy. Wir haben was getrunken, und eigentlich wollte ich gar nicht, und es war auch gar nicht schön, aber nun hab ich's mal getan, und es tut mir Leid, du hast keine Ahnung, wie sehr ich es bereue, Mike. Dann würde Mike herüberkommen und sie in die Arme nehmen und trösten...

»Mike.« Ihre Stimme war ernst und ruhig. »Ich sage dir die Wahrheit. Ich habe nichts getan. Mit niemandem. Sag, dass du mir glaubst.«

Seine Stimme war verzerrt. »Ich kann nicht mehr reden. Ich kann jetzt nicht mehr, Mary. Ich muss nachdenken. Ich muss mir überlegen, was ich tun soll. Alle – mein Vater und meine Brüder – glauben, das Kind wäre von mir. Ich muss nachdenken, Mary.«

Marys Mund formte die Worte: Ich bekomme kein Kind. Aber ihre Stimme versagte.

Mike sprach stockend weiter. »Ich kann jetzt nicht mit dir sprechen, Mary. Ich muss mir selbst erst klar werden, was ich tun soll. Ich muss erst mal mit mir selber zurechtkommen, verstehst du? Wir müssen zusammenhalten, Mary, aber du willst nicht, du hast kein Vertrauen zu mir, und ich – ich –«

Ihre Stimme war tonlos. »Du hast mir überhaupt nicht zugehört.« Ohne ein weiteres Wort legte sie auf.

Minutenlang blieb sie wie betäubt auf dem Boden hocken, ohne sich zu rühren, ohne einen Laut. Das Telefon läutete zwölfmal, aber sie hob nicht ab. Dann schlug sie die Hände vor ihr Gesicht und begann zu weinen. »Daddy«, schluchzte sie immer wieder. »Daddy ...«

Ted war überrascht, das Haus dunkel vorzufinden, als er nach Hause kam. Er blieb einen Moment lang verwundert stehen und blinzelte in die Dunkelheit, dann knipste er in der Diele das Licht an und ging müde ins Wohnzimmer.

Jetzt brauchte er erst einmal einen Whisky. Dann würde er nachsehen, wo der Rest der Familie war, und danach würde er vielleicht darüber nachdenken, wie es weitergehen sollte.

Als er noch dabei war, sich einzuschenken, hörte er plötzlich lautes Krachen und das Splittern von Glas. Er stellte Flasche und Glas nieder und stürzte hinaus. Der Flur war leer, aber unter der Tür zum Badezimmer der Mädchen schimmerte Licht. Ted rannte hin und legte das Ohr an die Tür. Nichts.

»Mary?«, rief er. Alles blieb still. »Amy?« Noch immer rührte sich nichts.

Er versuchte den Türknopf zu drehen. Die Tür war abgeschlossen.

»Wer ist da drin? Antwortet! Mary? Amy?«

Er schlug mit beiden Fäusten an die Tür.

Die Tür des Schlafzimmers öffnete sich. Lucille kam schlaftrunken heraus. »Was ist das für ein Krach –«

»Mary!« Ted schlug fester an die Tür. »Mary! Mach auf!«

Lucille kam zu ihm. »Was ist denn los?«

Ohne sie zu beachten, ging er ein paar Schritte zurück, hob das rechte Bein und trat mit dem Fuß kräftig gegen die Tür. Ein schwarzer Abdruck blieb auf dem Weiß des Holzes zurück. Er trat noch einmal.

»Ted!«, schrie Lucille.

Beim sechsten Tritt sprang die Tür auf. Ted stürzte ins Bad. Mary lag in einer Blutlache auf dem Boden. Im Waschbecken fanden sie eine Rasierklinge.

7

Am schlimmsten fand sie den Ausdruck auf dem Gesicht ihres Vaters. Ihre Mutter war wenigstens so rücksichtsvoll gewesen, zum Fenster zu gehen und zur Straße hinauszuschauen; aber Ted musste am Bett sitzen und sie unablässig ansehen. Er erinnerte sie an einen Cockerspaniel.

Marys Arme lagen auf der Bettdecke. Beide Handgelenke und Hände waren verbunden; die Klinge hatte an ihren Fingern ebenso viel Schaden angerichtet wie an den Handgelenken.

Sie war am Abend zuvor auf der Unfallstation zu sich

gekommen. Dr. Wade verband gerade ihr Handgelenk, als sie, vom grellen Licht geblendet, den Kopf auf die Seite drehte, seine vertraute Stimme hörte. »Es ist alles gut, Mary«, sagte er ruhig. »Du hast nicht viel Blut verloren. Du bist durch die psychische Belastung ohnmächtig geworden, nicht vom Blutverlust.«

Sie drehte den Kopf wieder zurück, um ihn ansehen zu können. Er lächelte beruhigend. Sie schloss die Augen und schlief wieder ein.

In der Nacht war sie erneut aufgewacht, allein in einem Privatzimmer, einen Plastikschlauch im Arm, der zu einer über ihr hängenden Flasche hinaufreichte. Sie hatte lange wach gelegen und sich zu erinnern versucht. Aber schließlich war sie doch wieder eingeschlafen.

Als sie am Morgen erwachte, war der Schlauch in ihrem Arm nicht mehr da. Eine freundliche Schwester war hereingekommen, hatte eine Schale mit warmem Wasser vor sie hingestellt und ihr behutsam das Gesicht gewaschen, ihre Zähne geputzt und dann ihr Haar gekämmt. Mary hatte das alles schweigend über sich ergehen lassen.

Später war dieselbe Schwester mit dem Frühstück gekommen und hatte Mary geduldig gefüttert.

Und dann waren endlich ihre Eltern gekommen. In den Augen ihres Vaters sah sie so viel Verwirrung und Schmerz, dass sie es kaum über sich brachte, ihn anzusehen.

»Wir haben Amy gesagt, du hättest Blinddarmentzündung«, sagte er mit einem kummervollen Blick auf ihre verbundenen Hände. »Deine Mutter hat in der Schule angerufen und das Gleiche gesagt. Sie schicken dir dein Zeugnis per Post.«

Sie hielt den Blick auf die in der Zimmerdecke verankerte Metallstange gerichtet, an der ein Vorhang herabhing, den man um das ganze Bett herumziehen konnte. Sie wünschte, sie könnte das jetzt tun. Sich von ihren Eltern abschirmen.

»Mary –«

»Ja, Daddy?«

»Mary, kannst du mich nicht ansehen?«

Sie zögerte einen Moment, dann drehte sie den Kopf und sah ihm ins Gesicht.

»Es tut mir so Leid, Kätzchen«, sagte er.

»Mir auch, Daddy.«

»Mary.« Ted war sichtlich verlegen. »Mary, ich –«

Sie sah ihn ruhig an. »Daddy, ich weiß nicht, warum ich es getan habe. Ich – ich hab's einfach getan.«

»Du hast uns schreckliche Angst gemacht.« Er hätte so gern ihre Hand gehalten. »Mary – Kind, warum bist du nicht zu uns gekommen? Wir sind doch deine Eltern. Du kannst immer zu uns kommen.«

Ihre Augen waren stumpf und leblos.

»Ich danke Gott«, flüsterte er, »dass ich rechtzeitig nach Hause gekommen bin.«

Sie drehte den Kopf zur Seite. In die Stille des Zimmers drangen die alltäglichen Geräusche des Krankenhauses. Eilige Schritte im Korridor, das Klappern eines Wagens, der vorbeigeschoben wurde; die Stimme des Lautsprechers, über den einer der Ärzte ausgerufen wurde.

Dann klopfte es. Mary stockte das Herz. Wenn es Mike ist, werde ich – Germaine schaute zur Tür herein. »Mare?«

Ted sprang auf. »Dr. Wade hat jeden Besuch verboten.«

»Ja, ich weiß, Mr. McFarland.« Germaine kam ins Zimmer und schloss die Tür hinter sich. »Ich hab gesagt, ich wäre Marys Schwester. Mare? Ist es dir lieber, wenn ich wieder gehe?«

»Mary ist wirklich nicht in der Verfassung –«

»Ach, Daddy, lass doch. Ich bin froh, dass Germaine gekommen ist.«

Germaine kam ans Bett, sah mit einem Blick die bandagierten Hände. Sie legte ihre Tasche auf einen Stuhl und setzte sich zu Mary aufs Bett.

»Du warst heute Morgen nicht an der Fahnenstange.«

Mary lächelte schwach. »Ich hatte was anderes zu tun.«

»Ja, das seh ich. Ich hab bei euch zu Hause angerufen, und Amy sagte, du hättest Blinddarmentzündung, und dein Vater hätte dich ins Encino-Krankenhaus gefahren.« Germaine lächelte. »Ich sehe, man hat dir den Blinddarm rausgenommen.«

Mary hob die Arme. »Beide.«

»Ach, Mensch, Mare ...«

Ted ging ein paar Schritte vom Bett weg und sah ungläubig, wie seine Tochter in Gegenwart der Freundin lebendig wurde.

»Hast du's kurz nach meinem Anruf getan, Mare?«

»So ungefähr, ja.«

»Ach, Mann, warum hast du nichts gesagt? Ich hab gleich gefunden, dass du komisch klingst. Warum hast du nicht mit mir geredet, Mare? Ich bin doch deine beste Freundin.«

»Ich konnte nicht. Es ist alles so schwierig. Ich meine, *warum* ich es getan habe. Du weißt ja nicht, was –« Sie begann zu weinen.

Impulsiv neigte sich Germaine zu ihr hinunter und drückte ihre Wange an Marys. Ted wäre am liebsten dazwischengefahren, aber er hielt sich zurück. Bekümmert sah er zu, wie Mary, die ihm gegenüber so verschlossen geblieben war, der Freundin die Arme um den Hals legte. Er hörte sie leise miteinander sprechen, wobei Germaine zart Marys Stirn streichelte und ihre Wange küsste.

Nach einer Weile richtete sich Germaine auf, warf das lange Haar zurück und wischte sich die Tränen vom Gesicht. »Du hättest es mir doch sagen können, Mare.

Du weißt, dass du mit mir über alles reden kannst. Ich hätte dir das schon ausgeredet. Nichts ist so schlimm, dass man deswegen gleich Schluss machen muss.«

»Ich weiß ja ... Ich versteh selbst nicht, warum ich dir nichts gesagt habe. Ich glaube, ich hatte einfach das Gefühl, dass die ganze Welt gegen mich war.«

Ted schluckte seinen Schmerz hinunter.

»Sie glauben mir alle nicht«, fuhr Mary fort. »Da dachte ich wohl, du würdest mir auch nicht glauben. Ich meine, was bedeutet schon mein Wort gegen das von zwei Ärzten.«

Germaine schwieg einen Moment nachdenklich. Dann sagte sie: »Ich kann nicht behaupten, dass ich das Ganze verstehe, Mare, aber wer bin ich schon, dass ich sagen kann, was wahr ist und was nicht? Wenn du das glaubst, was du sagst, dann gilt es eben. Dann muss ich es auch glauben.«

Mary lächelte dankbar und berührte mit der verbundenen Hand Germaines Wange. Ehe sie etwas sagen konnte, klopfte es wieder an der Tür.

»Herrgott noch mal«, brummte Ted und ging hin, um aufzumachen. Als er Pater Crispin sah, trat er sofort zur Seite und hielt die Tür auf.

»Guten Morgen, Mr. McFarland.«

»Guten Morgen, Pater.«

Die Tür fiel langsam zu, während Pater Crispin gefolgt von Ted zum Bett trat. »Guten Morgen, Mary.«

Sie schien sich in die Kissen zurückzuziehen. »Guten Morgen, Pater.«

»Danke, dass Sie gekommen sind«, murmelte Ted. Er blickte zu Lucille hinüber. Sie schien die Ankunft des Priesters gar nicht wahrgenommen zu haben.

Pater Lionel Crispin zog sich einen Stuhl heran und setzte sich, ein stattlicher, fünfzigjähriger Mann mit grauem Haar, das sich am Scheitel lichtete, sodass es aussah, als trüge er die Tonsur des Mönchs. Mit strengem Blick sah er zu Mary hinunter.

»Wie geht es dir heute Morgen, Mary?«

»Ach, ganz gut, Pater.«

Er sah zu Germaine hinüber und schürzte leicht die Lippen. »Dein Vater hat mir alles erzählt, Mary. Ich kann nur sagen, ich wollte, du wärst gleich zu mir gekommen. Ich kenne dich seit deiner frühesten Kindheit, Mary. Ich habe dich getauft. Du weißt, dass du mir vertrauen kannst. Wenn du in Not bist, kannst du immer zu mir kommen.«

»Ja, Pater.«

Er beugte sich ein wenig vor und tätschelte leicht ihre verbundene Hand. »Denk daran, Kind, du bist nicht allein. Gott, unser Herr, steht zu dir, wenn du ihn nur darum bittest. Für Sünden kann man Buße tun. Das Leben kann einen neuen Anfang nehmen. Verstehst du, was ich sage, Mary?«

»Ja, Pater.«

Pater Crispin sah das Mädchen mit einem beruhigenden Lächeln an, aber in Wahrheit konnte er nicht begreifen, was hier geschehen war, und war tief beunruhigt. Mary Ann McFarland war in der Grundschule von St. Sebastian eine seiner besten Schülerinnen gewesen. Die Nonnen liebten sie. Sie war die aufgeweckteste und tatkräftigste unter den Mädchen, die zu seiner Jugendgruppe gehörten. Und die Sünden, die sie regelmäßig jeden Samstag beichtete, waren Kleinigkeiten im Vergleich zu dem, was er von den meisten anderen jungen Leuten zu hören bekam.

Aus drei Gründen war er beunruhigt: Sie hatte die Sünde des Geschlechtsverkehrs nicht gebeichtet; sie hatte einen Selbstmordversuch gemacht; und als Schwangere hatte sie damit zugleich einen Mordversuch begangen.

»Ich habe dir etwas mitgebracht.« Er griff in seine Tasche und zog einen langen schwarzen Rosenkranz heraus. Das silberne Kruzifix blitzte im Sonnenlicht, das durch die Fenster strömte. Er hielt den Rosenkranz vor ihr hoch und legte ihn ihr dann um die rechte Hand. »Von seiner Heiligkeit persönlich gesegnet.«

»Danke, Pater.«

»Möchtest du heute Abend die Heilige Kommunion nehmen?«

»Nein – Pater.«

Natürlich nicht, dachte er tief besorgt. Dann müsstest du ja vorher beichten und du bist noch nicht bereit, dich mir anzuvertrauen.

Mit hochgezogenen Augenbrauen sah er zu Ted auf. Zwischen den beiden Männern fand ein wortloser Austausch statt, dann wandte sich der Geistliche wieder Mary zu. Er öffnete den Mund, um etwas zu sagen, doch er kam nicht dazu. Nach einem kurzen Klopfen wurde die Tür geöffnet, und Dr. Wade trat ins Zimmer.

»Guten Morgen«, sagte er, sich im Zimmer umsehend.

Marys Gesicht hellte sich auf, und sie versuchte erfolglos, sich etwas weiter aufzusetzen.

Als Pater Crispin aufstand, sagte Ted: »Dr. Wade, das ist Pater Crispin, unser Geistlicher.«

Die beiden Männer gaben sich die Hand. Dann ging Jonas Wade um das Bett herum und beugte sich lächelnd über Mary.

»Und wie geht es meiner hübschesten Patientin heute?«

»Ganz gut.«

»Na, das wollen wir uns mal ansehen.«

Er drehte sich um und nickte den beiden Männern zu. Augenblicklich ging Ted zu Lucille und berührte leicht ihren Ellbogen. Wie im Traum drehte sie sich um und ließ sich von ihm aus dem Zimmer führen.

Germaine rutschte vom Bett und nahm ihre Tasche.

»Ich muss los, Mare. Aber ich komm heute Nachmittag noch mal.«

Jonas schloss die Tür hinter ihnen allen, dann kam er wieder ans Bett.

Mary sah lächelnd zu ihm auf. Er war nicht das, was man einen gut aussehenden Mann nennen würde, aber sein Gesicht, seine ganze Art hatte etwas, das Mary ansprach.

»Tja, Mary, so trifft man sich wieder.« Er setzte sich auf den Stuhl, den Pater Crispin zurückgelassen hatte, und beugte sich vor. »Wie behandeln sie dich denn hier?«

»Gut.«

»Und wie geht es deinen Händen?« Er legte den Rosenkranz weg und nahm ihr linkes Handgelenk, drehte es um und begutachtete den Verband. Dann tat er das Gleiche mit der rechten Hand. »Du warst wohl ziemlich außer dir, Mary, als du das tatest, nicht? Diese zweischneidigen Klingen sind gefährlich, wenn man nicht richtig mit ihnen umgeht. Sei froh, dass du keine Sehne erwischt hast.«

Er lehnte sich zurück und betrachtete Mary. Sie erschien ihm viel kleiner und zarter, als er sie in Erinnerung hatte.

»Möchtest du mit mir darüber sprechen?«, fragte er ruhig.

Sie zuckte die Achseln. »Ich weiß nicht.«

»Weißt du, warum du es getan hast?«

Sie wandte den Blick ab. »Ich glaub schon.«

»Dann sprechen wir darüber.«

Sie legte den Kopf in den Nacken und sah ihm ins Gesicht. »Mein Vater war nicht da. Und Mike –«

»Das ist dein Freund?«

»Ja. Wir sind seit einem Jahr zusammen. Wir wollten später mal heiraten. Er hat mir nicht geglaubt. Genau wie alle anderen.«

»Was meinst du, wenn du sagst, dein Vater war nicht da?«

»Na ja, ich wollte eben, dass er da ist, und er war nicht da.«

»Aber deine Mutter war doch da. Das sagte sie mir.«

»Ja...«

»Aber du wolltest lieber mit deinem Vater sprechen?«

»Ja.«

»Wusstest du denn nicht, dass er im Büro war? Ich meine, wieso hast du erwartet, dass er zu Hause sein würde?«

Sie senkte die Lider. »Weil er gestern nicht im Büro war. Er war – er war weg und suchte –«

Jonas Wade runzelte die Stirn. »Was suchte er, Mary?«

»Er suchte jemanden, der eine Abtreibung machen kann«, flüsterte sie.

»Oh. Ich verstehe.«

»Darum hab ich's getan.«

»Hast du denn bei niemandem Hilfe gesucht?«

»Ich wollte keine Hilfe. Seit Sie meiner Mutter gesagt haben, dass ich ein Kind erwarte, ist alles ganz furchtbar. Alle sind unglücklich und total verstört. Sogar Pater Crispin. Er hat es nicht gesagt, aber ich hab's ihm angesehen. Alle sind meinetwegen unglücklich. Da dachte ich mir, sie würden alle froh sein, wenn ich nicht mehr da bin.«

»Mary, Selbstmord ist nie eine Lösung. Du weißt doch, dass deine Eltern es nie verwinden würden, wenn du dir das Leben nehmen würdest.«

»Ach, ich weiß nicht –«

»Natürlich weißt du es. Vielleicht wolltest du sie bestrafen. Hast du daran einmal gedacht?«

Ihre Augen blitzten zornig. »Sie hätten es verdient, oder nicht? Sie glauben mir nicht, obwohl ich die Wahrheit sage. Sie behaupten, dass ich lüge, beschuldigen Mike, reden von Abtreibung. Das ist grauenhaft. Wieso finden sie überhaupt Abtreibung plötzlich in Ordnung?«

»Ich habe den Eindruck, du bist ziemlich zornig über diese ganze Sache.«

»Ich habe nichts Unrechtes getan, Dr. Wade, aber alle behandeln sie mich wie eine Verbrecherin. Schön, wenn sie mich nicht mögen und nicht mehr haben wollen – bitte sehr, das kann ich leicht arrangieren.«

»Mary! Hast du das alles auch deinen Eltern gesagt? Wissen sie, wie dir zumute ist?«

Sie drehte den Kopf wieder zur Seite. »Nein.«

»Warum nicht?«

»Darum.«

»Das ist keine Antwort.«

»Weil es ihnen sowieso egal ist.«

»Du scheinst zu glauben, dass es mir nicht egal ist.«

Sie riss ihren Kopf herum und sah ihn mit leuchtenden Augen an. »Ja«, antwortete sie heftig. »Das glaube ich. Ihnen bin ich nicht egal. Sie verstehen mich. Vorgestern Abend, als meine Eltern zu Ihnen in die Praxis kamen, um mich zu holen, sagten Sie, sie glaubten nicht, dass ich lüge.«

»Das ist richtig, Mary«, sagte er. »Aber«, fügte er ernst hinzu, »dass heißt noch nicht, dass ich dir glaube. Es ist da ein Unterschied. Ich sagte nur, dass du meiner Ansicht nach selbst glaubst, was du sagst; aber ich wollte damit nicht sagen, dass es wahr sein muss.«

»Das spielt keine Rolle. Das Entscheidende ist doch, dass Sie mich nicht für eine Lügnerin halten, Dr. Wade. Sie glauben nicht, dass ich etwas Unrechtes getan habe.«

Jonas Wade hatte Mühe, seine Beunruhigung zu verbergen. Mit leicht zusammengekniffenen Augen sah er in das junge hoffnungsvolle Gesicht und war einen Moment lang versucht, ihr von seinen Nachforschungen zu berichten. Aber er verwarf den Gedanken sofort wieder. Es wäre leichtfertig gewesen, ihr schon jetzt etwas davon zu sagen. Er wollte wenigstens warten, bis er mit der Embryologin gesprochen hatte, die Bernie ihm empfohlen hatte.

»Dr. Wade«, sagte Mary leise, »wenn Sie der Ansicht sind, dass ich selbst es glaube, wenn ich sage, dass ich nicht mit einem Jungen geschlafen habe, glauben Sie dann auch, dass ich es wirklich nicht getan habe?«

»Unsere Psyche tut die komischsten Dinge, Mary. Vielleicht hast du etwas getan und erinnerst dich einfach nicht mehr daran.«

Sie schüttelte mit Entschiedenheit den Kopf. »Nein. Ich habe nie mit einem Jungen geschlafen.«

Pater Crispin und die McFarlands saßen draußen im Korridor.

»Danke, dass Sie gewartet haben«, sagte Jonas Wade. »Ich werde Sie nicht lange aufhalten. Pater Crispin, ich bin Ihnen für Ihren Beistand in dieser Angelegenheit dankbar.«

Er führte sie zum Ärztezimmer, und als alle sich gesetzt hatten, sagte er: »Mr. McFarland, Sie und Ihre Frau müssen jetzt eine wichtige Entscheidung treffen. Pater Crispin und ich sind gern bereit, Sie zu beraten, aber letztlich liegt die Entscheidung allein bei Ihnen.«

Ted, der Lucilles Hand umschlossen hielt, nickte nur.

»Bei einem Selbstmordversuch«, fuhr Jonas Wade fort, »insbesondere bei Minderjährigen, ist es meine Pflicht, der Polizei Meldung zu machen. Es geht dabei nicht um eine Strafverfolgung, sondern um den Schutz des Opfers. Minderjährige werden dabei in der Regel dem Gericht unterstellt, das dafür sorgt, dass sie aus den Verhältnissen herausgenommen werden, die sie zu dem Selbstmordversuch getrieben haben.«

Ted wollte etwas sagen, doch Jonas Wade hob abwehrend die Hand. »Bitte lassen Sie mich zu Ende sprechen. Es ist klar, dass jeder Fall anders liegt. Die Familienverhältnisse, die Lebensumstände, in denen das Kind sich befindet, unterscheiden sich von Fall zu Fall. Sehr häufig kommt einem Kind das Eingreifen der Behörden zugute. Beispielsweise wenn es aus einer unerträglichen häuslichen Situation herausgenommen wird.«

Ted spürte, wie Lucille ihm ihre Hand entzog. Er sah sie an. Ihr Blick war in konzentrierter Aufmerksamkeit auf den Arzt gerichtet.

»Ich bin mir jedoch nicht sicher«, fuhr Jonas Wade fort, »dass in Marys Fall eine behördliche Intervention wirklich in ihrem Interesse wäre. Ich meine, in Anbetracht dessen, was ich über ihr Zuhause und ihre tiefe Verbindung zur Kirche weiß. Ich fühle mich nicht verpflichtet, diesen Fall zu melden, wenn wir, die wir hier sitzen, gemeinsam eine angemessene und praktische Lösung finden können.«

In dem kleinen Aufenthaltsraum, in dem es nach kaltem Zigarettenrauch roch, war es einen Moment lang still. Dann fragte Ted leise: »Hat Mary mit Ihnen gesprochen, Dr. Wade?«

»Ja, aber was sie mir sagte, kann ich nicht weitergeben. Sie hat das gleiche Recht wie jeder Erwachsene darauf, dass ihre Mitteilungen im Rahmen des Arztgeheimnisses vertraulich behandelt werden. Eines kann ich und will ich jedoch sagen: Wir müssen rasch handeln.«

»Dr. Wade.« Lucilles Stimme war tonlos. Ihr Gesicht war sehr bleich. »Warum hat sie es getan?«

Er breitete die Hände aus. »Warum fragen Sie das nicht Ihre Tochter?«

Lucille schüttelte nur den Kopf.

»Ich verstehe nicht«, sagte Ted beinahe heftig, »wieso Mary sich Fremden öffnet, Leuten, die nicht zur Familie gehören, und sich weigert, mit uns zu sprechen. Vertraut sie uns denn nicht, Dr. Wade?«

»Mr. McFarland, Ihre Tochter klammert sich im Augenblick an jeden, der bereit ist, ihr zu glauben. Offenbar haben Sie und Ihre Frau ihr deutlich gezeigt, dass Sie ihrer Behauptung keinen Glauben schenken, deshalb verweigert sie sich Ihnen.«

»Aber es ist doch ausgeschlossen, dass sie die Wahrheit sagt!«

Jonas Wade wiegte den Kopf hin und her. »Dieser Fall

hat einige äußerst ungewöhnliche Aspekte. Die Hartnäckigkeit, mit der sie an ihrer Behauptung fest hält ...« Einen Augenblick lang erwog er, ihnen von seinem Verdacht und seinen Recherchen zu berichten, verwarf es aber wie zuvor bei Mary. Er wollte erst mit Dr. Henderson sprechen. »Außerdem kommt es nicht darauf an, ob sie die Wahrheit sagt oder nicht. Der springende Punkt ist, dass sie selbst an ihre Unschuld glaubt, und Sie sich weigern, ihr zu glauben.«

»Kommt so etwas häufig vor?«, fragte Pater Crispin.

»Höchst selten, Pater. Viele Mädchen behaupten, vergewaltigt worden zu sein, wenn sie nicht eingestehen wollen, dass sie sich auf intime Beziehungen eingelassen haben. Aber dass ein Mädchen beteuert, unberührt zu sein, obwohl an einer Schwangerschaft kein Zweifel besteht, kommt, wie gesagt, äußerst selten vor. In psychiatrischen Fachzeitschriften stößt man hin und wieder auf einen Bericht über einen solchen Fall; wo Frauen bis zur Entbindung und selbst danach noch behauptet haben, niemals mit einem Mann zusammen gewesen zu sein. Meistens sind das Fälle für den Psychiater.«

»Nein!«, flüsterte Lucille. »Meine Tochter ist doch nicht verrückt.«

»Das habe ich auch nicht behauptet, Mrs. McFarland. Im Übrigen sollte das im Moment nicht unsere Hauptsorge sein. Die Realität sieht doch folgendermaßen aus,

Mr. und Mrs. McFarland: Ihre minderjährige Tochter ist schwanger. Sie befindet sich in einem emotionalen Zustand höchster Labilität und braucht Schutz und Hilfe. Sie müssen nun entscheiden, was geschehen soll. Da Abtreibung gesetzlich verboten ist, und ich annehme, dass eine Heirat nicht in Frage kommt –« er machte eine kurze Pause, um ihre Gesichter zu mustern – »bleiben Ihnen nur zwei Möglichkeiten. Entweder Sie behalten Mary zu Hause, oder Sie geben sie fort, bis das Kind geboren ist.«

»Was soll das heißen?«, fragte Ted erschrocken. »Sie weggeben?«

»Meiner Ansicht nach wäre es für Mary das Beste, wenn sie an einen Ort käme, wo sie unter ständiger Aufsicht und Fürsorge ist.«

Er beobachtete die drei Gesichter. Am längsten ruhte sein Blick auf dem Pater Crispins. Er konnte dem Mann ansehen, dass er äußerst erregt war, und er konnte sich auch denken, warum. Nach allem, was er gehört hatte, war Mary Ann McFarland das Muster einer guten Katholikin, hatte dem Gemeindegeistlichen stets getreulich alle ihre Sünden, auch die peinlichsten und geheimsten, gebeichtet. Und doch hatte sie diese eine zum Kummer des Priesters verschwiegen.

»Dr. Wade«, sagte Pater Crispin nach längerem Schweigen, »ich weiß nicht, wozu Sie Mr. und Mrs. McFarland raten werden, aber ich möchte doch sagen, dass mich diese Geschichte tief bestürzt und ich darum einen Vorschlag machen würde.«

»Gern, Pater. Ihr Beistand ist mir, wie ich schon sagte, sehr willkommen.«

»Gut«, sagte Pater Crispin, »dann würde ich Folgendes vorschlagen.«

8

»Guten Tag, Dr. Wade. Ich bin Dorothy Henderson. Ich freue mich, Sie kennen zu lernen.«

Jonas Wade nahm die dargebotene Hand. »Ich bin Ihnen sehr dankbar, dass Sie sich die Zeit nehmen, Dr. Henderson.«

»Es ist mir ein Vergnügen. Bitte, kommen Sie.«

Wades erster Gedanke war: gut aussehend. Dr. Dorothy Henderson war eine gut aussehende Frau. Als er ihr in ihr Labor folgte, ergänzte er sein Urteil: aristokratisch, eine königliche Hoheit im Exil. Stolz und gerade wie eine Prinzessin schritt sie vor ihm her. Ihr Gang war harmonisch und anmutig, ihre Gestalt schlank und von jugendlicher Beweglichkeit, obwohl sie gewiss keinen Tag jünger war als fünfzig. Das volle kastanienbraune Haar war in der Mitte gescheitelt und im Nacken zu einem dicken Knoten geschlungen; eine Primaballerina, die ihren Höhepunkt überschritten hatte. Sie drehte sich um und sah ihn lächelnd an. Die grünen Augen blitzten lebhaft, die Haut ihres Gesichts war zart und hatte einen natürlichen rosigen Schimmer, aber sie war auch gezeichnet vom Leben – eine Schauspielerin, die den Glanz ihrer Karriere genossen hatte und nun ohne Groll dem Nachwuchs Platz machte. Ihre Stimme, als sie sprach, war überraschend kräftig und voll; diese Frau hatte niemals flüstern müssen – ein Opernstar, eine Politikerin im Licht der Öffentlichkeit. Man konnte sich Dorothy Henderson in allen möglichen Rollen vorstellen, fand Jonas, während sie ihm das Labor zeigte, nur nicht als Wissenschaftlerin.

»Hat Bernie Ihnen erklärt, was wir hier machen, Dr. Wade?«

»Nein, ich habe keine Ahnung.«

»Können Sie sich unter *klonen* etwas vorstellen?«

Er sah sich in dem kleinen Labor um, wo zwei Assistentinnen schweigend an ihren Tischen arbeiteten, musterte die Geräte, registrierte die durchdringenden, undefinierbaren Gerüche, hörte das Summen eines Inkubators und das leise, regelmäßige Ticken eines Spektrometers.

»Das Wort ist mir bekannt. Geht es dabei nicht um die Erschaffung von Leben im Reagenzglas?«

»Ich will es Ihnen zunächst einmal wörtlich übersetzen, Dr. Wade. *Klon* ist griechisch und bedeutet Menge oder Gedränge. Ein Klon ist eine große Gruppe eines Dings. Wir haben für unsere Zwecke die Bedeutung des Wortes ein wenig verzerrt. In der Wissenschaft sind Klone Gruppen erbgleicher Organismen, die durch ungeschlechtliche Fortpflanzung entstanden sind.«

Wades Blick fiel auf eine Reihe von Glaskästen, die in der Mitte des Raums standen. Sie waren mit Maschendrahtgittern zugedeckt und etwa fünf Zentimeter hoch mit trübem Wasser gefüllt, Kolonien von Fröschen tummelten sich in diesen Aquarien.

»Verkürzt gesagt, tun wir hier folgendes, Dr. Wade. Wir reproduzieren auf dem Weg der ungeschlechtlichen Fortpflanzung Generationen von Fröschen aus einem einzigen Elternfrosch. Das erreichen wir, indem wir den Kern einer differenzierten Zelle, die wir dem Körper eines Froschs entnommen haben, in das Zytoplasma eines Froscheis einpflanzen, das wir dann zum Wachstum bringen. Das Ergebnis ist dann ein ausgereiftes Duplikat des ersten Froschs.«

Sie ging ihm voraus durch das Labor wie ein Museumsführer, zeigte ihm Apparate und Geräte und erklärte Verfahrensweisen.

»Zuerst nehmen wir ein Froschei und zerstören mit einem winzigen ultravioletten Lichtstrahl den Zellkern. Mechanische Manipulation vertragen die zarten Eier der Froschart, mit der wir hier arbeiten, nicht. Das entkernte Ei kommt in einen Nährboden, dann entnehmen wir dem Darm einer Kaulquappe eine Spenderzelle –« Dorothy Henderson blieb hinter einer jungen Orientalin stehen, die konzentriert an einem Mikroskop arbeitete – »und injizieren ihren Kern in die entkernte Eizelle. Danach kommen die Eier, die in einer speziellen Nährlösung liegen, in den Inkubator.«

Sie führte ihn zu einem großen ›Ofen‹, hinter dessen verglasten Türen auf Regalen reihenweise flache Schalen standen.

»Wenn sie das Blastulastadium erreicht haben, werden sie in ein Milieu verpflanzt, in dem sie zu Kaulquappen heranreifen können.«

Sie blieb vor einem kleinen Wassertank stehen, wo die zweite Assistentin mit einer Spritze in der einen Hand und einem Stift in der anderen über einem Mikroskop saß; das Auge über dem Okular, machte sie sich immer wieder Aufzeichnungen.

»Alle Angehörigen eines bestimmten Klons«, erklärte Dorothy Henderson, »hören entweder zum exakt gleichen Zeitpunkt auf, sich zu entwickeln, weil genetische Defekte vorliegen, oder aber sie entwickeln sich alle normal und reifen zu Geschöpfen heran, die in Aussehen und Aufbau völlig identisch sind.«

Sie sah ihn lächelnd an und führte ihn weiter zu der Reihe Behälter in der Mitte des Raums. Jeder war mit einem Etikett versehen, und auf jedem Etikett stand *Xenopus laevis*, nur die römischen Zahlen hinter der lateinischen Gattungsbezeichnung unterschieden sich voneinander. In allen Behältern saßen ganze Klone von Fröschen; einzig im ersten mit der Aufschrift *Xenopus laevis Primus* befand sich nur ein Frosch.

»Das ist Primus«, sagte Dorothy Henderson und tippte mit dem Finger an das schmutzige Glas. »Er ist gewissermaßen der Urvater. Das hier –« sie wies auf die anderen Behälter – »sind alles nachfolgende Generationen, jede aus der vorhergehenden geklont. Und sie sind alle Kopien von Primus.«

Jonas beugte sich hinunter, um den Frosch zu besichtigen. Dann richtete er sich kopfschüttelnd wieder auf. »Er hat ja eine Riesenfamilie.«

»O nein, Dr. Wade, diese Frösche sind keine Nachkommen von Primus. Sie *sind* Primus.«

Er blickte in die kalten, starren Augen des Frosches. »Faszinierend.«

»Das Konzept ist nicht neu, Dr. Wade. Seit Gottlieb Haberlandt, Anfang des Zwanzigsten Jahrhunderts, experimentiert die Wissenschaft auf diesem Gebiet. Aber hier, bei den Amphibien, sind wir fürs Erste an unsere Grenze gestoßen. Selbstverständlich würde die Wissenschaft gern zu den höheren Tieren übergehen, aber da fehlt es an der Technologie. Das Ei eines Säugetiers ist weit kleiner als das Froschei – ungefähr null Komma zwei Millimeter im Durchmesser, während das Froschei immerhin etwa drei Millimeter groß ist. Zu Versuchen mit der menschlichen Eizelle würden wir Spezialinstrumente brauchen, die noch nicht entwickelt sind. Aber ich bin überzeugt, dass es der Wissenschaft eines Tages gelingen wird, die Technik des Klonens auch beim Menschen anzuwenden. Es ist lediglich eine Frage der Zeit.«

Er hatte gelegentlich Berichte über derartige Experimente gelesen, aber er hatte keine Ahnung gehabt, dass man bereits so weit vorangekommen war.

Die Hände in den Taschen ihres weißen Kittels, stand sie da und überließ ihn einen Moment lang seiner Nachdenklichkeit. Dann lächelte sie und sagte: »Aber Sie sind nicht zu einem Schnellkurs im Klonen hierher gekommen, nicht wahr, Dr. Wade?«

»Nein«, bestätigte er. »Ich hätte allerdings nichts dagegen, gelegentlich wieder herzukommen, um mich von Ihnen eingehender unterrichten zu lassen.«

»Jederzeit, Dr. Wade. Ich bekomme so selten Besuch, da freue ich mich, wenn jemand sich für meine Arbeit interessiert. Ich schlage vor, wir gehen in mein Büro hinüber.«

Er folgte ihr in den kleinen verglasten Raum am Ende des Labors, wo es überraschenderweise sehr still war, nachdem sie die Tür geschlossen hatte. Sie setzte sich hinter ihren Schreibtisch und wartete, bis Jonas ihr gegenüber Platz genommen hatte.

»Ich kann Ihnen leider keinen Kaffee anbieten. Unsere Maschine ist kaputt, und eine neue können wir uns nicht leisten.«

»Das macht nichts«, erwiderte er lächelnd. »Kaffee ist mir im Augenblick nicht wichtig. Hat Bernie Ihnen gesagt, worum es mir geht?«

»Er sagte mir nur, dass Sie einige Fragen hätten, von denen er meinte, ich könne sie Ihnen beantworten.«

»Mein Interesse gilt der Parthenogenese, Dr. Henderson«, erklärte er. »Ich möchte wissen, ob es sie tatsächlich gibt oder ob sie nur ein abstraktes Konzept ist.«

»Oh, es gibt sie ganz entschieden, Dr. Wade. Der Wissenschaft ist seit langem bekannt, dass ein unbefruchtetes Ei sich zum Embryo entwickeln kann, wenn es durch ein Stimulans chemischer, physiologischer oder mechanischer Natur beeinflusst wird. Das ist viele Male im Labor nachgewiesen worden. Nachdem es einmal gelungen war, bei Fröschen und Kröten Parthenogenese auszulösen, gab es keinen Zweifel mehr, dass das Gleiche bei allen Wirbeltieren möglich sein würde. In gewisser Weise führen wir hier in diesem Labor den Nachweis, dass es Parthenogenese gibt.«

Jonas spürte eine Erregung. Jetzt kam der entscheidende Moment; jetzt kam die Frage, die Bernie ihm nicht hatte beantworten können und die für ihn alles entscheidend war.

»Wie steht es mit den Säugetieren, Dr. Henderson? Ist da Parthenogenese möglich?«

»Ja«, antwortete Dorothy Henderson klar und sachlich.

Jonas war perplex. »Tatsächlich?«

»Ohne jeden Zweifel, Dr. Wade. Es sind reihenweise entsprechende Versuche gemacht worden. Vor allem mit Mäusen und Kaninchen. Die Eizellen werden stimuliert und beginnen darauf eine normale Entwicklung.«

»Was mich interessiert, ist nicht die im Labor herbeigeführte Parthenogenese, Dr. Henderson. Wissen Sie von Fällen, wo Parthenogenese bei Säugetieren natürlich vorgekommen ist?«

»Natürlich?«

»Spontan.«

»Hm …« Sie hob die schmale Hand und rieb sich nachdenklich die Stirn. »Es ist vorgekommen, dass sich Eizellen von Katzen und Frettchen zu teilen begonnen haben, ohne von einem männlichen Samen befruchtet worden zu sein. Aber wenn Sie von spontaner Parthenogenese sprechen, Dr. Wade, dann heißt das, dass sie in einem unkontrollierten Milieu – in der Natur – stattfindet. Für uns gibt es da keine Mittel der Überprüfung. Außerhalb des Labors ist alles Spekulation.«

»Aber Sie können mir doch sicher sagen, wie es überhaupt zur Parthenogenese kommen kann.«

»Ich nehme an, Sie meinen, was gibt der Eizelle den Anstoß zur Furchung. Das wissen wir nicht, Dr. Wade.

Wir wissen lediglich, dass ein Stimulus erforderlich ist, der das Verhalten des Spermiums imitiert. Sie wissen, Dr. Wade, dass das Spermium lediglich in die Eizelle eindringt und dadurch die Zellteilung auslöst. Wenn ein anderes Agens sich gleichermaßen verhalten kann, beginnt die Zellteilung. Ich will Ihnen ein Beispiel geben. Natürlich aus dem Labor. Legen Sie unbefruchtete Eier des Seeigels in Meerwasser, geben Sie etwas Chloroform oder Strychnin dazu, und die Eier werden von selbst anfangen, sich zu entwickeln. Am Ende haben wir voll ausgereifte, normale Seeigel.«

Sie machte eine kurze Pause, dann fuhr sie fort. »Oder nehmen wir ein anderes Experiment. Dabei werden die Eizellen einem physiologischen Schock durch eine hypertonische Salzlösung unterworfen. Man gibt dem Wasser, in dem die Eizellen sich befinden, Magnesiumchlorid bei. Durch die hypertonische Wirkung der Lösung werden die Eizellen aktiviert, normale Furchung beginnt, und das Ergebnis sind wiederum gesunde, normale Seeigel. Genaue Abbilder des Muttertieres. Beim ersten dieser Beispiele haben wir es mit chemischer Stimulation zu tun, beim zweiten mit physiologischer Stimulation. Bei Fröschen löst man Parthenogenese durch Einführung fremden Proteins direkt in die Eizelle aus. Da haben wir eine Kombination von beidem: chemische Stimulation durch das Protein, physiologische durch den Nadelstich mit der Spritze.«

»Aber die Eizelle besitzt doch nur den einfachen Chromosomensatz, Dr. Henderson. Zur embryonalen Entwicklung ist aber der doppelte Chromosomensatz notwendig. Ich dachte immer, der zweite Satz wird durch das Spermium geliefert.«

Sie lächelte flüchtig. »Da haben Sie ganz Recht, Dr. Wade. Bei der normalen Empfängnis verbinden sich die Chromosomen des Samens mit denen des Eis, wobei beim Menschen die Zellkerne der Geschlechtszellen dreiundzwanzig Chromosomen enthalten. Sie wissen, dass sich während der Reifungsphase, noch ehe es von einem Spermium befruchtet ist, das Ei teilt und ein zweites Polkörperchen abstößt, das die Hälfte der Zellchromosomen enthält. Bei der Parthenogenese stößt das reifende Ei aus irgendeinem unbekannten Grund dieses Polkörperchen nicht ab, sondern behält es; die Chromosomen, die in ihm enthalten sind, verbinden sich mit denen im ersten Polkörperchen. Das nicht ausgestoßene Polkörperchen wird im Effekt zum männlichen Zellkern und verschmilzt mit dem weiblichen Zellkern, und es bildet sich die Zygote. Wenn das Ei dann einem Stimulus ausgesetzt wird, chemischer oder anderer Art, setzt die Furchung ein, und da die Zelle die notwendigen sechsundvierzig Chromosomen enthält, kann das Ei normal reifen.«

»Was für Versuche mit Säugetieren hat man denn gemacht?«

»Das Verfahren ist einfach. Die Eizellen von, sagen wir Kaninchen, werden in ein Medium aus Blutplasma und Embryoextrakt eingelegt. Dann unterwirft man sie einem Kälteschock, und dadurch werden sie aktiviert. Die Eizellen, die sich zu teilen beginnen, werden in die Eileiter von Kaninchen eingeführt, die man vorher mit Schwangerschaftshormonen gespritzt hat, damit der Körper die transplantierten Zygoten nicht abstößt. Die Eizellen, die sich über das Blastozytenstadium hinaus entwickeln und nicht auf operativem Weg entfernt werden müssen, gelangen im Allgemeinen zur vollen Reife.«

»Dr. Henderson.« Jonas Wade hatte Mühe, seine Erregung zu beherrschen. Sie hatte ihm schon weit mehr gesagt, als er zu hoffen gewagt hatte. »Wie sieht es beim Menschen aus? Können Sie mir darüber etwas sagen?«

Ihre Miene blieb unverändert. »Aber gewiss. Spontan oder künstlich induziert?«

»Spontan.«

»Gut. Über menschliche Eizellen sind Hunderte von Studien gemacht worden, Dr. Wade, und bei einigen Untersuchungen stellte man fest, dass bei einer kleinen Zahl von Eizellen, die man den Eileitern entnahm, die Furchung bereits vor Verlassen des Eierstocks begonnen hatte; das heißt, ohne dass sie mit einem Spermium in Berührung gekommen waren. Ich glaube, die Rate belief sich ungefähr auf sechs von vierhundert. Einige

Studien, die vor zwanzig Jahren in Philadelphia durchgeführt wurden, ergaben, dass ungefähr null Komma fünfundsiebzig Prozent aller menschlichen Eizellen sich bereits in parthenogenetischer Entwicklung befinden, ehe sie den Weg durch den Eileiter antreten. Doch die meisten dieser reifenden Eier werden bei der Ovulation oder der Menstruation ausgestoßen, oder aber sie wuchern zu Dermoiden oder Tumoren, die dann operativ entfernt werden. Es gibt Forscher, die behaupten, einige wenige dieser Eizellen entwickelten sich normal. Ein Wissenschaftler ging sogar so weit zu schätzen, dass auf tausend Geburten ein Fall von Parthenogenese komme.«

»Das kann doch nicht Ihr Ernst sein!«

Dr. Henderson lachte. »Nein, Dr. Wade, ich zitierte lediglich einen Kollegen. In der Wissenschaft gibt es wie überall die Extreme. Andere Wissenschaftler zum Beispiel schwören Stein und Bein, dass Parthenogenese beim Menschen absolut unmöglich ist.«

»Wo stehen Sie?«

»Ich schließe die Möglichkeit jedenfalls nicht aus.«

»Und wie sieht es mit der Wahrscheinlichkeit aus?«

»Die meisten meiner Kollegen würden sagen, ein Fall bei einer Million Geburten. Ich neige zu einer Schätzung von eins zu fünfhunderttausend.«

Jonas starrte die Embryologin ungläubig an. »Aber das ist ja unfassbar! Wieso ist darüber nicht mehr gearbeitet worden? Wieso gibt es keine Berichte? Das ist doch eine hochexplosive Sache.«

»Genau aus diesem Grund gibt es so wenig Material darüber, Dr. Wade. Weil die Sache explosiv ist. Wir sprechen hier von der menschlichen Sexualität, einem ganz heiklen Thema. Wenn Sie das Thema der Parthenogenese angehen, treten Sie damit nicht nur den Theologen auf die Zehen, sondern auch den Moralisten, den Psychologen und selbstgerechten Müttern und Vätern auf der ganzen Welt. Jeder Forscher, der mit diesem Thema an die Öffentlichkeit treten will, muss seine Theorie mit Beton untermauern können; er wird kämpfen müssen wie ein Berserker, und er muss gleich einen ganzen Sack voll Beweise präsentieren können. Sonst macht man ihn fertig. Hätten Sie den Mut, Dr. Wade?«

Sie hatte natürlich völlig Recht. Dieses Gebiet war in der Tat ein sehr heißes Eisen. Wenn andererseits einer tatsächlich beweisen konnte ...

»Ich verstehe immer noch nicht«, sagte Jonas langsam, »wie es zu spontaner Parthenogenese kommen kann.«

»Da gibt es viele Möglichkeiten, Dr. Wade. Es ist nichts weiter erforderlich als die gleichen Umstände, die im Labor künstlich hergestellt werden. Als Auslöser zur Zellteilung ist nur ein Stimulus nötig, der den Platz des Spermiums einnimmt, wie die Kälte bei den Kaninchen. Der Kälteschock bewirkte bei den Eizellen des Kaninchens das gleiche, was das Spermium bewirkt. Bei Mäusen verwenden die Forscher Elektrizität als Stimulus, und es klappt, soviel ich weiß. Man kann wahrscheinlich auch einen chemischen Stimulus verwenden, der in den Blutkreislauf des weiblichen Tieres oder der Frau gelangt und mit der Eizelle in Berührung kommt. Im Labor haben wir nachgewiesen, dass es nicht schwierig ist, Parthenogenese künstlich auszulösen. In der Natur, Dr. Wade, braucht es lediglich eine ähnliche Situation, um spontane Parthenogenese herbeizuführen. Notwendig ist einzig ein Aktivator.«

Der Bericht aus dem *Lancet* fiel Jonas ein. Dr. Spurways jungfräuliche Mutter hatte behauptet, die Empfängnis hätte bei einem Bombenangriff im Krieg stattgefunden, dass sie in unmittelbarer Nähe mehrerer schwerer Explosionen gewesen und dadurch stark erschüttert worden sei.

»Nehmen wir einmal an«, fuhr Dorothy Henderson fort, »wir hätten es mit einer Frau zu tun, die behauptet, ihr Kind sei jungfräulich gezeugt. Dann müsste man intensive Untersuchungen anstellen, um zu bestimmen, durch welchen Stimulus die Parthenogenese ausgelöst wurde. Das müsste im Eliminationsverfahren zu machen sein.«

Jonas Wade schaute durch die Glaswand des kleinen Büros in das sterile Labor hinaus, wo künstliches, anormales Leben erschaffen wurde, und er sah wieder die kalten, starren Augen des Frosches Primus vor sich.

»Gut, Dr. Henderson, Sie haben mir gesagt, dass spontane Parthenogenese möglich ist, und das nicht nur bei den niedrigen Tieren, sondern auch bei den Säugetieren. Was den Aktivator angeht, so glaube ich nicht, dass er so wichtig ist wie der Beweis danach.«

Zum ersten Mal runzelte Dorothy Henderson die Stirn. »Was meinen Sie mit ›Beweis danach‹?«

»Eine Frau behauptet, ihr Kind sei jungfräulich gezeugt. Welche Mittel besitzt die Wissenschaft, um den Nachweis zu erbringen, ob die Behauptung wahr oder unwahr ist?«

Dorothy Hendersons Gesicht entspannte sich wieder. »Das ist eine gute Frage, Dr. Wade. Bei unseren Fröschen brauchten wir natürlich nie Beweise. Wir sahen von Anfang an, wie sie entstanden. Doch wenn man die Sache von hinten aufrollen muss – hm, das ist nicht einfach. Jede verheiratete Frau hätte größte Schwierigkeiten, die Leute davon zu überzeugen, dass ihr Kind jungfräulich gezeugt wurde, auch wenn sie und ihr Mann schon seit langer Zeit keinen Geschlechtsverkehr mehr gehabt haben sollten. Und eine unverheiratete Frau könnte wohl niemanden überzeugen, dass sie nicht ein Verhältnis hatte. Parthenogenese beim Menschen ist mehr eine moralische als eine biologische Frage.«

Jonas Wade nickte und dachte dabei an den Selbstmordversuch Mary Ann McFarlands.

»Das Wort der Frau«, fuhr Dorothy Henderson fort, »steht hierbei gegen soziale Gepflogenheiten und Vorurteile. Sagen Sie Sex, und die Leute kichern hinter vorgehaltener Hand. Lassen Sie ein junges Mädchen behaupten, sie hätte nie etwas mit einem Mann gehabt, und die Leute zwinkern vielsagend. Etwas anderes wäre es, wenn sie, sagen wir, ein Magengeschwür hätte. Das hätte keinerlei gesellschaftliche Auswirkungen. Sie bekäme prompt ärztliche Hilfe und Anteilnahme von allen Seiten. Es verhält sich ähnlich wie bei der Geschlechtskrankheit. Schnappt man die Grippe auf, erhält man Teilnahme. Schnappt man eine Spirochäte auf, wird man geächtet. Und der einzige Unterschied liegt darin, *wie* es aufgeschnappt wurde. Sobald es um die menschlichen Fortpflanzungsorgane geht, stößt man bei den Menschen auf eine Mauer aus Ignoranz und Vorurteilen.«

»Ja, da haben Sie sicher Recht. Aber was gibt es denn nun für wissenschaftliche Beweise für eine Parthenogenese?«

»Nun«, sie beugte sich vor, stützte die Ellbogen auf den Schreibtisch und legte die Hände aneinander, »zunächst ist festzustellen, dass das Kind immer ein Mädchen ist.«

Jonas zog eine Augenbraue hoch.

»Kein Y-Chromosom.«

»Natürlich. Daran hatte ich nicht gedacht.«

»Danach gibt es die mikroskopische Untersuchung der Chromosomen, Hautverpflanzung und natürlich direkte Inaugenscheinnahme der Tochter.«

»Sie müsste das genaue Abbild der Mutter sein.«

»In jeder Hinsicht.«

»Und das ist alles?«

»Vorläufig ja. Bis die Wissenschaft weiter fortgeschritten ist. So, wie die Dinge gegenwärtig liegen, kann man nur die Töchter bestimmen, die nicht jungfräulich gezeugt wurden. Keine, bei der sich auch nur die geringste Abweichung von der genetischen Struktur der Mutter feststellen lässt, kommt in Frage. Die, bei denen genaue Übereinstimmung nachgewiesen wird, sind *wahrscheinlich* parthogenetisch. Das ist aber auch alles, was wir sagen können.«

Dorothy Henderson schwieg. Jonas Wades Verstand arbeitete fieberhaft. Er musste nachdenken; er musste das alles erst einmal aufnehmen, sichten, ordnen, um dann zu versuchen, sich ein klares Bild zu machen. Dorothy Henderson hatte einige beunruhigende Dinge gesagt, an die Jonas bisher überhaupt nicht gedacht hatte. Sie hatte von Dermoiden gesprochen. Jonas wusste, was das war; er hatte sie bei Operationen gesehen – scheußliche, schleimige Gebilde mit Haaren und Zähnen und Nervengewebe: eine entgleiste Eizelle, die alle

Elemente enthielt, die ein vollkommenes menschliches Wesen ausmachten, aber in den falschen Proportionen. Ließ man es wuchern, so tötete es die Frau, in der es wuchs.

Der Artikel über die Truthennen fiel ihm ein. Eines der Tiere hatte sich nicht normal entwickelt; es war fast blind, mit verkrüppelten Klauen und schlechter Motorik zur Welt gekommen. An sich nicht weiter beängstigend, aber auf den Menschen bezogen erschreckend.

Alles Mögliche, so schien es, konnte sich aus einer parthenogenetischen Eizelle entwickeln: vom Dermoiden bis zum halbblinden Kind. Oder – das Entsetzlichste überhaupt – eine lebende, atmende Mutation.

Die Vorstellung erschreckte Jonas Wade zutiefst und führte ihn zu einer Frage, vor der er zurückschreckte: War das, was in Mary Ann McFarland wuchs, wirklich ein normales Kind?

9

Es war der 1. Juli, ein glühend heißer Tag. Die drei Insassen des schweren Wagens schwitzten trotz der Klimaanlage. Keiner sprach ein Wort.

Eine Woche war vergangen, seit Mary aus dem Encino-Krankenhaus entlassen worden war, und in dieser

Zeit hatte sich nichts geändert. Nach vergeblichen Bemühungen, seine Familie zusammenzuhalten und die Harmonie wiederherzustellen, hatte Ted sich zurückgezogen. Vier Abende war er in dieser Woche beim Training gewesen; die anderen Abende hatte er allein im Wohnzimmer gesessen und sich seinen Gedanken überlassen. Seine Tochter hatte er kaum gesehen, und wenn doch, so hatte er nicht gewusst, was er ihr sagen sollte. Die roten Narben an ihren Handgelenken und ihren Fingern waren ihm ständiger Vorwurf, ständige Erinnerung daran, dass er als Vater versagt hatte. Er hatte es nicht gewagt, sich ihr zu nähern, sondern hatte sie ihre eigenen Wege gehen lassen. Und auch sie hatte keine Annäherung gesucht. Es war, als lebte sie in einer anderen Welt.

Während sie jetzt auf dem Ventura Freeway dahinfuhren, dachte Ted an den einen Tag, den vergangenen Dienstag, wo sie es geschafft hatten, alle drei gemeinsam zu Pater Crispin zu gehen.

Schon um neun Uhr morgens war es sehr warm gewesen, und in Pater Crispins Büro gab es keine Klimaanlage. Das Gesicht des Priesters war ernst und teilnahmsvoll gewesen, als er gesprochen hatte.

»Ich finde, es ist eine kluge Entscheidung, Mr. McFarland, eine Entscheidung, die Mary sehr zugute kommen wird. Sie tun das Richtige. Schließlich können Sie Mary unter den Umständen nicht bei sich behalten.«

Ted warf einen Blick auf seine Tochter, die zusammengesunken in dem Sessel neben ihm saß. Ihr Gesicht war ausdruckslos, die blauen Augen wirkten wie erstarrt. Eine Sekunde lang wünschte er heftig, sie würde sich wehren, ihnen Widerstand leisten. Er sah sie an und hoffte auf einen Funken Zorn, sogar ein Wutanfall wäre ihm recht gewesen. Er wünschte, sie würde plötzlich lebendig werden und ihnen ins Gesicht schreien, dass sie zum Teufel gehen könnten.

»Die Nonnen werden gut für sie sorgen«, fuhr der Priester fort und beobachtete dabei Marys Gesicht. »Es wird immer ein Priester da sein, sodass sie zur Beichte gehen kann, wenn sie sich endlich dazu entschließt. Und sie kann jeden Tag der Messe beiwohnen. An das Kloster angeschlossen ist eine Schule, die sie ab September besuchen kann. Bis zur Geburt des Kindes wird Mary also die Hälfte der zwölften Klasse hinter sich gebracht haben und nicht zurückgefallen sein. Es besteht kein Grund, warum sie danach nicht an die Reseda Highschool zurückkehren und im nächsten Juni mit ihrer alten Klasse zusammen die Schlussprüfungen machen kann.«

Pater Crispin stand auf und kam um seinen Schreibtisch herum. An die Schreibtischkante gelehnt, sprach er weiter.

»Alle Formalitäten sind erledigt. Ich habe mit Dr. Wade gesprochen, und er hat sich ebenfalls mit den Nonnen in Verbindung gesetzt. Normalerweise nehmen sie die Mädchen erst im vierten Schwangerschaftsmonat auf. Dr. Wade meint, dass Mary am Ende des dritten Monats ist, möglicherweise aber auch schon weiter. Auf meine und Dr. Wades Empfehlung hin haben sich die Nonnen bereit erklärt, Mary ausnahmsweise schon jetzt aufzunehmen. Mr. McFarland, die finanzielle Seite können Sie regeln, wenn Sie Mary nächste Woche hinbringen.«

Ted griff zum Armaturenbrett und drehte die Klimaanlage höher. Er warf einen kurzen Seitenblick auf Lucille, die neben ihm saß, und fragte sich, was die Nächsten sechs Monate bringen würden.

Wieder hörte er die Stimme Pater Crispins. »Was das Kind angeht, so brauchen Sie sich da noch nicht festzulegen. Die Entscheidung, ob das Kind zur Adoption freigegeben werden soll oder nicht, hat bis nach der Entbindung Zeit.«

Ted hatte seine Tochter angesehen; Mary schien überhaupt nichts gehört zu haben.

Nach der kurzen, peinlichen Besprechung hatte Pater Crispin Mary gebeten, noch einen Moment zu bleiben. Ted und Lucille waren zum Wagen hinausgegangen, um dort auf sie zu warten. Als Mary einige Minuten später herausgekommen war, hatte sie kein Wort gesagt, und ihrem Gesicht war nicht anzusehen gewesen, was in ihr vorging.

Ted, der sich damit abgefunden hatte, dass Mary

nicht kämpfen würde, konnte nicht leugnen, dass er über die Lösung, die Pater Crispin vorgeschlagen hatte, erleichtert war.

Lucille McFarland hatte die Woche auf ähnliche Weise verbracht wie ihr Mann. Sie hatte alle ihre Verabredungen mit Freundinnen, ihre Termine bei den verschiedenen Clubs, denen sie angehörte, unter dem Vorwand abgesagt, sie hätte die Grippe, und hatte sich völlig zurückgezogen. Ein-, zweimal hatte sie erwogen, nochmals den Versuch zu machen, mit Mary ins Gespräch zu kommen, aber jedes Mal war sie davor zurückgeschreckt, weniger aus Angst vor Zurückweisung, als aus dem Gefühl heraus, nichts zu sagen zu haben. Lucille war so ratlos und perplex wie ihr Mann, sie brauchte Zeit, um nachzudenken, sich mit der Situation auseinander zu setzen, um dann vielleicht Mittel und Wege zu finden, sie zum Guten zu wenden.

Eine Maßnahme hatte sie immerhin getroffen; sie hatte Pater Crispins Rat befolgt und Amy aus der unsicheren familiären Situation fürs Erste entfernt.

Am Abend nach Marys Selbstmordversuch hatte sie eine Cousine in San Diego angerufen und diese gefragt, ob sie Amy einige Tage bei sich und ihrer Familie aufnehmen würde. Die Cousine, die in Lucilles Alter war und selbst eine dreizehnjährige Tochter hatte, war sofort dazu bereit gewesen. Und Amy war begeistert gewesen von der Idee, als sie davon gehört hatte.

Lucille schloss die Augen gegen das blendende Licht, das von der Kühlerhaube des Lincoln abprallte, und dachte, ich mache es wieder gut, Amy. Sie spürte, wie die Hysterie in ihr aufstieg, und nahm sich eisern zusammen, klammerte sich an einen imaginären Strohhalm, bis die Panik nachließ. Sie wollte nicht die Nerven verlieren; heute Morgen war sie nahe daran gewesen, und das war beängstigend genug gewesen.

Sie hatte stumm an der offenen Tür zu Marys Zimmer gestanden und zugesehen, wie ihre Tochter einen kleinen Koffer packte. Lucille wusste nicht, ob Mary ihre Anwesenheit überhaupt wahrnahm, sie gab keinerlei Zeichen. Wie eine Schlafwandlerin ging sie im Zimmer hin und her, holte Unterwäsche aus der Kommode, Kleider aus dem Schrank, faltete jedes Stück säuberlich und legte es in den Koffer.

Lucille hätte ihr so gern geholfen, ihr geraten, was sie mitnehmen sollte. Mary packte ja viel zu wenig. Nur ein wenig Unterwäsche. Ein einziges Nachthemd. Einen Morgenrock. Ein Tagebuch. Und schließlich ein Fläschchen mit Wasser aus Lourdes.

Als sie dieses letzte Stück im Koffer verschwinden sah, Marys kostbarsten Besitz, wandte sich Lucille ab und rannte in ihr Schlafzimmer. Die Stirn an die Wand gedrückt, flehte sie stumm: Um Himmels willen, Mary Ann, sag etwas! Schrei! Schlag um dich! Ganz gleich. Nur tu mir dies nicht an …

Als die Verzweiflung jetzt von neuem aufstieg und sich Luft zu machen drohte, drückte Lucille die Faust auf den Mund und biss mit aller Kraft die Zähne aufeinander. Die vergangenen drei Wochen waren ein einziger Alptraum gewesen. Glaubten Ted und Pater Crispin und Dr. Wade im Ernst, dass es der Qual ein Ende bereiten würde, wenn sie Mary jetzt fortbrachten?

Mary war die einzige im Auto, die nichts empfand. Kein Gefühl regte sich in ihr, wenn sie an das Ziel dieser Fahrt dachte. Eines war wie das andere; jeder Tag wie der vergangene. Zweimal war sie bei Dr. Wade gewesen. Er hatte ihr an den Handgelenken die Fäden gezogen, und jetzt waren nur noch zwei schmale, wulstige rote Striemen zu sehen. Er hatte noch einmal Blut- und Urinuntersuchungen gemacht, und als er eine gynäkologische Untersuchung vorgeschlagen hatte, um festzustellen, wie weit die Schwangerschaft fortgeschritten war, hatte sich Mary brav wie ein Lamm gefügt. Er war lieb und freundlich gewesen, und beide Male hatte Mary den Eindruck gehabt, er wolle ihr etwas sagen. Aber dann hatte er es doch gelassen, und Mary war froh darüber gewesen. Zweifellos hatte er ihr nur Verhaltensmaßregeln geben oder sie erneut das fragen wollen, was alle fragten: Wer ist der Vater?

Sie wollte nur in Ruhe gelassen werden. Nichts konnte sie bewegen. Als sie sich neulich abend im Bett über den Bauch gestrichen und die leichte Schwellung dort gefühlt hatte, hätte sie das eigentlich berühren müssen. Aber es hatte sie kalt gelassen.

Während der Wagen den Hollywood Freeway hinunterbrauste, dachte Mary an das kleine Gespräch zurück, das sie am vergangenen Abend mit Amy geführt hatte.

Man hatte beschlossen, Amy nicht die Wahrheit zu sagen. Man wollte ihr stattdessen erzählen, Mary würde den Sommer bei einer alten Schulfreundin in Vermont verbringen. Wenn dann die Schule wieder anfing, und Mary nicht kam, würde man ihr eine zweite Lüge auftischen. Ein gebrochenes Bein vielleicht, oder einen Unfall beim Wandern.

Mary hatte ihre Schwester nicht mehr gesehen, seit sie ins Krankenhaus gekommen war. Dort hatte Amy sie nicht besuchen dürfen, und bei ihrer Rückkehr nach Hause war Amy schon in San Diego gewesen. Erst gestern war sie von dort zurückgekommen, und Mary, der sie sehr gefehlt hatte, hatte es kaum erwarten können, sie zu sehen.

Aber Amy, die noch nicht erfahren hatte, dass ihre Schwester am folgenden Morgen abreisen würde, hatte nichts Eiligeres zu tun gehabt, als zu ihren Freunden zu laufen, um ihnen von ihren Abenteuern in San Diego zu berichten. Sie war erst zum Abendessen nach Hause gekommen, aber da hatte Mary mit Übelkeit in ihrem Bett gelegen, unfähig, zu Tisch zu kommen.

Erst spät am Abend hatte Mary endlich Gelegenheit gefunden, mit ihrer kleinen Schwester allein zu sein. Amy hockte im Schneidersitz mitten in ihrem chaotischen Zimmer, wo ein milde lächelnder Jesus neben einem Poster des Kingston Trios an der Wand hing, und häkelte im Takt zu ihrem derzeitigen Lieblingsschlager.

Mary hatte geklopft und dann die Tür geöffnet. »Hallo, kann ich reinkommen?«

»Hey!« Hastig hatte Amy ihre Häkelarbeit hinter ihrem Rücken versteckt. »Warum klopfst du nicht?«

»Ich hab geklopft.« Mary schaute zum Plattenspieler hinüber. »Die Musik ist wahnsinnig laut. Kann ich den Kasten einen Moment ausmachen?«

Mary ging durchs Zimmer und schaltete den Plattenspieler aus.

»Also, du kannst einem wirklich jede Überraschung verderben«, sagte Amy vorwurfsvoll.

Mary drehte sich um: »Wieso?«

Amy riss die Häkelarbeit hinter ihrem Rücken hervor. »Das wollte ich für dich machen. Eine Blume.«

Mary setzte sich Amy gegenüber und versteckte ihre Hände unter ihren Oberschenkeln. »Die ist ja süß! Und die schönen Farben.«

»Das wird dein Abschiedsgeschenk. Ich wollte es vor morgen früh noch fertig kriegen.«

Es gab Mary einen Stich, aber sie lächelte. »Du hast ja noch Zeit. Meinst du, ich werde dir fehlen?«

»Und wie!« Amy beugte sich wieder über ihre Häkelei. »Mann, ich beneide dich. Ich wollte, ich könnte mitfahren. Vermont, das ist doch toll. Und gleich drei Monate. Ich wusste gar nicht, dass du da eine Freundin hast. Ich frag mich nur, wie du den ganzen Sommer ohne Mike aushalten kannst.«

Mary drückte einen Moment die Augen zu und schluckte. Ach, Amy, ich wünschte, ich könnte dir die Wahrheit sagen. Ich mag dich nicht anlügen. Du solltest die Wahrheit wissen. Ja, wirklich. Ich hab schließlich nichts getan, worüber ich mich schämen müsste.

Amys Stimme drang an ihr Ohr. »Ich fahre morgen mit einer ganzen Bande nach Disneyland. Da gibt's eine ganz neue Berg- und Talbahn. Sie heißt Matterhorn ...«

Und außerdem, dachte Mary, würdest du mir bestimmt glauben, wenn ich dir sagte, dass ich überhaupt nichts getan habe.

»Amy«, sagte sie, »ich muss dir was sagen ...«

»Ja?« Amy hob den Kopf und sah ihre Schwester mit einem Blick erstaunlicher Reife an. »Ich muss dir auch was sagen.«

Mary, die bemerkte, dass einen Moment lang alles Kindliche aus Amys Gesicht gewichen war, runzelte die Stirn. »Was denn?«

»Ich wollte es dir und den Eltern schon seit Tagen sagen, aber ich bin nie dazu gekommen, weil sie wegen deinem Blinddarm total aus dem Leim waren, und dann bin ich nach San Diego gefahren, und heute beim Abendessen haben sie mir überhaupt nicht zugehört, weil sie über irgendwas ziemlich aufgeregt waren. Du weißt ja, wie sie manchmal sind. Aber du fährst morgen weg, und drum sag ich's dir jetzt, Mary.«

Mary wartete geduldig, während Amy sorgsam ihre Häkelarbeit zur Seite legte, sich die Hände an der Hose wischte und ihre Schwester dann fest ansah.

»Ich werde Nonne«, sagte sie leise.

Mary starrte sie sprachlos an. Am liebsten hätte sie losgelacht und Amy das Haar gerauft, aber als sie die ernsten braunen Augen sah, das ruhig entschlossene kleine Gesicht, überkam sie eine unerklärliche Furcht.

»Amy, ist das wirklich dein Ernst?«

»Aber ja. Ich weiß schon, viele Mädchen sagen, dass sie Nonne werden wollen, und dann werden sie's doch nicht. Aber ich hab mir das echt gründlich überlegt, und Schwester Agatha hat mir dabei geholfen. Sie sagt, ich kann nächstes Jahr schon in ihren Orden eintreten und dann im Kloster zur Schule gehen, bis ich ins Noviziat eintrete.«

Mary zitterte. »Ach, Amy ...«

»Weißt du, wer mich überhaupt auf den Gedanken gebracht hat, Mary? Du! Vor ein paar Jahren hast du zu mir gesagt, dass du Nonne werden willst, weil du den Menschen helfen möchtest. Ich war damals erst neun oder zehn, und fand es ziemlich blöd. Da muss man ja dauernd nur schwarzes Zeug anziehen, dachte ich, und schminken darf man sich auch nicht. Aber jetzt, im Firmunterricht, hab ich oft mit Schwester Agatha geredet, Mary. Und sie hat mir erzählt, was die Nonnen alles für tolle Sachen machen. Sie können als Krankenschwestern arbeiten, oder in der Mission. Sie müssen nicht nur in ihren Zellen sitzen und Altardecken nähen.

Und dann fiel mir wieder ein, was du über das Peace Corps gesagt hast, und dass du den Benachteiligten helfen willst. Ich dachte, dass ich das auch gern tun würde. Ich möchte so sein wie du, Mary, aber ich möchte es für Jesus tun. Verstehst du, was ich meine?«

Mary wäre am liebsten in Tränen ausgebrochen, vor der schwärmerischen Bewunderung und dem Idealismus in Amys leuchtenden Augen davongelaufen. Sie wusste nicht, was sie sagen sollte. Sie dachte nur voller Trauer, ach, Amy, werde nicht erwachsen.

»Also, was meinst du?«, fragte Amy gespannt.

Mary brachte ein Lächeln zustande und schaffte es, mit ruhiger Stimme zu antworten. »Das ist eine große Entscheidung, Amy.«

»Ich weiß. Aber Schwester Agatha hat gesagt, wenn ich im Kloster bin, wird mir das die Entscheidung erleichtern. Sie hat gesagt, ich würde bestimmt eine gute Nonne werden, und sie hat auch schon mit ihrer Mutter Oberin über mich gesprochen. Mama und Daddy freuen sich bestimmt.« Amy kniff plötzlich die Augen zusammen und sah ihre Schwester scharf an. »Mary! Ist was?«

»Aber nein!« Mary lachte. »Ich finde das ganz toll. Ich freu mich mit dir.« Sie drückte Amys Arm.

»Komm doch mit, Mary. Tritt auch in den Orden ein.«

»Oh –« ihr Lachen wurde nervös. »Wie soll ich denn Mike heiraten und gleichzeitig Nonne werden, hm?«

Amy grinste und nahm ihre Häkelarbeit wieder auf. »Stimmt ja. Ich bin froh, dass du's gut findest.«

Mary starrte auf Amys sich flink bewegende Finger und hörte ihre Schwester fragen: »Was wolltest du mir denn sagen, Mary?«

Die Tränen schossen ihr in die Augen. »Nur, dass du mir fehlen wirst«, antwortete sie leise.

»Hey!« Amy sah strahlend auf. »Das ist das erste Mal, dass du so was zu mir sagst.« Sie warf Mary die Arme um den Hals und drückte sie. »Du wirst mir auch fehlen.«

Mary merkte plötzlich, dass der Wagen langsamer fuhr. Sie waren vom Freeway abgefahren und befanden sich jetzt in einem Wohnviertel mit altmodischen Häusern. Immer noch Amys Worte in den Ohren, drückte sie die Stirn an die Fensterscheibe und kämpfte gegen die Tränen. Nicht jetzt. Nicht hier. Ich weine, wenn ich allein bin ...

Der Wagen hielt an. Sie sahen alle drei hinaus zu der hohen Hecke und dem kleinen, unauffälligen Schild, auf dem ›St. Anne's Maternity Hospital‹ stand.

10

Der Tag war schwül und dunstig; die Kondensstreifen der Düsenmaschinen am Himmel färbten sich gelb, und die Palmen standen müde und schlaff. Jonas Wade, der im kühlen Sprechzimmer seiner Praxis saß, merkte nichts von der drückenden Hitze draußen. Vor einer Viertelstunde war sein letzter Patient gegangen; jetzt konnte er sich der Arbeit zuwenden, die ihn seit Wochen beschäftigte.

In seiner Aktentasche, die unter dem Schreibtisch zu seinen Füßen stand, waren der Hefter voller Aufzeichnungen, die fotokopierten Artikel, das etwas obskure Buch, das er in einem Antiquariat entdeckt hatte, und sein Notizbuch voller ungeordnet niedergeschriebener Gedanken und Überlegungen, die in lesbare Form gebracht werden mussten. Das ganze Projekt, wenn man es so nennen wollte, lief unter dem Arbeitstitel: ›Parthenogenese beim Menschen: Eine Realität‹.

Seit acht Wochen beschäftigte er sich mit diesem Thema, seit seinem ersten Gespräch mit Dorothy Henderson. In dieser Zeit hatte Jonas zahllose Stunden in der Bibliothek verbracht und jedes Wort, jeden Bericht, der seine Theorie untermauern konnte, gewissenhaft fotokopiert; er hatte Dorothy Henderson nochmals in ihrem Labor aufgesucht und sich danach im Encino-Krankenhaus mit einem Spezialisten eingehend über die neuesten Verfahren zur Hautverpflanzung unterhalten. Aufgrund seiner Recherchen verdichtete sich seine Vermutung, dass Mary Ann McFarland in der Tat eine parthenogenetische Mutter war, immer mehr. Gleichzeitig jedoch war er sich der Tatsache bewusst, dass seine ganze schöne Theorie in sich zusammenfallen würde, wenn er nicht einen entscheidenden Faktor miteinbezog: das Mädchen selbst.

Er wünschte jetzt, er wäre nicht so schnell bereit gewesen, sie ins St. Anne's Mütterheim schicken zu lassen, und hatte gleichzeitig ein schlechtes Gewissen, dass er das wünschte; er wusste, dass das St. Annes für Mary das Beste war, ihr Verbleib zu Hause wäre nur für Jonas Wade von Vorteil gewesen.

Es klopfte kurz, dann öffnete seine Sprechstundenhilfe die Tür. »Dr. Wade? Würden Sie noch eine Patientin empfangen?«

Er zog die Brauen hoch und warf einen Blick auf seine Uhr. »Jetzt noch? Es ist vier Uhr vorbei. Ich wollte gerade gehen. Hat die Frau einen Termin?«

Die Sprechstundenhilfe trat ins Zimmer und schloss

die Tür hinter sich. »Es ist die kleine McFarland. Sie möchte unbedingt mit Ihnen sprechen.«

»McFarland? Mary Ann McFarland?« Jonas stand auf. »Schicken Sie sie herein.«

»Soll ich noch bleiben?«

»Nein, danke. Aber rufen Sie bitte meine Frau an, ehe Sie gehen, und sagen Sie ihr, dass ich mich etwas verspäten werde.«

Nachdem die Sprechstundenhilfe hinausgegangen war, setzte sich Jonas wieder, und als einen Moment später sich die Tür öffnete und Mary ins Zimmer trat, sah er ihr lächelnd entgegen.

»Hallo, Mary. Komm herein. Setz dich.«

Sie machte leise die Tür hinter sich zu, kam durch das Zimmer, stellte ihren kleinen Koffer ab und setzte sich in einen der Ledersessel vor seinem Schreibtisch.

Sie hatte sich verändert, seit er sie das letzte Mal gesehen hatte. Sie wirkte voller, rundlicher, war nicht mehr das gertenschlanke, etwas kantige junge Mädchen, das er bei ihrem ersten Besuch kennen gelernt hatte. Das weiche braune Haar, das in der Mitte gescheitelt war, fiel ihr glänzend über die Schultern, die eine neue sanfte Rundung hatten. Als sie sich setzte, sah er flüchtig die leichte Schwellung ihres Bauches. Er fand sie fraulicher geworden, weicher.

»Das ist wirklich ein Zufall, Mary«, sagte er. »Ich habe gerade an dich gedacht. Wie geht es dir?«

»Dr. Wade, warum bin ich schwanger?«

Er antwortete nicht gleich. Sein Blick glitt zu ihren Handgelenken. Die Narben waren jetzt kaum noch zu sehen. Dann betrachtete er ihr Gesicht. Die Furcht und die Verwirrung, die er zuletzt in den großen blauen Augen gesehen hatte, waren nicht mehr da. Stattdessen sah sie ihn mit einer ruhigen Selbstsicherheit an, die ihn erstaunte. Die Wandlung, die mit dem Mädchen vorgegangen war, war bemerkenswert.

»Augenblick, Mary. Das letzte Mal warst du vor sieben oder acht Wochen bei mir. Damals hast du bestritten, schwanger zu sein.«

Sie nickte. »Das kann ich jetzt nicht mehr. Ich weiß, dass ich wirklich schwanger bin. Und ich möchte wissen, wieso.«

Jonas lehnte sich in seinem Sessel zurück. Er war erregt, aber er stellte seine Frage ganz sachlich. »Du glaubst also immer noch, dass du unberührt bist?«

»Ich weiß es.«

»Und was ist mit St. Anne's?«

»Da war ich die letzten sechs Wochen. Heute bin ich gegangen.«

»Ach?« Er schaute zu ihrem Köfferchen hinunter.

»Meine Freundin Germaine hat mich ein paarmal besucht und mir erzählt, welche Busse sie genommen hat. Ich hab's einfach umgekehrt gemacht.«

»Du bist mit dem Bus gekommen? Die weite Fahrt?«

»Ich musste ja.«

»Aber – wo sind denn deine Eltern?«

Mary zuckte die Achseln. »Zu Hause, nehme ich an.«

»Wissen sie nicht, dass du von St. Anne's weg bist?«

»Nein.«

Jonas beugte sich abrupt nach vorn. »Du bist einfach aus dem Mütterheim weggegangen und direkt hierher gekommen? Ohne jemandem etwas zu sagen?«

»Ja.«

»Warum?«

»Weil ich nicht mehr dort bleiben wollte.«

»Ich meine, warum bist du direkt hierher gekommen? Warum bist du nicht nach Hause gefahren?«

»Weil ich wissen möchte, wieso ich schwanger bin. Sie sind der einzige, der mir helfen kann.«

»Mary –« Jonas setzte sich wieder tiefer in seinen Sessel und stieß dabei mit dem Fuß an seine Aktentasche. »Mary du musst nach Hause. Ohne Erlaubnis deiner Eltern kann ich nichts tun.«

»Das weiß ich. Aber ich musste einfach zuerst zu Ihnen kommen. Ich meine, ehe ich meinen Eltern sage, was ich für mich beschlossen habe. Sie sind der einzige Mensch, an den ich mich wenden kann und dem ich vertraue. Ich kann meinen Eltern nicht allein gegenübertreten, Dr. Wade. Jetzt noch nicht.«

Sein Blick ruhte auf ihrem Gesicht. Er sah das Kindliche hinter der dünnen Fassade erwachsener Selbstsicherheit. Doch keine so tiefe Wandlung, dachte er. Bloß ein Kind, das sich die Maske der Erwachsenen aufgesetzt hat.

»Du brauchtest nicht aus dem Mütterheim wegzugehen, um mit mir sprechen zu können. Du hättest mich anrufen können. Ich wäre zu dir gekommen.«

Sie schüttelte den Kopf. »Doch, ich musste weg. Ich will die Schwangerschaft zu Hause erleben. Ich möchte bei meinen Eltern und bei meiner Schwester sein. Sie sollen dazugehören.«

»Hast du dir mal überlegt, was sie davon halten werden?«

»Das ist mir gleich, Dr. Wade. Sie müssen mich einfach akzeptieren. Sie haben mich weggeschickt, weil sie meinen Anblick nicht aushalten konnten. Aber ich lass mich nicht wegpacken wie Mr. Rochesters verrückte Ehefrau. Ich habe nichts getan. Ich bin keine Verbrecherin. Dr. Wade –« Mary beugte sich zum Schreibtisch vor und sah ihn beschwörend an – »können Sie mir sagen, wieso ich schwanger bin?«

Er war hin- und hergerissen. Einerseits drängte es ihn, ihr alles zu sagen, andererseits hielt er es für geraten, sein Geheimnis noch für sich zu behalten.

»Es wird dich vielleicht überraschen, Mary, aber ich habe in den letzten zwei Monaten sehr viel an dich gedacht und mir die gleiche Frage gestellt wie du: Wie bist du schwanger geworden.«

»Ach, Dr. Wade, ich wusste ja von Anfang an, dass Sie mir glauben. Darum bin ich heute zu Ihnen gekommen.«

Jonas konnte den hoffnungsvollen Blick nicht aushalten. Abrupt stand er auf und ging zum großen Fenster. Das Tal zu seinen Füßen war in gelben Dunst getaucht. Er musste sich einen Moment Zeit nehmen, um sich zu überlegen, wie er die Situation anpacken sollte; ob er ihr sagen sollte, was er wusste, und wenn ja, wie er es ihr am besten sagen konnte.

Mary hatte sich durch die Schwangerschaft verändert, gewiss, sie war reifer geworden. Doch was er ihr zu sagen hatte, würde auch für eine erwachsene Frau schwer zu begreifen und zu verarbeiten sein. Konnte er ihr diese Belastung zumuten? Wie, dachte er, soll ich ihr sagen, dass in ihrem Bauch vielleicht kein Kind heranwächst, sondern eine monströse Masse menschlichen Gewebes?

Um sich noch etwas Zeit zu schaffen, fragte er: »Wie war es denn eigentlich in St. Anne's?«

Er hörte sie seufzen und glaubte eine Spur Ungeduld wahrzunehmen.

»Es war wie im College. In einem Wohnheim. Es ist wirklich ganz schön da. Es hat überhaupt keine Ähnlichkeit mit einem Krankenhaus. Ich hatte ein Zimmer zusammen mit einem sehr netten Mädchen, und die Nonnen waren immer freundlich. Aber ich gehöre da nicht hin. Die anderen Mädchen waren alle schwanger, weil sie was getan hatten, und sie wussten es auch. Sie haben sogar darüber geredet. Nur bei mir war es anders. Ich war ausgeschlossen. Ich hatte viel Zeit zum Nachdenken, und am Schluss konnte ich es einfach nicht mehr aushalten, nur rumzusitzen und abzuwarten. Ich muss wissen, wieso ich schwanger bin.«

Erst jetzt drehte er sich endlich um. »Die Ärzte im St. Anne's haben dich doch untersucht, Mary. Was haben sie dir über deinen Zustand gesagt?«

Sie sah ihn groß an. »Was meinen Sie?«

»Nun, man hat dich doch untersucht, nicht wahr?«

»Ja. Einmal in der Woche.«

»Na also. Und was haben die Ärzte gesagt? Haben sie dir gesagt, dass du gesund bist? Dass alles normal verläuft?«

Genauer wollte er nicht werden. Er wollte das Mädchen nicht beunruhigen. Stattdessen würde er gleich morgen vom St. Anne's ihre Unterlagen anfordern.

Mary zuckte die Achseln. »Ich glaub schon, dass alles normal ist. Sie haben gesagt, ich hätte nicht zu viel zugenommen, und geschwollene Füße seien normal. Sie haben nicht viel mit mir gesprochen.«

Jonas fühlte sich unbehaglich, schlecht vorbereitet auf dieses Gespräch, das sich so überraschend ergeben hatte. Er brauchte Fakten, aber er wusste nicht, wie er danach fragen sollte.

»Oh«, fügte sie mit einem flüchtigen Lächeln hinzu. »Sie haben gesagt, dass das Baby normal und gesund ist.«

Einen Moment lang starrte er sie verständnislos an. »Was?«, sagte er dann.

»Ich hab seinen Herzschlag gehört. Einer von den Ärzten war echt nett und...«

Er hörte Marys Stimme gar nicht mehr. Sie hat seinen Herzschlag gehört! Es hat einen Herzschlag!

»Ist was, Dr. Wade?«

Jonas zwinkerte. »Bitte? Nein, nein, entschuldige. Ich war in Gedanken.« Er kehrte zu seinem Sessel zurück und blieb auf die Rückenlehne gestützt stehen. Es hatte einen Herzschlag. Es lebte...

Jonas setzte sich und zwang sich zur Ruhe. »Mary, du bist, wie ich dir schon sagte, nicht die einzige, die sich fragt, wie du schwanger werden konntest. Ich habe versucht, das Rätsel zu lösen, aber ich habe gemerkt, dass ich es ohne deine Hilfe nicht schaffe.«

»Und wie kann ich Ihnen helfen?«

»Indem du mir ein paar Fragen beantwortest. Versuchen wir es, ja?«

»Natürlich. Heißt das, dass Sie meine Eltern vorläufig nicht anrufen?«

Die Frage traf ihn wie ein Schlag. So eingesponnen war er in sein wissenschaftliches Interesse gewesen, dass er seine Verantwortung als Arzt der Patientin gegenüber völlig aus den Augen verloren hatte. Das Mädchen war durchgebrannt; zweifellos machte man sich inzwischen Sorgen um sie. Er griff zum Telefon.

Fünf Minuten später waren die Nonnen in St. Anne's informiert und beruhigt. Bei den McFarlands hatte sich niemand gemeldet.

»Ich versuche es in ein paar Minuten noch einmal«, sagte Jonas. »Also, kommen wir zu den Fragen, Mary.« Er zog sich einen Block heran und nahm seinen Füller. »Gehen wir zurück zum ungefähren Zeitpunkt der Empfängnis. Wenn wir es richtig angehen, fällt dir vielleicht etwas ein, woran du bisher nicht gedacht hast.«

»Ich hab die ganze letzte Woche darüber nachgedacht, Dr. Wade. Bei der letzten Untersuchung vor acht Tagen sagte der Arzt, dass ich in der sechzehnten Woche bin. Er sagte, die Empfängnis wäre irgendwann in der ersten Aprilhälfte gewesen. Ich hab dann versucht, mich zu erinnern, und ich hab den April noch gut im Kopf, weil Mike zu der Zeit von Verwandten von außerhalb Besuch hatte und wir uns vor Ostern nur zweimal gesehen haben. Und in der Woche drauf nur einmal. Einmal beim Frühlingsfest von St. Sebastian. Das hat am Tag stattgefunden, und wir waren keinen Moment miteinander allein. Das zweite Mal waren wir abends zusammen, und das war bei uns zu Hause im Schwimmbecken. Und dann haben wir uns einmal bei mir zu Hause einen Film im Fernsehen angeschaut. Aber da waren meine Eltern dabei. Wie soll da irgendwas gewesen sein? Selbst wenn ich's hinterher vergessen hätte, wie alle glauben. Wir hatten ja nicht mal eine Gelegenheit, Dr. Wade.«

»Ich weiß, Mary. Da ich aus Erfahrung weiß, dass viele junge Mädchen in einem Fall wie deinem beharrlich leugnen, Geschlechtsverkehr gehabt zu haben, musste ich alle Möglichkeiten in Betracht ziehen, sogar dass du es verdrängst. Aber daran glaube ich nicht mehr.« Er machte eine kleine Pause. »Gut, Mary, jetzt denk nach. Hast du irgendwann im April, um Ostern herum, aus irgendeinem Grund Medikamente eingenommen?«

Sie überlegte einen Moment. »Nein.«

»Hast du eine Spritze bekommen? Oder bist du geimpft worden gegen die Grippe oder Kinderlähmung oder so etwas?«

»Nein.«

Er machte sich Notizen. »Hast du sonst etwas eingenommen? Vitamine, Hustensaft, Aspirin?«

»Überhaupt nichts, Dr. Wade. Im April ist es mir ja noch gut gegangen.«

»Okay.« Er schwieg nachdenklich. »Hast du dich vielleicht irgendwie verletzt? Bist mit dem Fuß in einen Nagel gestiegen oder so etwas?«

»Nein, überhaupt nichts.«

Er legte den Füller weg und spielte mit dem Gedanken, seine Aktentasche hervorzuholen. Darin waren die Notizen, die er sich bei Dr. Henderson gemacht hatte. Mit ihrer Hilfe hätte er sein Gedächtnis auffrischen und feststellen können, was für mögliche Aktivatoren es noch gab. Aber er wollte Mary nicht beunruhigen. Er –

»Das einzige, was mir im April passiert ist, Dr. Wade, war im Schwimmbecken bei uns zu Hause, als Mike und ich an dem Abend badeten. Da gab's bei der Beckenbeleuchtung einen Kurzschluss, und ich kriegte einen elektrischen Schlag.«

»Was?«

»Ja, ich hab mich fürchterlich erschrocken, aber mir ist nichts passiert. Meine Mutter sagte, eine Frau wäre mal umgekommen, als sie in einem Hotel –«

»Du hast einen elektrischen Schlag bekommen?«

»Ja. Warum?«

Jonas war selbst wie vom Schlag gerührt. Er hatte Mühe, seine Ruhe zu bewahren. Um seine Erregung zu verbergen, lehnte er sich in seinem Sessel zurück und faltete fest die Hände.

»Wann ist das passiert? Möglichst genau, bitte.«

»Ein paar Tage vor Ostern.«

»Was genau ist passiert? Du warst mit Mike im Schwimmbecken –«

»Nein, nur ich war im Becken. Mike stand oben auf dem Sprungbrett. Es war dunkel, drum hatten wir die

Beleuchtung angemacht. Ich weiß nicht, auf einmal fühlte sich das Wasser ganz komisch an, ich kann's nicht beschreiben. Ich bekam einen Riesenschreck und fing an zu schreien. Dann kriegte ich plötzlich keine Luft mehr. Ich erinnere mich, dass Mike mich rausgezogen hat und mir auf den Rücken klopfte. Das war alles.«

Jonas Wade krampfte die Hände so fest ineinander, dass sie weiß anliefen. Das war unglaublich. War es möglich, dass er jetzt alles beisammen hatte?

Bis zu diesem Moment hatte Jonas sich eiserne Zurückhaltung auferlegt und sich nicht gestattet, seinen Hoffnungen freien Lauf zu lassen. Sollte der Traum jetzt Wirklichkeit werden: der aufregendste medizinische Bericht seit – ja, seit wann?

»Dr. Wade?«

Er sah sie an. Wie sollte er es angehen? Wem sollte er seinen Befund zeigen? Welcher Zeitschrift sollte er –

»Dr. Wade?«

»Entschuldige, Mary, mir kam bei dem, was du eben sagtest, eine Erinnerung.« Er setzte wieder sein Arztlächeln auf.

Doch die anfängliche Erregung über das, was er von Mary Ann McFarland gehört hatte, wandelte sich rasch in tiefe Beunruhigung. Die beiden neuen Faktoren, der festgestellte Herzschlag des Embryos und der elektrische Schlag, die seine These von einer Parthenogenese untermauerten, weckten auch neue Ängste und Befürchtungen. Jetzt konnte es sich nicht mehr um eine wuchernde Gewebemasse, um einen Tumor handeln, der operativ entfernt werden konnte. Es war ein wahrhaft parthenogenetischer Fötus, der da heranwuchs, aber war er gesund und normal?

Impulsiv griff Jonas zum Telefon. »Ich versuche jetzt noch einmal, deine Eltern zu erreichen, Mary.«

Im Wohnzimmer war es dunkel geworden. Keiner machte Licht. Ted McFarland saß mit gesenktem Kopf und fragte sich, ob er wirklich alles gesagt hatte. Das Schweigen schien ihm hohl und gespannt, als verlange es nach weiteren Worten. Aber es fielen ihm keine mehr ein.

Lucille, die tief in ihrem Sessel lag und zur schattendunklen Decke hinaufstarrte, hegte die bedrückende Befürchtung, dass zu viel gesagt worden war. Und doch war das eine, was Lucille am dringendsten hatte sagen wollen – es tut mir Leid –, nicht ausgesprochen worden.

Mary spürte die Spannung, merkte, dass ihre Eltern mit ihren Emotionen zu kämpfen hatten. Ted, der mit hängendem Kopf und gefalteten Händen da saß, schien zu beten, und Lucille, dachte Mary, sah aus wie die leidende Dienerin Gottes.

Es war so gut gegangen, wie zu erwarten gewesen war. Vielleicht sogar besser. Höflich und überaus dankbar waren sie in Dr. Wades Praxis erschienen, sehr darauf bedacht, ihm zu zeigen, dass sie es ihm nicht verübelten, dass er der einzige war, dem ihre Tochter Vertrauen schenkte. Sie hatten Platz genommen, und ein Weilchen hatten sie alle vier miteinander gesprochen, wenn auch mit einiger Verlegenheit. Dr. Wade hatte merkwürdig steif und gestelzt gewirkt, als fühle er sich gar nicht wohl und hätte das Verlangen, so schnell wie möglich zu gehen.

Zuerst hatten die drei Erwachsenen Mary zu überreden versucht, wieder ins St. Anne's zurückzukehren. Dann hatte ihr Dr. Wade einen Vortrag darüber gehalten, was eine schwangere Frau zu beachten, wie sie sich zu pflegen hatte, und ihr danach den nächsten Untersuchungstermin auf einen Zettel geschrieben.

Auf der Heimfahrt hatten Mary und ihre Eltern kaum miteinander gesprochen, aber sobald sie zu Hause gewesen waren, hatte Lucille gesagt: »Amy darf von alledem nichts erfahren.«

»Wie willst du es ihr denn verheimlichen?«, fragte Mary.

»Wenn wir dich nicht wegschicken können, schicken wir eben deine Schwester weg. Heute übernachtet sie bei Melody. Bis morgen wird mir schon etwas einfallen.«

Mary wollte gerade Protest erheben, als ihr Vater ganz ruhig sagte: »Amy bleibt hier, Lucille. Sie muss es erfahren. Es ist an der Zeit, dass sie die Wahrheit erfährt.«

»Nein!« Lucille war entsetzt. »Nein, das lasse ich nicht zu. Sie ist noch zu klein. Das ist zu viel für sie.«

»Sie ist fast dreizehn Jahre alt, Lucille. Es kann ihr nur gut tun, wenn sie Bescheid weiß.«

»Nein, sie soll unschuldig bleiben. Sie tritt nächstes Jahr in Schwester Agathas Orden ein –«

Ted schüttelte nur den Kopf, und Lucille gab auf.

Danach sprachen sie von anderen Dingen, von der Schule, von der Kirche, von all den Orten und Anlässen, wo Mary sich der Öffentlichkeit zeigen musste. Mary, die über diese Fragen gar nicht weiter nachgedacht hatte, äußerte sich kaum dazu. Sie hatte nur gewusst, dass sie nach Hause wollte. Alles, was damit zusammenhing – der regelmäßige Kirchgang, die Fahrten mit ihrer Mutter zum Supermarkt –, wollte sie einfach von Tag zu Tag bewältigen.

Jetzt hatten sie sich alle leer geredet. Das Haus war dunkel und still. Mary stand auf. Ted hob den Kopf. Sie hatte den Eindruck, dass er zu lächeln versuchte.

»Ich geh in mein Zimmer«, sagte sie leise und nahm ihren Koffer.

Ted sprang sofort auf und packte den Koffer so beflissen wie ein Page, der auf ein Trinkgeld hofft.

Mary wandte sich Lucille zu. »Ich hab Hunger, Mutter. Was gibt's zum Abendessen?«

Sie telefonierte von der Küche aus. »Germaine? Ich bin's. Ich bin wieder zu Hause.«

Germaines Stimme, die so klar klang, als wäre die Freundin mit ihr in einem Zimmer, tröstete sie sofort.

»Mare? Du bist zu Hause? Wieso denn?«

Sie ist ganz nahe, dachte Mary und legte beide Hände fest um den Hörer. Das ist das Gute daran, zu Hause zu sein. Germaine ist in der Nähe. »Ich wollte nicht mehr bleiben. Ich bin heute Nachmittag heimgekommen, und ich geh nicht wieder dahin zurück.«

»Ach, Mensch, toll! Dann kriegst du's hier, in Tarzana?«

»Ja. Ich will es haben, Germaine. Ich will mein Kind haben.«

Schweigen.

»Germaine?«

Eine leichte Veränderung in der Stimme. Vorsicht. »Und was sagen deine Eltern dazu?«

Mary sah sich in der Küche um. Das Geschirr war noch nicht gespült. Ein Teller mit kalten Spaghetti, die schon ganz verklebt waren, stand auf der Anrichte.

»Ich weiß nicht genau. Wir haben ein bisschen miteinander geredet, aber sie haben nicht viel gesagt. Beim Essen war's ziemlich peinlich, aber das wird schon wieder werden.«

»Ach, Mare, ich freu mich so, dass du wieder da bist. Ich war richtig einsam.«

»Germaine?«

»Ja?«

»Hast du Mike mal gesehen?«

Pause. »Nur zwei- oder dreimal in der Schule, Mare. Er hat Chemie und englische Literatur. Ich treffe ihn manchmal, wenn ich zu meinem Kurs über amerikanische Verfassung gehe.«

»Amerikanische Verfassung?«

»Das ist ein neuer Kurs. Im September nehme ich politische Wissenschaften, und da ist amerikanische Verfassung Voraussetzung. Häuptling Knopfnase gibt den Kurs.«

»Hat er was zu dir gesagt, Germaine? Über mich?«

»Die alte Knopfnase redet mit keinem ein privates Wort.«

»Germaine –«

»Nein, Mare, Mike hat nichts zu mir gesagt. Du weißt doch, er mag mich nicht.«

»Und die anderen?«

»Keine Ahnung, Mare. Marcie ist außer mir die einzige, die dieses Jahr Sommerkurse nimmt. Die anderen sind wahrscheinlich jeden Tag in Malibu.«

»Germaine, hat mal jemand gefragt –«

»Nicht direkt, aber sie sind bestimmt alle neugierig. Sheila Brabent hat mich vor zwei Wochen mal angerufen und gefragt, ob's stimmt. Ausgerechnet die.«

»Und was hast du gesagt?«

»Na ja, Mare, ich musste ja sagen. Es stimmt ja, oder? du bist schwanger, nicht?«

»Ja, es stimmt, aber ...« Mary seufzte.

»Mare?«

»Ja?«

»Wann kommst du mal zu mir. Es ist verdammt langweilig ohne dich. Rudy ist nach Mississippi gefahren, zu einem Riesenprotestmarsch. Ohne euch beide bin ich total vereinsamt. Meine Mutter fragt, ob du nicht Lust hast, mal zum Essen zu kommen. Wann kannst du kommen?«

Mary fühlte sich etwas besser, nachdem sie aufgelegt hatte, aber nicht so viel besser, wie sie gehofft hatte. Sie musste eben Geduld haben, dachte sie. Sie hatte ja noch fast fünf Monate, um sich an die neue Situation zu gewöhnen und Möglichkeiten zu finden, mit ihr fertig zu werden. Gott sei Dank, dass wenigstens Germaine sich wie immer verhielt.

Sie wählte die ersten drei Zahlen von Mikes Nummer und legte wieder auf. Noch nicht. Nicht gleich an ihrem ersten Abend zu Hause. Erst wollte sie sich wieder eingewöhnen, dann würde sie mit ihm reden und alles in Ordnung bringen.

Mary lehnte sich an die kühle Küchenwand und schloss die Augen. Vor zwei Monaten hatte sie genau an dieser selben Stelle eine Entscheidung getroffen, und es war die falsche gewesen. Sie drehte den Kopf und sah zum Telefon. Er hat mich vergessen, dachte sie.

Mike suchte im Dunklen nach dem Lichtschalter und drückte ihn herunter. Als das Licht aufflammte, schloss er geblendet die Augen und tappte blind zum Waschbecken. Das kalte Wasser tat gut. Viel Seife. Er seifte sich bis zu den Ellbogen ein wie ein Chirurg vor der Operation, und dann spülte und spülte er und vermied es dabei die ganze Zeit, den Burschen im Spiegel anzusehen.

Als er fertig war und sich abtrocknete, dachte er missmutig, Herrgott nochmal, was ist eigentlich in mich gefahren? Er hängte das Handtuch ordentlich wieder über den Halter und sah endlich in den Spiegel, um aufmerksam sein Gesicht zu mustern.

Weicher Flaum bedeckte seine Wangen, aber sein Kinn war immer noch so zart und glatt wie das eines Säuglings. Keine Spur von einem Bart. Er erinnerte sich an den Vortrag, den Bruder Nikodemus ihnen in der siebenten Klasse über die Sünde Onans gehalten hatte.

»Ein sicheres Zeichen dafür, dass jemand dieser Sünde frönt, ist, dass er sehr spät einen Bart bekommt, manchmal sogar überhaupt nicht. Das ist eine Tatsache, Jungen, da gibt's nichts zu grinsen. Die Selbstberührung führt zu einer unnatürlichen Freisetzung bestimmter chemischer Stoffe, die eigentlich der Anregung des Bartwuchses dienen sollten. Da könnt ihr jeden Arzt fragen. Die Selbstberührung ist eine Sünde und eine Beleidigung Gottes, die sich nicht verbergen lässt. Jeder kann euch deutlich vom Gesicht ablesen, ob ihr so etwas tut.«

»Ja, klar ...« murmelte Mike, während er sich mit der Hand über das Kinn strich. Die Jungen der St. Sebastian Schule hatten es damals nicht geglaubt und glaubten es auch jetzt nicht. Trotzdem, er würde sich viel mehr als Mann fühlen, wenn er endlich einen Bart bekäme.

Mike knipste das Licht aus und ging in sein Zimmer zurück. Zwei Dinge quälten ihn, als er sich wieder hinlegte, und nahmen ihm den Schlaf. Das eine war, dass er sich nachgegeben hatte und nun morgen nicht zur Kommunion gehen konnte. Das andere war Mary.

Die Arme unter dem Kopf verschränkt, versuchte er, wie er das jeden Abend tat, sich Mary vorzustellen. Und während er ihr Bild an die schwarze Zimmerdecke projizierte, bemühte er sich, wie er das ebenfalls jeden Abend tat, den Wirrwarr seiner Gefühle auseinander zu zupfen, Ordnung zu schaffen, zu verstehen, was in ihm vorging. Am liebsten hätte er eine säuberliche Liste aufgestellt.

Er war zornig. Das lag auf der Hand. Aber auf wen? Auf Mary vielleicht. Auf sich selbst ganz sicher. Und am meisten auf den Kerl, der ihr das Kind gemacht hatte. Und er war unglücklich. Er hatte Sehnsucht nach ihr. Er hielt es kaum aus vor Sehnsucht. Andere Mädchen interessierten ihn nicht. Er gehörte zu Mary. Neugier. Warum hatte sie es getan und mit wem? Sexuelle Begierde. Er begehrte sie noch genauso heftig wie zuvor, verlangte nach der verbotenen Frucht, die nun in unerreichbare Ferne gerückt zu sein schien. Und etwas wie Scheu war da, vor Mary, der Schwangeren.

Er war geplagt von dem Verlangen, ihr zu verzeihen, aber zu stolz, den ersten Schritt zu tun.

Mit einem Ruck wälzte er sich herum und schlug mit der Faust in sein Kopfkissen. Er war tief getroffen gewesen, als er heute von seinem Vater gehört hatte, dass sie nach Hause zurückgekehrt war, ohne sich bei ihm zu melden. Jetzt war alles noch schlimmer geworden. Solange Mary fort gewesen war, hatte Mike seinen Kummer und seine tiefe Niedergeschlagenheit beherrschen können; jetzt, wo sie wieder da war, kam alles von neuem hoch. Erst der Impuls, sie anzurufen, sie zu küssen, mit ihr zu weinen. Dann Wut. Sie hatte ihn belogen. Danach der Wunsch, sich zu ihr zu setzen und ruhig zu fragen: Warum, Mary? Warum ein anderer und nicht ich?

Hundertmal war er drauf und dran gewesen, im St. Anne's anzurufen. Aber immer, wenn er angefangen hatte zu wählen, hatte er wieder aufgelegt. Hätte er sie nur vergessen können. Warum schnappte er sich nicht einfach die dicke Sherry, die ihm hinterher rannte wie ein Hündchen und von der er bestimmt alles kriegen konnte, was er wollte? Oder Sheila Brabent mit dem großen Busen.

Warum Mary?

Wieder schlug er ins Kissen.

Dann seine Freunde. Diese fürchterliche Entscheidung, ob er die Verantwortung für Marys Schwangerschaft auf sich nehmen oder die Wahrheit sagen und zugeben sollte, dass er nur angegeben hatte. Er wusste nicht, was er tun sollte.

Sein Vater, der von der ganzen Geschichte völlig niedergeschmettert war, bestand immer noch darauf, dass Mike zu ihr stehen und sie heiraten sollte. Und Pater Crispin forderte ihn immer wieder auf, er solle seine Sünde endlich beichten, und glaubte ihm nicht, dass er mit Marys Schwangerschaft nichts zu tun hatte.

Mike hoffte jetzt verzweifelt, dass das Kind gleich nach der Geburt weggegeben würde und zwischen ihm und Mary alles wieder so werden würde, wie es gewesen war. Sie hatte ihn belogen, sie hatte kein Vertrauen zu ihm gehabt, aber er liebte sie immer noch. Er liebte sie mehr denn je.

11

Der Leichnam lag auf dem Tisch, nackt bis auf ein Lendentuch, den linken Arm abgespreizt, sodass die Sehnen und Muskeln deutlich hervortraten. Acht bärtige

Männer standen in staunender Aufmerksamkeit um ihn herum. Es war eine hervorragende Reproduktion von Rembrandts *Anatomiestunde bei Dr. Tulp,* und Bernie Schwartz war gefesselt von der Darstellung.

Jonas, der dem Freund in seinem Arbeitszimmer gegenübersaß, wartete ungeduldig auf einen Kommentar. Als das Schweigen sich in die Länge zog, hielt er es nicht mehr aus. »Und?« fragte er. »Was sagst du?«

Bernie wandte den Blick von dem Bild und richtete ihn auf Jonas. »Du hast mich überzeugt.«

Jonas entspannte sich etwas. »Dann bin ich also nicht verrückt.«

Bernie lächelte. »Nein, mein Freund, das bist du nicht. Das alles ist doch nicht zu widerlegen.« Er wies mit seiner kurzen, weichen Hand auf die Papiere, die vor ihm auf dem Sofa ausgebreitet lagen. Er hatte die vergangene halbe Stunde damit zugebracht, Jonas Wades Aufzeichnungen und die umfangreiche Bibliografie durchzusehen. »Ich muss sagen«, fügte er hinzu, »ich bin beeindruckt. Ich hätte das nicht für möglich gehalten. Vor zwei Monaten war ich noch sicher, du hättest einen Floh im Ohr. Jetzt hast du mich überzeugt.«

Jonas war erregt. Die Tatsache, dass Bernie Schwartz seine Theorie akzeptierte, beflügelte seinen Ehrgeiz. Er stand auf und ging ein paarmal im Zimmer hin und her.

»Mir macht die Sache Angst, Bernie.«

»Wieso?«

Jonas schloss die Zimmertür, als draußen jemand den Fernsehapparat aufdrehte, und kehrte zu seinem Sessel zurück.

»Ich war die ganze Zeit ziemlich sicher«, sagte er, »dass es nur eine formlose Gewebemasse ist, eine Wucherung. Ich hatte vor, den behandelnden Arzt im St. Anne's aufzusuchen und ihm meinen Verdacht mitzuteilen. Ich wollte sie dann in ein paar Wochen operieren. Ich rechnete mit einem Dermoid. Aber dann –« er schaute einen Moment in sein Whiskyglas, dann stellte er es auf den Tisch –, »dann erschien sie in meiner Praxis und sagte, sie hätte seinen Herzschlag gehört.«

»Na und? Was ist daran so beängstigend?«

»Es ist ein parthenogenetischer Fötus, Bernie. Dir ist doch klar, was das bedeutet? Lieber Gott, wer weiß, was da herauskommt.«

»Na, was man in solchen Zweifelsfällen macht, weißt du doch besser als ich. Mach ein paar Röntgenaufnahmen.«

»Das kann ich nicht. Es ist zu früh. Vor der vierundzwanzigsten Woche kann man nicht röntgen. Die Strahlung könnte dem Fötus schaden.«

»Dann kannst du nur warten. Ich bin sicher, das Kind ist normal, Jonas –«

»Und woher nimmst du diese Sicherheit?« Ein Anflug von Ärger schwang in seiner Stimme. »Im Labor wurden bei Stimulation durch Stromschlag gesunde

Mäuse hervorgebracht. Es wurden aber auch Mutationen geboren.« Jonas schwieg einen Moment, um seinen Worten Nachdruck zu verleihen. »Mutationen, Bernie!«

»Es hat einen Herzschlag –«

»Auch eine Missgeburt kann einen Herzschlag haben, Herrgott nochmal!«

Die beiden Männer sahen sich schweigend an.

»Es ist eine Riesenverantwortung«, murmelte Jonas schließlich. »Ich muss mit den Eltern sprechen. Sie müssen gewarnt werden.«

»Was redest du da, Jonas?«, fragte Bernie scharf. »Sprichst du von Abtreibung?«

Jonas zog die Brauen hoch. »Aber nein! Der Gedanke ist mir überhaupt nicht gekommen. Außerdem kommt das sowieso nicht in Frage. Das Kind *kann* deformiert sein, aber es muss nicht so sein, und im Augenblick können wir nicht röntgen. Bis wir Aufnahmen machen können, ist es sowieso zu spät. Dann ist eine Abtreibung nicht mehr möglich.«

»Selbst wenn das Kind deformiert ist?«

»Dem Gesetz nach ist ein Embryo mit sechs Monaten lebensfähig, Bernie. Kein Gericht weit und breit würde einem Abbruch aufgrund einer Deformierung des Kindes zustimmen. Da müsste ich schon nachweisen, dass das Leben der Mutter auf dem Spiel steht.«

»Du hast ja noch Zeit, Jonas.«

Wieder sprang Jonas auf und lief ein paar Mal rastlos hin und her. Er konnte nicht auf die Röntgenaufnahmen warten; bis dahin waren es noch acht oder neun Wochen. Er musste früher Gewissheit haben. Er musste sie jetzt haben. Abrupt blieb er stehen.

»Bernie, ich möchte eine Fruchtwasseruntersuchung machen.«

»Was? Aber Jonas, das ist doch eine äußerst heikle Geschichte. Die Untersuchung befindet sich noch in der experimentellen Phase und ist äußerst riskant.«

»Ihr macht sie doch bei Müttern mit negativem Rhesusfaktor, oder nicht?«

»Zunächst einmal, Jonas: *Ich* mache gar nichts. Die Fruchtwasseruntersuchung wird in Krankenhäusern von Spezialisten durchgeführt, und die Blutuntersuchungen werden im Labor gemacht. Kann sein, dass einige Leute in meiner Abteilung mit Fruchtwasser experimentieren und genetische Untersuchungen machen, aber ich habe so was nie gesehen. Im Übrigen wird so eine Untersuchung nur gemacht, wenn es auf Leben und Tod geht. Nicht um die Neugier zu befriedigen.«

»Aber du könntest die genetischen Untersuchungen machen, Bernie, wenn du eine Probe des Fruchtwassers hättest?«

»Du meinst, ob ich mir die Chromosomen anschauen und feststellen könnte, ob das Kind deformiert ist?«

»Ja.«

»Nicht mit Sicherheit, Jonas. Mongolismus und gewisse andere Krankheiten oder Abweichungen könnte ich feststellen, aber so ein Test zeigt längst nicht alles. Bedenk doch die Risiken, Jonas. Verletzung des Fötus, Risiko einer Frühgeburt, Infektion. Und wozu? Bleib bei deinen Röntgenaufnahmen, Jonas.«

»So lange kann ich nicht warten, Bernie.«

»Jonas, du brauchst keine Chromosomenuntersuchung, um die Eltern des Mädchens davon zu überzeugen, dass ihre Tochter die Wahrheit sagt. Du hast hier mehr als genug Beweise. Und was die Möglichkeit angeht, dass das Kind deformiert ist, so wiegen die Unzuverlässigkeit der Fruchtwasseruntersuchung und die Gefahren, die mit ihr verbunden sind, weit schwerer als alle fragwürdigen Beweise, die sie dir vielleicht bringt.«

»Bernie«, sagte Jonas eindringlich, »ich möchte, dass die Untersuchung gemacht wird.«

Bernie stand langsam aus seinem Sessel auf und schüttelte den Kopf.

»Weißt du, was ich glaube, Jonas? Du willst die Fruchtwasseruntersuchung nicht haben, weil du um das Wohl dieses Mädchens besorgt bist. Du willst sie für deine eigenen Zwecke haben.«

Mit einer hastigen Bewegung wandte sich Jonas ab und griff nach seinem Glas. Hinter sich hörte er Bernie sagen: »Du bist ja völlig besessen von dem Fall. Wenn du das Mädchen schützen und ihre Eltern und Freunde davon überzeugen willst, dass sie wirklich unberührt ist, dann hast du hier Beweise genug. Jetzt auch noch eine Fruchtwasseruntersuchung zu verlangen, wo die Röntgenaufnahmen dir alles zeigen werden, was du wissen willst, ist der pure Wahnsinn. So kann nur ein Mensch handeln, der andere Motive hat.« Bernie trat hinter den Freund und legte ihm die Hand auf die Schulter. »Worum geht's wirklich, Jonas?«

Jonas drehte sich langsam um. Er holte einmal tief Atem und sagte entschlossen: »Ich will veröffentlichen, Bernie.«

Bernie starrte ihn einen Moment lang wortlos an, dann erwiderte er »Das kann nicht dein Ernst sein.«

»Doch. Ich wäre ein Narr, wenn ich es nicht täte. Die Wissenschaft macht Riesenschritte, die Forschung stößt in Gebiete vor, die bis vor kurzem noch absolut tabu waren. Früher oder später wird man sich auch an die Parthenogenese heranwagen. Warum dann nicht ich?«

Bernie sah den Freund mit scharfem Blick an. Sein Gesicht zeigte eine ungewöhnliche Intensität, die man beinahe als Verbissenheit hätte bezeichnen können. »Du behandelst das Mädchen als medizinisches Kuriosum, Jonas. Aber sie ist deine Patientin. Du hast ihr gegenüber eine Verantwortung.«

»Ich bin mir der Verantwortung völlig bewusst. Wenn ich veröffentliche, ebne ich zukünftigen parthenogenetischen Müttern den Weg, von der Gesellschaft akzeptiert zu werden. Dieses Mädchen geht durch eine wahre Hölle, Bernie; sie hat sogar einen Selbstmordversuch gemacht, weil niemand ihr glaubt. Wenn ich meine Befunde veröffentliche und beweise, sodass die Parthenogenese als natürliches Phänomen akzeptiert wird, erspare ich damit zukünftigen Mary Ann McFarlands den ganzen Kummer und die Verzweiflung, die dieses Mädchen jetzt durchmachen muss.«

Bernies dunkle Augen zeigten Skepsis. »Ist das wirklich dein Motiv zu veröffentlichen, Jonas?« Er sah den Freund forschend an. »Oder ist es nur ein Vorwand, eine wohlklingende Ausrede?«

»Was zum Teufel soll das heißen?«

Noch einen Moment sah Bernie ihn an, schien mit sich im Kampf, dann zuckte er die Achseln und sah auf seine Uhr. »Ich muss gehen, Jonas. Esther wird sich schon wundern, wo ich bleibe. Und dann gibt sie mir die Schuld an den verkochten Kartoffeln.«

»Bernie, ich brauche deinen Rat.«

»Nein, den brauchst du nicht, Jonas. Für dich ist schon alles klar. Du hattest dich schon entschieden, ehe ich heute Abend hierher kam. Du kennst mich gut genug, um zu wissen, wie ich über diese Sache denke.«

»Und wie denkst du darüber? Sag es mir!«

Bernie, der schon auf dem Weg zur Tür war, drehte sich um. »Du machst sie und ihr Kind zur öffentlichen

Sensation, wenn du veröffentlichst. Auch wenn du deinen Bericht nur an eine Fachzeitschrift gibst, wie sich das für einen ernst zu nehmenden Wissenschaftler mit ethischen Grundsätzen gehört, wird die Sache durchsickern. Dann berichtet erst die eine darüber, dann die andere Zeitschrift, und eh du dich's versiehst, sind sämtliche Boulevardblätter und die Regenbogenpresse voll mit Fotos von Mutter und Kind.« Bernie legte die Hand auf den Türknauf. »Willst du das wirklich?«

»Das ließe sich verhindern ...«

Bernie hob abwehrend die Hand. »Jonas, überleg es dir genau, ehe du diesen Schritt tust. Prüfe deine Motive.«

Jonas brachte den Freund bis vor das Haus und blieb auf der Veranda stehen, während Bernie in Hawaiihemd und Bermudashorts durch den schwülen Abend davonging. Dann kehrte er aufgewühlt von Bernies Worten in sein Arbeitszimmer zurück.

Prüfe deine Motive. Du hast einen Vorwand gesucht, eine wohlklingende Ausrede ... Aber es war kein Vorwand, der ihm dazu dienen sollte, sich ein reines Gewissen zu erhalten; es war die Wahrheit. Er konnte in aller Aufrichtigkeit sagen, dass er nur veröffentlichen wollte, um zukünftigen parthenogenetischen Müttern das zu ersparen, was Mary jetzt durchmachen musste.

Wirklich? Gott verdamm dich, Bernie Schwartz, dass du mich besser kennst als ich mich selbst ...

Es war, als hätte Bernie mit seinen Worten einen Schleier weggezogen, hinter dem Jonas bis jetzt seine Angst vor sich verborgen gehalten hatte. Seine Angst vor der Zukunft. Es ging hier nicht um einen Durchbruch der Wissenschaft; es ging um den Durchbruch von Jonas Wade. Dies war für ihn vielleicht die letzte Chance, sich einen Platz in der langen Reihe illustrer Ärzte zu erobern, die die medizinische Wissenschaft zu dem gemacht hatten, was sie heute war. Es boten sich nicht viele Gelegenheiten, sich zu diesen Höhen emporzuschwingen; man musste die Chance ergreifen, wenn sie sich bot.

Er hob den Kopf und blickte auf die neue Urkunde, die über seinem Schreibtisch hing. Präsident der Galen-Gesellschaft. Das war keine Leistung, um derentwillen die Nachwelt sich seiner erinnern würde. Sein Blick ging weiter: das Diplom der medizinischen Fakultät der Universität von Kalifornien in Berkeley, Abschlussexamen summa cum laude; Auszeichnungen für hervorragende Leistungen auf dem Gebiet der Allgemeinmedizin; ein Schreiben von der Hand des Präsidenten der Vereinigten Staaten. Die Daten, die die Urkunden trugen, lagen Jahre zurück. Er war der Beste seines Jahrgangs gewesen, der Weg zu Ruhm und Erfolg schien vorgezeichnet, alle Türen hatten ihm offen gestanden. Er hatte Angebote von den besten Universitäten und Krankenhäusern des Landes erhalten, und der brillante junge Arzt, der allenthalben Ehrungen und Auszeichnungen einheimste, hatte geglaubt, er könne die medizinische Welt aus den Angeln heben.

Dann hatte er Penny geheiratet. Zwei Kinder im Abstand von eineinhalb Jahren, eine neue Praxis in Tarzana und eine Menge Schulden. Das tägliche banale Einerlei der Praxis – Mandelentzündungen, Krampfadern, Hämorrhoiden. Statt nach Ruhm und Erfolg zu greifen, griff er nach Stethoskop und Reflexhammer. Brillanz und hochfliegende Träume gingen unter in bequemer Routine.

Er hatte diese Träume vergessen gehabt – bis jetzt.

Er sah zu dem Gemälde Rembrandts hinauf. Dr. Tulp war unsterblich geworden. Geradeso wie Vesalius, William Harvey Joseph Lister, Robert Koch, Walter Reed. Wer würde sich an Jonas Wade erinnern? Er hatte beim Eintritt in den Ruhestand nicht einmal eine goldene Uhr zu erwarten.

Er ließ sich in seinen Sessel fallen und verschränkte die Arme hinter dem Kopf. Jahrelang war er mit seinem Leben zufrieden gewesen. Dreißig Stunden die Woche in der Praxis, zehn im Operationssaal, vier auf dem Golfplatz, zwölf vor dem Fernsehapparat; sein Leben war eine Folge von Stunden, die verbracht werden mussten, herumgebracht, totgeschlagen werden mussten. Und was würde er am Ende dieser langen Kette von Stunden vorweisen können? Nichts. In den neunzehn

Jahren seit seiner Promotion hatte sich Jonas Wade nicht einmal die Zeit genommen, sein Leben zu hinterfragen; jetzt, wo er es tat, zog er es zugleich in Zweifel.

Dies war der Moment, die Chance zu Ruhm und Anerkennung: der Mann, der zum ersten Mal die spontane Parthenogenese beim Menschen beschrieb.

»Jonas?«

Er sah auf. Penny stand an der offenen Tür.

»Ich habe mit dir geredet. Hast du mich nicht gehört?«

»Nein. Entschuldige, ich war ganz in Gedanken.«

Sie kam herein. Auf dem Schreibtisch und dem Sofa lagen Stapel von Fotokopien und handschriftlichen Aufzeichnungen. Sie warf nur einen flüchtigen Blick darauf. Wenn Jonas so weit war, dass er ihr von dem Fall erzählen wollte, der ihn seit Wochen so tief beschäftigte, würde er es von selbst tun.

»Du musst mit Cortney sprechen, Jonas. Sie hat mir eben eröffnet, dass sie ausziehen und sich eine eigene Wohnung nehmen will.«

»Was?«

»Ja, sie möchte mit Sarah Long zusammenziehen.«

»Und wie will sie das bezahlen?«

»Sie sagte, sie würde sich einen Job suchen.«

Jonas schüttelte den Kopf. »Erst wenn sie mit der Schule fertig ist.«

»Sie ist fest entschlossen, Jonas.«

»Was passt ihr denn hier nicht?«

»Ich weiß es nicht.« Penny breitete hilflos die Hände aus. »Ich habe versucht, vernünftig mit ihr zu reden, aber ich dringe nicht durch.«

»Okay, ich werde mich mal mit der Dame unterhalten.«

Penny zögerte einen Moment, dann drehte sie sich um und eilte aus dem Zimmer.

Jonas sah wieder auf die Papiere, aus denen sein sensationeller Bericht entstehen sollte.

Eine Ausrede, ein Vorwand, um mein Gewissen zu schonen. Es ist nicht Recht, Mary um meines eigenen Ruhmes willen all dem Wirbel und all den Widerwärtigkeiten auszusetzen, die auf meinen Bericht folgen würden. Man würde sie ausbeuten, die gesamte Sensationspresse würde über sie herfallen und sie und ihr Kind nicht mehr in Ruhe lassen. Habe ich das Recht, das in Kauf zu nehmen?

Und weiter: Welche möglicherweise weit reichenden Auswirkungen könnte diese Theorie über die Parthenogenese zeigen? Wenn ich die Ursache der Schwangerschaft und ihrer Entstehung im Detail beschreibe, wird dann nicht vielleicht irgendein Wissenschaftler zugreifen, sich menschliche Versuchskaninchen suchen und alles daransetzen, um die bei Mary gegebenen Umstände künstlich herzustellen? Wie viele Frauen gibt es, die sich verzweifelt ein Kind wünschen; ein Kind, das in ihrem eigenen Leib gewachsen ist; die aber keinen Ehemann haben; deren Mutterinstinkt so stark ausgeprägt ist, dass er ihnen zur fixen Idee wird, und die dennoch zu intimen Beziehungen mit einem Mann nicht fähig sind? Sie würden sich dafür hergeben, o ja, mit Freuden. Sie würden das Wade-McFarland-Verfahren an sich ausprobieren lassen, nur um schwanger zu werden.

Jonas schauderte innerlich.

Wenn man diesen Gedanken bis zu seiner letzten Konsequenz weiterführte, gelangte man zu einem radikalen gesellschaftlichen Umsturz. Was würde aus den sexuellen Sitten und Ritualen der Menschen werden, wenn Frauen sich durch Jungfernzeugung fortpflanzen konnten? Was würde aus den Männern werden?

Ich würde die Tür zu einer Welt ohne Männer öffnen, dachte Jonas. Aber ist das nicht genau das, was Dorothy Henderson tut? Nein, ihr Verfahren schließt die männlichen Geschöpfe nicht aus; jedes der beiden Geschlechter kann dupliziert werden. Bei der Parthenogenese hingegen spielt der Mann keine Rolle; er ist obsolet.

Wem gilt meine Verpflichtung – der Wissenschaft und der Aufklärung oder der Menschheit und meinem Gewissen vor Gott?

Aber wenn ich den Bericht nicht schreibe, wird es irgendwann, bald schon vielleicht, ein anderer tun.

Große Veränderungen bahnen sich in der Wissenschaft an; die Menschheit steht auf der Schwelle zu unerhörten Entdeckungen, und ich möchte zu den Pionieren gehören. Ich will nicht irgendwo unter ferner liefen enden.

Die einen werden mich umjubeln, die anderen werden mich beschimpfen. Paul Ehrlich, der das Heilmittel für die Syphilis entdeckte, wurde geächtet. Er habe gegen Gottes Gebot verstoßen, sagte man, denn die Geschlechtskrankheit sei Gottes Strafe für die Unzucht. Es war so, wie Dorothy Henderson gesagt hatte: Der Mann, der die Kinderlähmung heilte, wurde mit Lorbeer bekränzt; der Mann, der die Geschlechtskrankheit bekämpfte, wurde mit Schimpf und Schande überhäuft. Und was habe ich vor? Ich bin dabei, dem Menschen ein gefährliches Werkzeug in die Hand zu geben, eine Waffe vielleicht gar, einen Schlüssel zum schrecklichsten aller futurologischen Alpträume – zur Genmanipulation.

12

»Wo ist denn Daddy heute Abend?« fragte Mary, die am Spülbecken stand und Kartoffeln schälte.

»Beim Training.«

»Wieso? Heute ist doch Dienstag.«

Lucille zuckte die Achseln, ohne von ihrer Arbeit aufzusehen. Sie saß am Küchentisch und klebte Rabattmarken in kleine Heftchen.

Mary sah zu ihrer Mutter hinunter, beobachtete einen Moment, mit welcher Konzentration sie die Marken sortierte, befeuchtete und mit dem Handballen in das Heft presste. Noch nie hatte Mary erlebt, dass ihre Mutter sich zu dieser stupiden Arbeit herabließ. Das hatten immer Mary und Amy machen müssen, wenn sie auch nie den Lohn dafür hatten einstreichen dürfen. Lucille hatte immer so getan, als wäre das Sammeln von Rabattmarken unter ihrer Würde, und gelegentlich hatte sie sie demonstrativ einer ihrer Freundinnen geschenkt und dazu gesagt: Das ist mir viel zu mühsam. Aber insgeheim hatte sie die Marken immer gesammelt und ihre gefüllten Hefte mal für einen Wecker, mal für eine Nachttischlampe eingetauscht.

Mary dachte an Mike. Es hätte sie interessiert, ob er wusste, dass sie wieder zu Hause war. Mehrmals hatte sie ihn anrufen wollen, aber stets hatte sie der Mut verlassen, noch ehe sie seine Nummer zu Ende gewählt hatte. Was fürchtete sie? Mike war Mike, und es gab doch gewiss eine Möglichkeit, wieder mit ihm zusammenzukommen.

Aber Mary wusste, wie es werden würde. Selbst wenn er sie mit der Zeit so akzeptieren sollte, wie sie war, würde er in ihrem Beisein niemals ganz locker und entspannt sein können. Er würde sich verhalten wie ihre Eltern, bemüht natürlich und beiläufig.

Draußen fuhr ein Wagen vor. Lucille und Mary hielten in ihrer Arbeit inne. Ihre Blicke trafen sich flüchtig. »Daddy«, sagte Mary leise. Sie ließ den Kartoffelschäler fallen, wischte sich die Hände an der Schürze ab und lief hinaus.

Als die Haustür sich öffnete, blieb sie stehen. Im Abendlicht stand Amy mit ihrem Rucksack. Sie drehte sich um und rief zur Auffahrt hinaus: »Tschüs, Melody. Vielen Dank. Ich ruf dich morgen an.« Dann kam sie herein und schloss die Tür.

»Amy«, sagte Mary.

Amy fuhr zusammen. »Mary! Du bist wieder zu Hause?«

»Sie musste ihren Besuch abbrechen«, sagte Lucille von der Küche her. »Ich dachte, ihr wolltet die ganze Woche wegbleiben, Amy.«

»Ja, aber Melodys Mutter ist krank geworden, deshalb mussten wir wieder heimfahren.« Sie lief zu Mary und nahm ihre Hand. »Wie war's in Vermont, Mary? Erzähl! Wann bist du heimgekommen? Ach, ich find's toll, dass du wieder da bist.«

Die beiden Mädchen gingen an ihrer Mutter vorbei in das kühle Wohnzimmer.

»Letzten Freitag«, antwortete Mary.

»Amy«, sagte Lucille nervös, »warum gehst du nicht

erst mal in dein Zimmer und ziehst dich um? Wir essen bald.«

»Ach, Mama.« Sie warf sich aufs Sofa und sah lachend zu ihrer Schwester auf. »Los, erzähl schon. Wie war's in Vermont?«

»Ich weiß nicht, wie ich anfangen soll, Amy –«

»Mary.« Lucille legte ihrer Tochter die Hand auf die Schulter. »Meinst du nicht, wir sollten warten, bis dein Vater da ist?«

Der Druck von Lucilles Fingern auf ihrer Schulter war beinahe schmerzhaft. »Ja, natürlich, wenn du meinst«, murmelte Mary.

»Aber wieso denn?« Amy sah ihre Mutter an. Als die nichts sagte, richtete sie ihren Blick wieder auf Mary. Sie neigte den Kopf ein wenig zur Seite. »Hey, Mary, du siehst ganz anders aus.«

»Findest du?«

»Ja. Du bist dick geworden.« Amy kicherte.

»Euer Vater wird bald kommen«, sagte Lucille hastig.

Mary sah ihre Mutter an. Ein seltsamer, gequälter Ausdruck flog über Lucilles Gesicht. Dann wurde es weich und traurig.

»Bitte, Mary Ann, lass uns warten, bis euer Vater da ist.«

»In Ordnung.«

Lucille ließ Mary los und ging zur Tür. »Amy pack du jetzt erst mal deinen Rucksack aus und zieh dich um.

Eine Dusche könnte dir wahrscheinlich auch nicht schaden. Wenn du fertig bist, kannst du uns erzählen.«

Amy packte ihren Rucksack und lief aus dem Zimmer. »Ich weiß, warum du dick geworden bist, Mary«, rief sie, während sie durch den Flur rannte. »Das kommt von dem vielen Ahornsirup, den sie in Vermont essen.«

Sie fuhr mit einem Ruck aus dem Schlaf. Einen Moment lang wusste sie nicht, wo sie war. Sie lauschte in die Dunkelheit. Alles war still. Langsam fand sie sich zurecht. Sie war zu Hause, in ihrem Zimmer.

Wie spät mochte es sein? Im Haus rührte sich nichts. Nicht einmal das leise Brummen der Klimaanlage war zu hören. Sie setzte sich auf und merkte, dass sie völlig angekleidet war. In Schnappschüssen kam die Erinnerung. Amy, die im Schwimmbecken plantschte; ihre Mutter in der Küche, mit den Vorbereitungen für das Abendessen beschäftigt; das Aufflammen der Lichter im Haus, als es dunkel wurde; das Abendessen zu dritt, ohne ihren Vater, der noch nicht heimgekommen war; sie und Amy beim Abspülen in der Küche; ihre Mutter, die immer wieder zum Fenster hinaussah; Amy im Wohnzimmer beim Fernsehen; sie selbst auf dem Weg in ihr Zimmer, um sich hinzulegen.

Sie knipste die Nachttischlampe an und sah auf die Uhr. Halb zehn.

Sie glitt aus dem Bett, ging zur Tür und öffnete sie.

Am Ende des Flurs schimmerte gedämpftes Licht. Mary hörte Stimmen und ging dem Klang nach. Wie eine Einbrecherin schlich sie über den dicken Teppich. An der Wohnzimmertür blieb sie stehen. Die Schiebetür zur Terrasse war offen. Es roch nach frisch geschnittenem Gras. Ihre Eltern saßen nebeneinander auf dem Sofa, Amy gegenüber.

Mary blieb unbemerkt hinter dem Türpfosten stehen und hörte ihre Schwester sagen: »Aber wie kann denn Mary ein Kind bekommen, wenn sie nicht verheiratet ist?«

Mary zitterten die Knie. Sie lehnte sich an die Wand. Sie fühlte sich verraten. Ihr hättet warten können, dachte sie zornig. Ihr hättet warten müssen.

»Jede Frau kann ein Kind bekommen, Amy«, antwortete Lucille, »auch wenn sie nicht verheiratet ist.«

»Aber wie denn?«

Mary hielt sich am Türpfosten fest und spähte vorsichtig ins Zimmer. Ihr Blick flog zum Gesicht ihres Vaters. Fast tat er ihr Leid; er sah so unglücklich aus.

»Schau mal, Amy, wenn ein Mädchen ein bestimmtes Alter erreicht hat, bekommt es jeden Monat seine Regel. Und wenn das geschieht, kann sie auch jederzeit Kinder bekommen. Wenn sie dann mit einem Mann zusammen ist, wenn sie sich lieben, ich meine –« Lucille stockte.

»Du meinst, wenn sie miteinander schlafen?«

»Ja.«

»Und das hat Mary getan?«

Ehe ihre Mutter oder ihr Vater darauf antworten konnten, trat Mary ins Zimmer. »Nein«, sagte sie klar, »ich habe mit niemandem geschlafen.«

Lucille und Ted hoben ruckartig die Köpfe, Amy fuhr herum. »Es ist mir gleich, was ihr denkt. Ich hab nie was mit einem Jungen gehabt.«

»Aber wie kannst du dann ein Kind bekommen?«, fragte Amy verwirrt.

Einen Moment war Mary unsicher und sah Hilfe suchend ihren Vater an. Als er nicht reagierte, ging sie zu Amy. Sie kniete neben ihr nieder und sah ihr in die verwirrten braunen Augen. »Ich kann es dir nicht erklären, Amy«, sagte sie ruhig und klar. »Niemand kann es erklären, nicht einmal der Arzt, bei dem ich in Behandlung bin. Ich war auf einmal schwanger, ohne jeden Grund.«

Amy machte ein Gesicht, als säße sie über einer schweren Rechenaufgabe. »Das versteh ich nicht. Wie kann man ohne Grund schwanger werden?«

»Das weiß ich auch nicht«, sagte Mary leise.

Das Schweigen im Zimmer war so drückend wie die Luft in einem Treibhaus. Es füllte den Raum bis in die äußersten Winkel, und keiner konnte sich in dieser Stille regen. Amy und Mary sahen einander immer noch an. Lucille senkte den Kopf und blickte auf ihre Hände. Ted sank tiefer ins Sofa und starrte ins Leere.

Dann schüttelte Amy den Kopf. »Aber wenn du

nichts Schlimmes getan hast, Mary«, sagte sie, »warum wollen Mama und Daddy dich dann verstecken?«

Die Sebastianskirche war älter, als es den Anschein hatte. Tarzanas katholische Kirche, ein moderner, weiß gekalkter Bau mit großen Fenstern und einem stilisierten Kreuz in der Mitte der Fassade, war dort errichtet worden, wo früher, vor langer Zeit, mitten in einem Orangenhain die bescheidene, aus Lehm erbaute Kirche San Sebastiano gestanden hatte. Von den heute lebenden Gemeindemitgliedern kannte keiner mehr die kleine Kirche, die 1780 erbaut worden war, als die spanischen Franziskaner mit Pater Serra in dieses Tal gekommen waren und die San Fernando Mission gegründet hatten. Heute erinnerte nur noch eine bronzene Gedenktafel, die an einer Ecke des Parkplatzes in den Boden eingelassen war, an die Mission und den Ort, wo 1783 der erste Indianer getauft worden war.

Eine Gruppe Leute trat aus der Kirche in den warmen Morgen hinaus. Hastig suchte Mary unter ihnen nach Pater Crispin und entdeckte ihn auf dem Weg zu seinem Haus.

»Pater!«

Er machte Halt und drehte sich um. Mit zusammengekniffenen Augen blinzelte er einen Moment in die Sonne, dann glättete sich sein Gesicht, und er sah dem Mädchen mit einem breiten Lächeln entgegen.

»Pater Crispin«, sagte Mary atemlos. »Kann ich Sie einen Moment sprechen?«

»Aber natürlich, Mary. Komm herein.«

Sie hatte Mühe, mit ihm Schritt zu halten. Lionel Crispin war trotz seiner Leibesfülle ein sehr agiler Mann.

Sein Büro war dunkel und kühl, holzgetäfelte Wände und braune Ledersessel; starker Kontrast zu dem blendenden Weiß und dem blitzenden Glas der Kirche. Ein wenig außer Atem, setzte er sich an seinen Schreibtisch. Das zugeknöpfte schwarze Jackett spannte über seinem Bauch.

»Setz dich, Mary«, sagte er. »Was kann ich für dich tun?«

Der steife elisabethanische Lehnstuhl war unbequem. Sie legte die Hände auf die hölzernen Armlehnen, die in gekrümmten Tierpfoten endeten.

»Ich wollte Ihnen sagen, dass ich wieder zu Hause bin, Pater.«

Im ersten Moment schien er nicht zu verstehen, dann fragte er erstaunt: »Ach, für immer? Deine Eltern möchten dich wohl lieber zu Hause haben?«

Marys Blick wanderte durchs Zimmer und fiel auf ein Porträt. »Pater, ist das der neue Papst?«

Lionel Crispin sah zu dem Bild hinauf. »Ja, das ist Papst Paul VI.«

Sie nickte und wandte sich wieder dem Priester zu. »Ich habe mich selbst entschieden, nach Hause zurückzukommen. Meine Eltern hatten mit der Entscheidung nichts zu tun. Ich bin letzten Freitag zurückgekommen. Ich wollte nicht mehr im St. Anne's bleiben.«

»Aha.« Das Lächeln verschwand. Die kleinen dunklen Augen unter den buschigen Brauen wurden ernst. »Und ist es deinen Eltern jetzt Recht, dass du zu Hause bist?«

»Ich weiß nicht genau. Ich glaub schon. Sie haben jedenfalls nichts davon gesagt, dass sie mich wieder ins St. Anne's schicken wollen.«

Zwischen den dunklen Augen erschien eine steile Falte, die sich immer mehr vertiefte.

»Pater, ich bin zu Ihnen gekommen, weil ich ein Problem habe und nicht weiß, was ich machen soll.«

»Hast du mit deinen Eltern darüber gesprochen?«

»Um meine Eltern geht es ja, Pater. Wir sind am letzten Sonntag nicht in die Kirche gekommen, weil meine Mutter sagte, sie fühle sich nicht wohl. Aber ich glaube, in Wirklichkeit geniert sie sich mit mir vor den anderen Leuten. Sie hat Angst, dass alle schauen und hinter meinem Rücken tuscheln. Mir ist das gleich, aber meiner Mutter nicht. Ich muss in die Kirche gehen können, Pater.«

Sein Gesicht entspannte sich sichtlich. Er erinnerte sich, dass Mary, als er sie das letzte Mal in seinem Büro gesehen hatte, fast apathisch gewesen war und kein Wort gesprochen hatte; von der Kirche hatte sie nichts wissen wollen.

Sein Lächeln wurde väterlich. »Natürlich helfe ich dir, Mary. Ich werde mit deiner Mutter sprechen.«

»Danke, Pater.«

»Aber sag mir doch, warum du nicht im St. Anne's geblieben bist.« Mary senkte die Lider. »Ich habe mich dort nicht wohl gefühlt.«

Er nickte. »Aber dir ist klar, dass es eine Sünde war, einfach wegzulaufen?«

Sie sah ihn erstaunt an. »Wieso?«

»Du hast das vierte Gebot gebrochen. du warst deinen Eltern ungehorsam.«

»Daran habe ich gar nicht gedacht, Pater. Das beichte ich natürlich.«

Er zog die buschigen Brauen hoch. Vor zwei Monaten hatte sie das Sakrament verweigert. »Dann kann ich wohl annehmen, dass Pater Grundemann vom St. Anne's dir eine Hilfe war?«

»O ja. Er hat sich mehrmals lange mit mir unterhalten. Dann bin ich zur Beichte gegangen und war von da an jeden Tag bei der Kommunion.«

Mit einem befriedigten Lächeln lehnte er sich in seinem Sessel zurück und faltete die Hände auf dem Bauch. »Das freut mich wirklich, Mary. Wirklich.«

Sie hätte das Lächeln gern erwidert, aber sie konnte seinen Blick nicht lange aushalten. Wieder senkte sie die Lider.

»Pater Crispin?«

»Ja?«

»Ich –« Sie brach ab.

»Was ist denn, Mary?«

»Pater, ich weiß immer noch nicht, warum ich schwanger bin.«

Sie sah ihn vorsichtig an. Er wirkte so starr wie aus Stein gehauen, schien nicht einmal zu atmen. Dann beugte er sich plötzlich vor. »Du weißt immer noch nicht, warum?«

Mary schüttelte den Kopf.

Pater Crispin stemmte beide Hände gegen die Schreibtischkante und neigte sich weit zu ihr hinüber. »Du weißt immer noch nicht, warum du in diesem Zustand bist?«

»Nein, Pater.

Er zwinkerte. »Mary, du bist schwanger, weil du eine unkeusche Handlung begangen hast. Das weißt du doch.«

»Aber ich hab nichts getan, Pater.«

Er zwinkerte mehrmals hintereinander sehr schnell. »Aber – du bist doch im St. Anne's zur Beichte gegangen. Du hast an der Heiligen Kommunion teilgenommen.

»Ja. Pater Grundemann hat mir die Absolution gegeben.«

»Ach! Wenn du überzeugt bist, keine unkeusche Handlung begangen zu haben, was hast du dann gebeichtet?«

»Dass ich versucht habe, mir das Leben zu nehmen.«

Eisiges Schweigen breitete sich im Zimmer aus. Und als Pater Crispin sprach, war seine Stimme kalt. »Mary Ann McFarland, soll das heißen, dass du an der Heiligen Kommunion teilgenommen hast, obwohl du wusstest, dass auf deiner Seele eine Todsünde lastete, die du nicht gebeichtet hattest?«

»Nein, Pater«, entgegnete sie klar, obwohl ihr das Herz bis zum Hals schlug. »Ich habe Pater Grundemann alle meine Sünden gebeichtet und habe dafür die Buße getan, die er mir auferlegt hat.«

»Wovon sprichst du, Mary?«

»Von dem Selbstmordversuch.«

»Und was ist mit der Sünde der Fleischeslust?«

Sie duckte sich unter dem zornigen Blick des Priesters. »So eine Sünde habe ich nicht begangen, Pater.«

Er richtete sich auf, schloss die Augen und faltete wieder die Hände. Mit gekräuselten Lippen schien er ein kurzes lautloses Gebet zu sprechen. Dann öffnete er die Augen wieder und sagte mit langgeübter Geduld: »Mary hältst du immer noch an der Behauptung fest, unberührt zu sein?«

»Es ist keine Behauptung, Pater. Es ist die Wahrheit. Ich bin unberührt.«

Einen Ellbogen auf den Schreibtisch gestützt, legte Pater Crispin die Stirn in die offene Hand, sodass Mary sein Gesicht nicht sehen konnte. Mary wartete voll Unbehagen. Schließlich hob der Priester den Kopf und sah sie streng an.

»Willst du behaupten, es handle sich bei dir um eine unbefleckte Empfängnis, Mary?«

Sie zuckte zusammen, als hätte er sie geschlagen.

»Mary du weißt, dass eine Frau nur auf einem Weg ein Kind empfangen kann. Du bist nicht dumm, Mary. Du bist schwanger, weil du mit einem Mann intim warst. Und da du es nicht gebeichtet hast, lastet diese Sünde immer noch auf deiner Seele. Dennoch hast du an der Heiligen Kommunion teilgenommen.«

»Pater –«

»Mary Ann McFarland, wofür hältst du mich eigentlich? Beichte deine Sünde und reinige dich. Du bist nicht nur mit einer Todsünde belastet, du hast dich dazu noch der Gotteslästerung schuldig gemacht.«

Sie duckte sich noch tiefer. »Nein«, flüsterte sie, »das habe ich nicht getan.«

»Wie würdest du es denn nennen, wenn jemand im Stand der Sünde zur Heiligen Kommunion geht?«

»Aber ich war doch nicht –« Der Priester, der vor ihr in seinem Sessel saß, schien ihr zu einem Riesen heranzuwachsen. Überwältigend in seiner Bedrohlichkeit, sah er sie an, und in seinen Augen funkelte ungezügelter Zorn.

»Pater Crispin, ich schwöre, ich habe niemals etwas getan –«

»Mary!« Er stand auf, kam um den Schreibtisch herum und streckte die Hand nach ihr aus. »Mary, du kommst jetzt mit mir in die Kirche. Sofort.«

Sie zuckte zurück.

»Nicht zur Beichte. Um zu beten. Wenn du Angst hast, müssen wir zu Gott beten und ihn um seinen Rat bitten. Ich weiß nicht, was dich zwingt zu schweigen, Mary, ob du schweigst, um den Jungen zu schützen, oder weil du dich schämst, deine Sünde einzugestehen. Ganz gleich, was es ist, du musst dich jetzt an Gott wenden und ihn um seine Hilfe bitten. Komm jetzt, Mary, wir gehen jetzt in die Kirche und knien gemeinsam zum Gebet nieder. Öffne Gott dein Herz. Lass ihn eintreten. Lass dir von ihm helfen. Bitte ihn um seinen Rat, Mary. Er wird die Antwort geben.«

Sie faltete die Hände und presste die Finger so fest aneinander, dass ihr die Knöchel wehtaten, als könnte sie durch den körperlichen Schmerz ihre Inbrunst beweisen. Neben ihr kniete steif Pater Crispin, den Kopf mit dem kahlen Scheitel über die gefalteten Hände geneigt. Sie hörte seinen Atem und spürte seine Nähe.

Die Kirche war leer. Die warme Luft roch nach Weihrauch und Kerzenqualm. Der Altar war unter der Blumenfülle kaum zu sehen. Farbiges Licht strömte durch die Buntglasfenster und tauchte das Gestühl und den Marmorfußboden in gleißendes Licht. Marys Knie auf dem Kunststoffpolster begannen zu schmerzen. Sie versuchte, sich zu konzentrieren und Gott mit stummen Schreien zu zwingen, sie zu hören. Sie stellte sich einen Rosenkranz in ihren Händen vor, meinte zu spüren, dass die Perlen durch ihre Finger liefen. Ein Vaterunser. Drei Gegrüßet seist du, Maria.

Es stimmte nicht. Sie senkte den Kopf in tiefer Konzentration. Ehre dem Vater, dem Sohn und dem Heiligen Geist. Amen.

Sie betete ein Gegrüßet seist du, Maria nach dem anderen. Die Worte klangen sinn- und bedeutungslos in ihrem Hirn, eine endlose Aneinanderreihung sich wiederholender Vokale und Konsonanten. Sie verlor das geistige Bild des Rosenkranzes. Ein Gegrüßet seist du, Maria verschmolz mit dem nächsten.

Verzweifelt über ihre Unfähigkeit, den rechten Weg zu finden, um mit Gott in Zwiesprache treten zu können, öffnete Mary die Augen und hob den Kopf. Suchend blickte sie zum Altar. Die Augen fest auf den gekreuzigten Jesus gerichtet, begann sie von neuem zu beten.

Aber es ging nicht. Sie konnte sich nicht konzentrieren. Alles war falsch, nichts stimmte. Sie warf einen Blick auf Pater Crispin, der tief im Gebet versunken war. Von neuem sah sie zum gekreuzigten Christus auf und versuchte es noch einmal.

Herr erbarme dich meiner! Christus, erbarme dich

meiner! Ihr Blick schweifte zur Statue der Jungfrau Maria, die links von der Kanzel stand.

Gott allmächtiger, einziger Gott, erbarme dich meiner!

Sie schluckte krampfhaft.

Jesus, erbarme dich meiner!

Heilige Maria, Mutter Gottes, erbarme dich meiner!

Ihr Blick glitt von der Heiligen Jungfrau ab und blieb an dem Bild vor der ersten Station des Kreuzwegs hängen. Eine seltsame, ängstliche Unruhe bemächtigte sich ihrer. Ohne etwas wahrzunehmen, sah sie mit starrem Auge ins Halbdunkel und rang mit den Worten in ihrem Kopf.

O Gott, schrie sie in Gedanken. Sag mir doch, was mit mir geschieht. Sag mir, warum. Sag mir, wieso. Nur du allein kannst mir helfen. Dr. Wade weiß keine Antwort. Pater Crispin weiß keine Antwort. Nur du, Gott, du allein weißt, warum dies geschehen ist. Hilf mir, Gott ...

Mary schloss zitternd die Augen und bemühte sich, ihr Herz zu öffnen. Sie holte tief Atem, hielt lange die Luft an und stieß sie dann langsam aus.

Sie öffnete die Augen. Und plötzlich wurde sie gewahr, worauf ihr Blick gerichtet war.

Auf das Bild des heiligen Sebastian.

Sie vergaß ihre verzweifelten Gebete. Neugierig musterte sie das Gemälde: die Pfeile, die den kraftvollen

Körper durchbohrten; die blutenden Wunden; die straffen Sehnen der nackten Schenkel; den geschundenen Leib. Am Ende blieb ihr Blick in Faszination an dem gequälten schönen Gesicht hängen, das trotz aller Qual einen Ausdruck der Verzückung trug.

Sie erinnerte sich.

Und im selben Moment kam ein wohltuender, tröstlicher Friede über sie.

13

Jonas Wade hatte Mühe, sich auf die Arbeit zu konzentrieren. Es war fast Mittag; jeden Moment würde Mary Ann McFarland kommen.

»Okay, Timmy, das wär's!« Er gab dem kleinen Jungen einen leichten Klaps auf die Schulter. »Du warst wirklich tapfer. Jetzt sind alle Fäden raus.«

Der Kleine strahlte, warf einen Blick auf die rote Narbe an seinem Knie und sagte: »Danke.«

Während die Sprechstundenhilfe dem Jungen vom Untersuchungstisch half, ging Jonas in sein Sprechzimmer und schloss die Tür hinter sich. Unruhig und beklommen setzte er sich an seinen Schreibtisch und starrte auf das Krankenblatt, das vor ihm lag. Er hatte beschlossen, Mary heute alles zu sagen.

Die Sprechanlage summte.

Jonas Wade saß über Timmys Krankenblatt gebeugt und schrieb, als Mary leise eintrat, die Tür hinter sich schloss und in einem der Stühle vor dem Schreibtisch Platz nahm. Er blickte kurz auf, um sie zu begrüßen. Die Hände im Schoß gefaltet, saß sie da und wartete geduldig.

Er schrieb weiter; er brauchte Zeit, um sich innerlich auf das Gespräch mit dem Mädchen vorzubereiten. Aber schließlich gab es nichts mehr zu schreiben, und er schlug den Hefter zu und steckte seinen Füller in die Brusttasche seines Kittels.

Mit einem gewinnenden Lächeln sah er Mary an. »Na, das ist aber eine nette Überraschung! Ich habe dich ja vier ewiglange Tage nicht gesehen.«

Sie lachte, und ihre blauen Augen blitzten. »Vielen Dank, dass Sie mir den Termin gegeben haben, Dr. Wade.«

»Wie bist du hergekommen? Ist deine Mutter mitgekommen?«

»Nein, sie hat mir ihr Auto geliehen.«

»Du hast den Führerschein?«

»Ja, seit einem halben Jahr. Meine Mutter gibt mir ihren Wagen ab und zu, wenn ich zum Einkaufen fahre oder in die Bibliothek und so. Und als ich heute sagte, ich müsste unbedingt zu Ihnen, hat sie sich erweichen lassen.«

»Und warum musstest du denn nun unbedingt zu mir?«

Sie zögerte einen Moment. Ihr Gesicht verriet ihre Erregung. Dann sagte sie schnell und atemlos: »Dr. Wade, ich weiß jetzt, warum ich schwanger bin.«

»Was?«, fragte er verblüfft.

»Ich weiß jetzt, warum, und ich weiß auch, wie es geschehen ist.«

Er rutschte unbehaglich in seinem Sessel hin und her. »Das klingt interessant, Mary. Willst du es mir erzählen?«

Sie schilderte kurz ihr Zusammentreffen mit Pater Crispin vor zwei Tagen und den nachfolgenden Besuch in der Kirche zum gemeinsamen Gebet. »Aber ich konnte nicht beten, Dr. Wade«, erklärte sie mit fliegenden Händen. »Ich hab in meinem Leben nie Mühe gehabt zu beten, aber da konnte ich einfach nicht. Ich habe die Worte runtergeleiert, aber sie hatten überhaupt keine Bedeutung. Sie waren völlig sinnlos, wie eine fremde Sprache.«

Sie rückte an die Stuhlkante. »Ich bekam Angst. Wirklich. Ich meine, das musste doch was zu bedeuten haben. Wenn man plötzlich nicht mehr beten kann. Ich geriet völlig in Panik. Ich fing an zu zittern und hatte schreckliche Angst, Pater Crispin könnte was merken. Aber dann habe ich einfach aufgehört zu beten, Dr. Wade, und habe angefangen, mit Gott zu sprechen. Das hatte ich noch nie getan. Ich hab ihm einfach das Herz ausgeschüttet, und da ist es passiert.«

Jonas Wade beobachtete sie fasziniert. So lebhaft hatte er sie noch nie gesehen. »Was ist denn geschehen, Mary?«

»Ich erinnerte mich plötzlich an den Traum.«

Er horchte auf. »Du hattest einen Traum?«

»Ja, in der Nacht vor dem Ostersonntag. Der Traum war sehr merkwürdig, Dr. Wade, richtig bizarr. Ich hatte noch nie so was geträumt. Es war –« sie zuckte etwas verlegen die Achseln – »es war ein sexueller Traum. Vom heiligen Sebastian.« Mary sprach jetzt langsamer. »Im Traum kam der heilige Sebastin zu mir und liebte mich. Wie Mann und Frau sich lieben. Alles war so real, als wäre es wirklich geschehen.«

»Und an diesen Traum hast du dich in der Kirche erinnert?«

»Ja, während ich Gott bat, mir zu helfen. Ganz plötzlich war der Traum wieder da, als hätte Gott mir die Erinnerung gesandt.«

»Du glaubst, dass Gott deine Gebete erhörte und darum die Erinnerung an diesen Traum weckte?«

»Ja, aber es geht nicht nur um den Traum, Dr. Wade. Einen ganz normalen Traum, auch wenn er von Sex handelt, würde ich nicht für so bedeutungsvoll halten. Aber dieser Traum hatte was Besonderes. Es war etwas Körperliches, eine ganz starke Empfindung, wie ich sie noch nie vorher erlebt hatte. Und das war es, woran ich mich in der Kirche erinnerte, Dr. Wade.«

Er runzelte die Stirn. »Etwas Körperliches?«

»Ja. Es war ein ganz tolles Gefühl, und es war so stark, dass ich davon aufgewacht bin. Und gleich als ich wach war, wusste ich, dass irgendwas mit meinem Körper geschehen war. Ich –« Sie senkte die Stimme. »Ich hab mich angefasst, und dabei hab ich gemerkt, dass was mit mir passiert war – *unten.*«

Er starrte sie einen Moment lang stumm an, dann sagte er: »Mary, weißt du nicht, was das war?«

»Doch. Es kam davon, dass der heilige Sebastian mich heimgesucht hatte.«

Jonas war völlig verdattert. »Davon, dass der heilige Sebastian dich heimgesucht hatte?«

»Aber ja. Ich hatte den Traum genau zur richtigen Zeit. In der zweiten Aprilwoche. Der Engel Gabriel hat doch auch die Mutter Maria heimgesucht. Da kann der heilige Sebastian bei mir das Gleiche getan haben.«

Jonas Wade saß da wie vor den Kopf geschlagen. »Du lieber Gott«, sagte er leise.

»Sie haben mir selbst gesagt«, fuhr Mary fort, »dass die Empfängnis irgendwann in den ersten zwei Aprilwochen stattgefunden hat, wahrscheinlich näher dem Ende der zweiten Woche.« Marys Gesicht war wie von innen erleuchtet, die blauen Augen blitzten lebendig.

Jonas war entsetzt. »Mary«, sagte er ernst, »glaubst

du allen Ernstes, dass dieser Heilige zu dir gekommen ist, während du schliefst, und dich geschwängert hat?«

»Es war so, Dr. Wade. Gott hat es mir zu erkennen gegeben.«

»Mary«, sagte er wieder und beugte sich weit über den Schreibtisch, um das Mädchen eindringlich anzusehen. Er wünschte jetzt aus tiefstem Herzen, er hätte es nicht so lange hinausgeschoben, ihr von den Ergebnissen seiner Nachforschungen zu berichten. »Mary, das, was du am Ende des Traums gefühlt hast, war eine ganz normale physiologische Reaktion. Du hattest einen Orgasmus.«

Ihr Gesicht wurde brennend rot. »Frauen haben keinen Orgasmus.«

»Da täuschst du dich«, entgegnete er bestimmt. »Frauen können sehr wohl einen Orgasmus bekommen, und es ist nicht ungewöhnlich, dass man im Schlaf einen hat. Mary, du verwechselst eine normale körperliche Reaktion mit einem religiösen Erlebnis.«

Das Lächeln auf Marys Gesicht erlosch. Ihre Augen wurden plötzlich hart. »Dr. Wade, Gott hätte mir bestimmt nicht die Erinnerung an so was Schmutziges geschickt, wo ich ihn gerade um Hilfe anflehte. Ich weiß, was mein Traum zu bedeuten hatte. Was er wirklich war. Gott hat es mir gesagt.«

Jonas Wade starrte sie in hilfloser Verwirrung an. Diese unerwartete Wendung hatte ihn völlig aus dem Konzept gebracht. Er wusste nicht, wie er dieser Wahnvorstellung begegnen sollte. Er hätte ihr viel früher die Wahrheit sagen sollen, dann hätte er diese gefährliche Entwicklung abwenden können. Mary hatte verzweifelt nach einer Erklärung für ihren Zustand gesucht; da er ihr nichts geboten hatte, stürzte sie sich nun auf diesen Irrsinn.

»Mary du behauptest, an dir sei ein Wunder geschehen. Du vergleichst dich mit der Mutter Gottes.«

»Weil es wahr ist. Wenn es ihr geschehen konnte, warum dann nicht auch mir?« Marys Stimme war so ruhig und selbstsicher, dass Jonas Wade angst wurde. »Ihr hat damals auch keiner geglaubt. Aber als das Kind da war, haben es alle geglaubt. Warum soll man es bei mir nicht glauben können?«

»Hast du mit irgendjemandem über deine Vermutung gesprochen, Mary? Mit Pater Crispin vielleicht?«

»Nein, mit keinem, nicht mal mit meinen Eltern. Ich wollte erst mit Ihnen darüber sprechen, weil ich dachte, Sie würden es verstehen. Sie konnten die Antwort nicht finden, Dr. Wade; da habe ich Gott um Hilfe gebeten, und er hat mir die Antwort gegeben.«

»Du selbst hast dir die Antwort gegeben, Mary. Ich weiß genau, warum du schwanger bist. Ich habe geforscht. Das, was bei dir vorliegt, ist äußerst selten, aber es kann vorkommen –«

»Dr. Wade.« Ihr Stimme war metallisch, ihre Augen waren kühl. »Pater Crispin hat mir gesagt, ich hätte eine

Todsünde auf dem Gewissen. Er sagte, ich hätte Gotteslästerung begangen, weil ich so zur Heiligen Kommunion gegangen bin. Aber jetzt weiß ich, dass er sich geirrt hat. Ich bin rein, Dr. Wade. Gott sandte den heiligen Sebastian zu mir, und er pflanzte das Kind in mich hinein. Ich habe nicht gesündigt. Für mich ist jetzt alles klar.«

»Mary, bitte hör mir zu.« Jonas war erschrocken und unsicher. Er wusste nicht, was er tun sollte. Er hatte Angst, Mary könnte einfach davonlaufen. »Ich habe mich mit deinem Fall beschäftigt und einige erstaunliche Entdeckungen gemacht.« Er griff zur Aktentasche, die zu seinen Füßen stand.

»Ich brauche Sie jetzt nicht mehr, Dr. Wade.« Sie musterte ihn kühl, als sie aufstand. »Von jetzt an verlasse ich mich nur noch auf Sebastian.«

Ohnmächtig musste Jonas Wade zusehen, wie sie davonging und die Tür hinter sich schloss. Danach saß er lange Zeit in seinem Sessel und tat gar nichts, bis er schließlich das Telefonbuch und die Nummer des Pfarrhauses von St. Sebastian heraussuchte.

»Mutter?« Mary öffnete die Tür und schaute in die Küche. Drinnen war es kühl und dunkel. Sie ging weiter ins Esszimmer, sah zur sonnigen Terrasse hinaus und rief wieder: »Mutter? Ist keiner da?«

Aus dem Wohnzimmer hörte sie Geräusche. Der Fernsehapparat war eingeschaltet, aber es saß niemand davor. Mary ging hin und machte ihn aus. Sie lauschte in die Stille. Nichts rührte sich.

Auf dem Weg zu ihrem Zimmer kam sie an Amys Tür vorbei und sah, dass sie nur angelehnt war. Sie blieb stehen und stieß die Tür ein Stück auf. »Hallo! Warum hast du dich nicht gerührt?«

Amy hockte auf ihrem Bett, den Rücken an die Wand gelehnt, die Knie bis zum Kinn hochgezogen. Sie gönnte ihrer Schwester keinen Blick, sondern starrte mit finsterer Miene auf die Zimmerwand gegenüber.

»Amy? Was ist denn?«

Amy zuckte die Achseln.

Mary trat ins Zimmer und setzte sich auf den weißen Stuhl vor dem Schreibtisch. »Ist was passiert, Amy?«

»Nein ...«

»Wo ist Mutter?«

Wieder zuckte Amy die Achseln.

»Ist sie noch mit Shirley Thomas unterwegs?«

»Wahrscheinlich.«

Mary betrachtete forschend das missmutige Gesicht ihrer Schwester.

»Wie war's im Kino?«

»Ganz gut.«

»Was habt ihr euch angeschaut?«

Amy spielte mit ihren Haaren. »Frankie Avalon und Annette Funicello.«

»Amy, jetzt sei mal ehrlich. Was ist los?«

»Nichts.«

»Komm schon, Amy.«

Endlich drehte sie den Kopf. Ihre dunklen Augen blitzten zornig. »Ach, Dad wollte mich heute Nachmittag vom Kino abholen, und dann ist er überhaupt nicht erschienen. Ich stand mir fast die Beine in den Bauch, und er kam nicht. Am Ende hab ich bei ihm im Büro angerufen, aber da konnten sie mich nicht verbinden, weil er gerade am Telefon war. Mit *deinem* Dr. Wade. Und als ich dann Mama anrufen wollte, hat sich gleich überhaupt keiner gemeldet. Mir blieb gar nichts anderes übrig, als den Bus zu nehmen, und dann bin ich bei dieser Affenhitze den ganzen Weg von der Haltestelle bis hierher zu Fuß gelatscht.«

»Du Arme.«

»Ja. Überhaupt passt mir hier einiges nicht mehr«, fuhr Amy erbost fort. »Hier stimmt's doch hinten und vorne nicht. Das hab ich schon gemerkt, als du noch in Vermont warst. Mama und Dad waren immer so komisch, und nachts hab ich Mama weinen hören. Ich finde das furchtbar.«

»Ach, Amy ...«

Amys Lippen zitterten. »Und als ich ihnen erzählt hab, dass ich in Schwester Agathas Orden eintreten will, hat sie das überhaupt nicht interessiert. Dann bist du wieder heimgekommen, und jetzt ist alles ganz scheußlich hier.«

»Amy –«

Amy sprang vom Bett. »Ich existiere überhaupt nicht mehr für sie. Sie haben mich total vergessen.«

»Das ist nicht wahr!«

»Eben doch!« Amy hatte die Hände in die Hüften gestemmt. »Alles dreht sich nur um dich. Es ist ja auch viel wichtiger, dass du ein Kind bekommst, als dass ich Nonne werden will. Du und dein Kind, das ist das einzige, was Mama und Dad interessiert. Und du bist genauso.«

»Amy!«

Amy drehte sich um und rannte aus dem Zimmer. Mary sprang auf und lief ihr nach. Sie fasste Amy beim Arm.

»Bitte, lauf nicht vor mir weg.«

Amy fuhr herum und riss sich los. »Ich hab extra auf den richtigen Moment gewartet«, rief sie schluchzend, »um es ihnen zu sagen. Und weißt du, was sie gesagt haben? Darüber reden wir später. Das war alles.«

»Amy, das tut mir Leid –«

»Ja, *dir* tut's Leid. Hier dreht sich doch alles nur um dich, und dabei hast du gar nichts getan, um das zu verdienen.«

Mary wich einen Schritt zurück.

»Ich weiß schon, was du getan hast!« rief Amy. »Alle wissen es. Alle reden darüber. Und ich find nicht, dass es so toll ist, dass sie dich deswegen wie eine Prinzessin behandeln müssen. Mir graust schon davor, wenn das Baby auf der Welt ist und sich alle nur noch um dein und Mikes Kind kümmern.«

Mary senkte den Kopf. »Es tut mir Leid, Amy«, sagte sie. »Wirklich, es tut mir Leid, dass es so schlimm für dich ist. Aber es wird wieder besser, das verspreche ich dir. Ich hab nicht getan, was du glaubst und was die anderen sagen. Das Kind ist nicht von Mike. Mir ist etwas sehr Schönes und Wunderbares geschehen, und bald wirst du es auch verstehen, Amy, und dich mit mir freuen.«

Sie hörte, wie krachend die Haustür zufiel, und hob den Kopf. Sie stand allein im dunklen Flur.

»Ja, Mrs. Wyatt, wenn Sie uns für die Spendenaktion Ihren Kombi zur Verfügung stellen würden, wären wir sehr dankbar. – Ja, ich gebe Ihnen dann Bescheid. – In Ordnung, Mrs. Wyatt, und nochmals herzlichen Dank. Auf Wiederhören.«

Pater Crispin verkniff es sich, den Hörer aufzuknallen, obwohl er große Lust dazu hatte. Stattdessen legte er ihn betont sachte auf, starrte aber dabei den Apparat so zornig an, als wäre der an seiner Missstimmung schuld. Mit einer unwirschen Bewegung fegte er das Schreiben des Bischofs zur Seite, in dem dieser die Geistlichen seiner Diözese nachdrücklich darauf hinwies, dass die Politik auf der Kanzel nichts zu suchen hatte.

Politik! Nichts hätte Pater Crispin weniger kümmern können. Dieses Schreiben galt in erster Linie radikalen jungen Priestern, die statt des Evangeliums die Rassenintegration predigten. Der Bischof war ungehalten; im vergangenen Monat hatten sich mehrere Priester seiner Diözese an Studentendemonstrationen gegen die Rassentrennung beteiligt. Zeitungen und Fernsehen hatten Aufnahmen von Priestern mit Transparenten gebracht.

Nein, diese Ermahnungen brauchte Pater Crispin nicht. Er achtete bei der Abfassung seiner Predigten auf Neutralität und vermied jede Kontroverse. Seine Sorgen waren von ganz anderer Art; sie waren bedrückender und weit persönlicher als die Diskussion darüber, ob man Schwarzen erlauben sollte, mit Weißen in einem Bus zu fahren.

In der Rückschau erkannte er, dass dieses Gefühl der Untauglichkeit schon lange in ihm rumorte, aber erst in jüngster Zeit war es ihm schmerzhaft bewusst geworden. Die kleine McFarland hatte es bloßgelegt; sie hatte die schützenden Schichten abgerissen, unter denen er seine Ängste verborgen gehalten hatte, und hatte die nackte Wahrheit aufgedeckt: dass Pater Lionel Crispin in der Tat ein untauglicher Seelsorger war, den niemand brauchte.

Zumindest quälte ihn dieses Gefühl seit jenem Tag, an dem er hatte einsehen müssen, dass er auf Marys katholisches Gewissen nicht den geringsten Einfluss besaß. Gestern dann hatte er, zornig und verärgert darüber, dass sie kein Geständnis abgelegt hatte, die Familie Holland aufgesucht und ein langes, ernstes Gespräch mit Nathan Holland geführt. Er hatte sich nach Kräften bemüht, Mike zu einem Geständnis seiner intimen Beziehungen zu Mary zu bewegen, damit diese sich endlich nicht mehr verpflichtet zu fühlen brauchte, ihn zu decken, und zur Beichte gehen konnte. Aber alle seine Bemühungen hatten nichts gefruchtet. Genau wie Mary hatte Mike immer wieder nur seine Unschuld beteuert.

Niedergeschlagen und mit einem Gefühl schrecklicher Unzulänglichkeit war Pater Crispin wieder gegangen. Im Lauf der darauf folgenden schlaflosen Nacht war ihm klar geworden, dass der ›Fall‹ McFarland nur ein Symptom der ganzen elenden Misere war. Wenn er nicht fähig war, so weit auf zwei blutjunge Menschen seiner Gemeinde einzuwirken, dass sie eine einzige Sünde beichteten, wie war es dann um seine seelsorgerische Wirksamkeit auf die Gemeinde insgesamt bestellt?

Sein Groll auf sich und die Welt vertiefte sich noch, als er jetzt an den bevorstehenden Besuch dieses Arztes, Dr. Wade, dachte. Irgendwie, davon war Pater Crispin überzeugt, steckte dieser Mensch hinter Marys Weigerung zu beichten; möglicherweise unterstützte er sie sogar noch in ihrer Starrköpfigkeit.

Als es klopfte, blaffte er zornig »Herein« und stand hinter seinem Schreibtisch auf.

Jonas Wade blieb einen Moment auf der Schwelle stehen und wartete, bis seine Augen sich auf die Düsternis des Raumes eingestellt hatten. Guter Gott, dachte er halb belustigt, halb entsetzt beim Anblick der flackernden Kerzen, der Heiligenbilder an den Wänden, der holzgeschnitzten Madonnen, das ist ja hier wie in einer mittelalterlichen Klause. Ist es möglich, dass jemand ernsthaft an dieses ganze Brimborium glaubt?

»Guten Tag, Dr. Wade. Bitte, nehmen Sie doch Platz.«

Jonas ließ sich auf dem unbequemen, steifen Lehnstuhl nieder und stellte die Aktentasche auf den Boden zwischen seine Füße.

»Ich nehme an, Dr. Wade, Sie sind hergekommen, um mit mir über Mary McFarland zu sprechen.«

»Wir stehen vor einem ernsten Problem, Pater Crispin. Ich bin hergekommen, um Sie um Hilfe zu bitten.«

Mit geschultem Blick musterte Jonas Wade den Mann, der ihm gegenübersaß. Ein eigensinniges Gesicht, scharfe kleine Augen, die Haltung starr und abwehrend. Er ahnte, dass dieses Gespräch nicht einfach werden würde.

In aller Kürze berichtete er von Marys Besuch in seiner Praxis und ihrer wahnhaften Überzeugung, ihr Kind von einem Heiligen empfangen zu haben. Als er fertig war, schwieg er und wartete gespannt auf die Reaktion des Geistlichen.

Pater Crispin brauchte einen Moment, um das zu verdauen, was Jonas Wade ihm berichtet hatte, und als es ihm in seiner ganzen Tragweite klar wurde, packte ihn neuer Schrecken. Er war offenbar noch untauglicher, als er angenommen hatte!

»Das ist ja furchtbar, Dr. Wade. Ich werde selbstverständlich mit dem Mädchen sprechen.«

»Ich denke, wir sollten zusammenarbeiten, Pater.«

»Wie meinen Sie das?«

»Ich habe den Grund für die Schwangerschaft entdeckt, aber sie ist nicht bereit, mir zuzuhören. Ich hoffe nun, wenn sie die Wahrheit von Ihnen erfährt –«

»Es tut mir Leid, Dr. Wade, aber ich weiß nicht, wovon Sie sprechen.«

Jonas hob seine Aktentasche auf die Knie. »Ich habe in den letzten Monaten umfangreiche Recherchen angestellt, Pater, und ich habe jetzt die Erklärung für Marys Schwangerschaft.« Er öffnete die Tasche und entnahm ihr ein Bündel Papiere, das mit einer großen Büroklammer zusammengehalten war.

Als er es vor Pater Crispin auf den Schreibtisch legte, schien dieser vor ihm zurückzuweichen. »Was soll das alles?«

»Ich spreche von Parthenogenese, Pater. Jungfernzeugung.«

»Was sagen Sie da?« Jetzt fuhr der Priester wirklich zurück. Und er war wütend. »Eben sagten Sie noch, wir müssten dem Mädchen diesen Wahn ausreden, und jetzt kommen Sie mir mit der gleichen Behauptung.«

»Nein, Pater, da besteht ein entscheidender Unterschied. Mary glaubt an ein Wunder. Ich spreche von wissenschaftlichen Tatsachen. Selbstverständlich glaube ich nicht, dass Mary im Schlaf vom heiligen Sebastian heimgesucht wurde. Ich glaube jedoch, dass das Kind, mit dem sie schwanger ist, jungfräulich gezeugt ist. Auf diesem Blatt hier finden Sie eine Zusammenstellung meiner Befunde und –«

»Dr. Wade!« Pater Crispin beugte sich vor und fixierte Jonas mit hartem Blick. »Mary Ann McFarland hat mit einem jungen Mann Geschlechtsverkehr gehabt. Davon ist sie schwanger geworden.«

»Gewiss«, entgegnete Jonas begütigend, »so scheint es auf den ersten Blick. Aber wenn Sie gelesen haben, was ich –«

»Es fällt mir nicht ein, das zu lesen, Dr. Wade.«

Jonas schaute verdutzt.

»Sie verlangen von mir, dass ich Marys Wahn, eine Heilige zu sein, ernst nehme. Sie verlangen von mir, dass ich sie in ihrer anmaßenden Behauptung, eine zweite Jungfrau Maria zu sein, unterstütze. Das kann nicht Ihr Ernst sein.«

»Pater Crispin, was ich hier niedergeschrieben habe,

hat mit Religion und Theologie nichts zu tun. Es ist eine rein wissenschaftliche Erklärung dafür, wie es dazu kam, dass in Marys Körper eine Eizelle sich zu teilen und zum Fötus zu entwickeln begann, ohne dass geschlechtliche Beziehungen stattgefunden hatten.«

»Sie behaupten also, dass sie unberührt ist?«

»Ja.«

»Dr. Wade.« Pater Crispin richtete sich kerzengerade auf und sah von oben auf seinen Besucher hinunter. »Sie machen mir mit dieser Geschichte meine Aufgabe noch schwerer.«

»Ganz im Gegenteil, Pater. Wenn Sie nur lesen würden, was ich –«

»Und wie ist es zur Teilung der Eizelle gekommen?«

»Meiner Meinung nach war die Ursache ein Stromschlag.«

»Aha.« Pater Crispin stand auf und ging zum Fenster. Jonas Wade den Rücken zugewandt, sagte er: »Dann ist also das Kind, das Mary Ann McFarland unter dem Herzen trägt, das Produkt einer physiologischen Absonderlichkeit?«

»Ja, so kann man sagen.«

»Und kann man dann auch sagen«, fuhr Pater Crispin fort und drehte sich um, »dass der Mutter des Herrn das gleiche Schicksal widerfuhr; dass Jesus Christus ein biologischer Zufallstreffer war?«

Jonas war sprachlos.

»Dr. Wade, wenn das, was Sie behaupten, wahr ist, wenn ein unberührtes Mädchen infolge eines körperlichen Schocks schwanger werden kann, was sagt das dann über die Heilige Jungfrau aus?« Pater Crispin seufzte tief und stützte sich mit beiden Händen auf die Rückenlehne seines Sessels. »Wofür halten Sie mich, Dr. Wade?« fragte er müde.

Jetzt war Jonas zornig, aber er beherrschte sich. »Pater Crispin, ich bin nicht hierher gekommen, um mit Ihnen theologische Debatten zu führen; ich wollte Sie darauf aufmerksam machen, dass wir hier vor einem sehr ernsten Problem stehen. Ob Sie mir nun glauben wollen oder nicht, mir obliegt es, für Marys gesundheitliches Wohl Sorge zu tragen, und da ich weiß, wie dieses Kind gezeugt wurde, sind mir auch die damit verbundenen Gefahren bekannt. Das ist der Grund, weshalb ich zu Ihnen gekommen bin; um Ihnen zur Kenntnis zu bringen, dass wir es möglicherweise mit einer äußerst kritischen Situation zu tun haben.«

»Und die wäre?«

»Es ist gut möglich, dass dieses Kind deformiert ist; dass es eine Missgeburt wird. Es ist ferner durchaus denkbar, dass die Geburt für Mary lebensbedrohend werden wird. Ich kann im Moment noch nichts mit Gewissheit sagen; ich muss warten, bis wir röntgen können, und selbst dann lässt sich nichts mit hundertprozentiger Sicherheit sagen. Pater, der Fötus, den Mary in sich trägt, ist kein normaler Fötus, und diese Tatsache stellt uns vor sehr ernste Probleme. Das war es, was ich Ihnen mitteilen wollte.«

Pater Crispin musterte den Arzt mit scharfem Blick, aber er sagte nichts.

»Sie werden vielleicht aufgefordert sein, eine Entscheidung auf Leben und Tod zu treffen, Pater«, fügte Jonas hinzu. »Darauf wollte ich Sie vorbereiten.«

»Ich kann als Priester Ihre Theorie von einer jungfräulichen Empfängnis nicht akzeptieren«, entgegnete Pater Crispin. »Ihnen muss doch klar sein, dass eine solche Theorie die Fundamente des katholischen Glaubens unterhöhlen würde.«

»Ich bin kein Katholik, Pater Crispin. Ich gehöre keinem Glaubensbekenntnis an. Meine Eltern waren Atheisten, und ich bin ebenfalls einer. Ich glaube an das, was ich hier vor mir habe –« er tippte mit dem Finger auf seine Unterlagen – »den wissenschaftlichen Beweis für meine Theorie. Es liegt mir fern, Ihre Religion anzugreifen, Pater. Ich bin einzig aus Sorge um Mary hergekommen.«

Die dunklen Augen, die wie schwarzes Glas blitzten, schweiften flüchtig zu dem dünnen Bündel Papiere, dann hefteten sie sich wieder auf Jonas Wades Gesicht. Pater Crispins Stimme war so hart wie sein Blick.

»Ich bin nur in einem Punkt bereit, auf Sie zu hören, Dr. Wade: im Hinblick auf die mögliche Deformierung des Kindes. Aber ich bin nicht bereit, mir Ihre absurden Behauptungen hinsichtlich der Ursachen einer solchen Deformierung anzuhören. Sie sind der behandelnde Arzt des Mädchens, und wenn Sie mich auf mögliche Gefahren dieser Schwangerschaft aufmerksam machen, muss ich auf Ihren fachmännischen Rat hören. Wie sicher sind Sie, dass das Kind deformiert ist?«

»Ich bin überhaupt nicht sicher. Es ist nur eine Möglichkeit. Mary McFarland braucht ständige ärztliche Beobachtung; ich muss die Entwicklung der Schwangerschaft genau überwachen. Aber sie will jetzt von ärztlicher Behandlung nichts mehr wissen. Sie bildet sich ein, der heilige Sebastian werde für sie und ihr Kind sorgen und sie brauche mich nicht mehr. Wenn ich sie davon überzeugen will, dass sie sich da irrt, brauche ich Ihre Hilfe, Pater.«

Pater Crispin schüttelte den Kopf. Unglaublich, dieser Mann verlangte von ihm, einem Geistlichen, einem seiner Gemeindemitglieder zu raten, sich *nicht* auf den Schutz eines Heiligen zu verlassen.

»Ich kann Ihrer Bitte nicht nachkommen, Dr. Wade.«

»Aber Sie müssen doch einsehen, dass Mary in ihrem Zustand einen Arzt braucht!«

Das war ja das Dilemma: dass Pater Crispin das sehr wohl einsah.

»Ich kann Ihren Standpunkt nicht mit dem der Kirche vereinbaren, Dr. Wade. Wir glauben an die Hilfe und den Rat unserer Heiligen.«

»Beraten Sie etwa so Ihre Gemeindemitglieder?«, fragte Jonas aufgebracht. »Dass sie Ärzte meiden und sich lieber an die Heiligen halten sollen?«

»Aber Dr. Wade, ich muss doch sehr bitten –«

»Mary Ann McFarland braucht ärztliche Betreuung!« Jonas sprang auf. »Sie ist möglicherweise in Lebensgefahr.«

»Ich möchte mich nicht mit Ihnen streiten, Dr. Wade. Bitte!« Pater Crispin hob beschwichtigend die Hände. »Selbstverständlich bin ich der Meinung, dass das junge Mädchen Ihre ärztliche Betreuung braucht. Aber ich werde ihr nicht sagen, sie solle sich von ihrem Glauben an den heiligen Sebastian abkehren. Eines jedoch werde ich ganz gewiss tun, als ihr Seelsorger muss ich es sogar tun: Ich werde ihr raten, von dieser Vorstellung, ihr Kind vom heiligen Sebastian empfangen zu haben, abzulassen. Es muss doch möglich sein, zu einem wohlwollenden Kompromiss zu gelangen, Dr. Wade.«

Jonas entspannte sich. »Verzeihen Sie meine Heftigkeit, Pater, aber ich mache mir Sorgen um Mary. Ich weiß, dass Sie einen großen Einfluss auf sie haben. Ich bitte Sie, ihr zu sagen, dass sie weiterhin zu mir in Behandlung kommen soll. Der Rest bleibt Ihnen überlassen.«

Pater Crispin versuchte zu lächeln, aber es wurde nur eine Grimasse. Er sollte auf dieses Mädchen Einfluss haben? Wenn Sie wüssten, wie sehr Sie sich da täuschen, Dr. Wade.

»Ich werde sofort mit ihr sprechen, Dr. Wade. Und ich wäre Ihnen dankbar, wenn Sie mich über die Entwicklung auf dem Laufenden halten würden.«

»Das tue ich gern, Pater.« Jonas packte seine Unterlagen wieder ein, schloss die Aktentasche und hielt dem Priester die Hand hin.

Pater Crispin nahm die Hand des Arztes mit festem Druck. »Wir müssen unser Vertrauen in Gott setzen.«

14

Nathan Holland manövrierte seinen Wagen in die Lücke zwischen Pater Crispins altem grünen Ford Falcon und einem roten Cadillac, von dem er annahm, dass er Dr. Wade gehörte. Die McFarlands hatten ihre beiden Autos auf der Straße geparkt, sodass in der Auffahrt gerade genug Platz für die Fahrzeuge ihrer drei Gäste war. Nathan schaltete den Motor aus, und er sah in der Befürchtung, sich verspätet zu haben, auf seine Uhr. Doch es war gerade Punkt zwölf Uhr mittags. Die anderen waren früher gekommen.

Er wusste nicht genau, worum es bei dieser Zusammenkunft gehen sollte. Dr. Wade hatte ihm lediglich gesagt, es beträfe auch Mike, und hatte ihn gebeten, seinen Sohn zu begleiten. Mike saß still und stumm auf dem Sitz neben ihm, aber Nathan konnte sich ungefähr vorstellen, was in ihm vorging. Er hoffte, das Treffen würde dazu beitragen, die bedrückende Atmosphäre zu lockern, unter der die ganze Familie seit dem Tag litt, an dem Ted McFarland ihm und Mike von Marys Schwangerschaft Mitteilung gemacht hatte. Sie hatten alle gelitten, nicht nur Mike, dessen Noten stark abgerutscht waren und der sich, sehr im Gegensatz zu seinen sonstigen Feriengewohnheiten, fast den ganzen Tag in seinem Zimmer verkroch. Timothy, für den der große Bruder immer das bewunderte Vorbild gewesen war, behandelte Mike jetzt beinahe mit Verachtung. Sein Schmerz über die Demontierung seines Ideals war deutlich spürbar. Matthew andererseits schien von der ganzen Sache völlig unberührt, als mache ihm das alles nichts aus. Gerade das aber beunruhigte Nathan sehr. Er konnte nur hoffen, dass diese heutige Zusammenkunft zu einer Reinigung der Atmosphäre führen würde, ganz gewiss sollte sie einer Klärung dienen. Da Mike immer noch als Vater von Marys Kind in Frage kam, wollten die McFarlands und Dr. Wade vermutlich über eine Heirat sprechen. Obwohl Nathan sich in den vergangenen drei Monaten immer wieder mit dieser

Möglichkeit auseinander gesetzt hatte, wusste er, dass es ihm schwer fallen würde, eine Heirat zu akzeptieren. Er war froh, dass Pater Crispin anwesend sein würde, um ihnen allen mit seinem Rat beizustehen.

Mike, der ahnte, was seinem Vater durch den Kopf ging, sah dem bevorstehenden Zusammentreffen mit Beklemmung und auch Angst entgegen. Zum ersten Mal seit langem würde er Mary wieder sehen. Nicht vor ihr jedoch hatte er Angst, sondern vor sich selbst. Er fürchtete sich davor, dass er zusammenbrechen und seine Schwäche offenbar würde. Von ihr getrennt, fern von ihr, konnte er den Schmerz ertragen, den sie ihm bereitet hatte; aber in ihrer Nähe, wenn er sie sehen und ihre Stimme hören konnte, würden, so fürchtete er, alle Abwehrmauern einstürzen.

Der Anblick von Pater Crispins Wagen machte Mike im Gegensatz zu seinem Vater keinen Mut. Er hatte bereits mehrere ernste Auseinandersetzungen mit dem Priester hinter sich. Pater Crispin hatte ihn gedrängt, seine Sünde einzugestehen, und hatte ihn beschworen, Marys Ehre zu schützen und dem Kind seinen Namen zu geben. Mikes Beteuerung, dass er mit Marys Schwangerschaft nichts zu tun hatte, hatte er nicht geglaubt.

»Komm, mein Junge, gehen wir hinein«, sagte Nathan leise.

Lucille öffnete ihnen und begrüßte sie lächelnd. Sie

war froh, dass die beiden endlich eingetroffen waren. Nun konnte die Unterredung anfangen; nun würde sie gezwungen sein, dem Problem ins Auge zu sehen. Vielleicht würde sich jetzt wieder ein Zugang zu Mary finden. Mutter und Tochter waren einander fremd geworden in diesen Wochen, und Lucille hatte den Verdacht, dass Mary ihr allein die Schuld an ihrem Selbstmordversuch gab. Sie wusste nicht, was der Grund dafür war, und hatte mehrmals versucht, sich Mary zu nähern, um eine Klärung herbeizuführen. Sie wusste, dass sie miteinander sprechen und einander offen sagen mussten, was sie bewegte, aber Mary war auf ihre Bemühungen nicht eingegangen. Sie hatte sich völlig verändert, und Lucille war jetzt unsicher, wie sie ihr begegnen sollte.

Rein äußerlich hatte sich durch Marys Schwangerschaft kaum etwas verändert; das Leben ging scheinbar weiter wie zuvor. Doch Lucille fühlte unterschwellige Strömungen, und die bereiteten ihr Angst und Unbehagen.

Sie führte Nathan und Mike ins Wohnzimmer, Pater Crispin stand auf und reichte Nathan die Hand. Als er sich Mike zuwandte, verfinsterte sich seine Miene wie im Reflex, als sich ihm die Erinnerung an den vergangenen Nachmittag aufdrängte.

Er war in der leeren Kirche zufällig auf Mary gestoßen, die vor dem Gemälde des heiligen Sebastian kniete und betete. Er hatte sie gebeten, mit ihm in sein

Büro zu kommen, und bekam nun aus ihrem Mund von dem Wahn zu hören, dem sie völlig verfallen zu sein schien. Anfangs hatte er mit Geduld versucht, sie zur Vernunft zu bringen, doch im Lauf des Gesprächs war er immer gereizter geworden, und schließlich hatte ihn der Zorn gepackt.

»Mary Ann McFarland, du versündigst dich«, sagte er scharf. »Was du da behauptest, ist Blasphemie. Du hattest einen Traum, und das ist alles.«

»Es war eine Heimsuchung«, widersprach sie. »Ich weiß es genau, Pater. Ich habe es gefühlt. Ich habe gefühlt, wie der heilige Sebastian seinen Samen in mich einpflanzte. Und Träume fühlt man doch nicht, oder, Pater?«

»Es war eben ein realistischer Traum, Kind.«

»Jetzt weiß ich, warum *sie* nichts von Gabriel verraten hat.«

»Sie?«

»Die Heilige Jungfrau. Sie wusste, dass man ihr nicht glauben würde. Darum hat sie die Heimsuchung verschwiegen. Das hätte ich auch tun sollen.«

»Das ist eine Anmaßung, Mary, dich mit der Mutter Gottes zu vergleichen. Das lasse ich nicht zu. Genug jetzt mit diesem Unsinn. Deine Eltern und Dr. Wade waren viel zu nachsichtig mit dir, aber ich bin nicht bereit, dieses Theater zu dulden. Ich bin für dein Seelenheil verantwortlich. Du bist eine Katholikin, Mary; du gehörst zur Gruppe derer, denen das Himmelreich und die Liebe Gottes verheißen ist, wenn sie nur seine Gesetze befolgen. Du hast das Privileg, zu beichten und Buße zu tun. So etwas nimmt man nicht auf die leichte Schulter. Um deiner Seele willen, beichte endlich, Mary.«

Aber seine Vorhaltungen hatten nichts gefruchtet. Und als er sie aufgefordert hatte, sich im Interesse ihres ungeborenen Kindes wieder in ärztliche Behandlung zu begeben, hatte sie mit einer Gelassenheit, die ihn fuchsteufelswild machte, erwidert: »Gott wird schon für das Kind sorgen.«

»Gott hat uns Ärzte gegeben, Mary, damit sie hier auf Erden seine Arbeit tun können. Es ist Gottes Wille, dass du weiterhin regelmäßig zu Dr. Wade gehst. du darfst die Gesundheit deines Kindes nicht vernachlässigen.«

Am Ende des fruchtlosen Gesprächs war Pater Crispin der Verzweiflung nahe gewesen. »Mary«, hatte er beinahe gefleht, »lege jetzt die Beichte ab. Vertrau dich Gott und der Kirche an. Sie werden deinen Schmerz lindern.«

Aber sie war unerschütterlich geblieben, und wenn er, ihr Beichtvater, sie nicht zur Vernunft bringen konnte, was hoffte dann Dr. Wade heute hier zu erreichen?

Darüber war sich Jonas selbst nicht sicher. Zwei Anliegen hatten ihn an diesem Tag hierhergeführt: Er wollte Marys Unschuld feststellen und er wollte von ihren Eltern die Erlaubnis zu einer Fruchtwasseruntersuchung erwirken.

Bei der letzten Untersuchung – vor jenem Überraschungsbesuch, bei dem sie ihm mitgeteilt hatte, dass sie nicht wieder kommen würde – hatte Jonas den Eindruck gehabt, dass der Fötus sich normal entwickelte. Aber das reichte nicht. Erst am vergangenen Abend hatte er sich Eastmans Handbuch zur Geburtshilfe vorgenommen und das Kapitel über Anomalien in der Entwicklung durchgelesen. Dabei war er auf eine erschreckende Statistik gestoßen: Drei Viertel aller Missgeburten, wie zum Beispiel anenzephalische Föten – also Föten, bei denen das Gehirn fehlte –, waren weiblichen Geschlechts. Die mögliche Schlussfolgerung aus dieser Tatsache hatte ihn tief entsetzt, dass zumindest einige dieser grauenvoll deformierten Geschöpfe vielleicht durch Jungfernzeugung entstanden waren.

Die Vorstellung, dass Mary ein solches missgebildetes Geschöpf in sich tragen könnte, war ihm unerträglich. Und darum wollte er um jeden Preis eine Fruchtwasseruntersuchung vornehmen, auch wenn sie noch so viele Risiken mit sich brachte. Er würde darum kämpfen.

Mary stand in ihrem Zimmer und kämmte sich das Haar, als sie die Stimmen Nathan Hollands und Mikes hörte. Bei dem Gedanken, ihn wieder zu sehen, durchzuckte es sie, aber sie wusste, dass sie völlig ruhig und beherrscht sein würde. Mike war wie Joseph. Bei Matthäus hieß es, dass Joseph Maria anfänglich hatte heimlich verlassen wollen; aber dann war ihm Gabriel erschienen und hatte ihm alles erklärt. Genauso würde es mit Mike geschehen. Dafür würde Gott Sorge tragen.

Sie hatte keine Ahnung, warum Dr. Wade um diese Zusammenkunft gebeten hatte. Aber es spielte auch keine Rolle. Wenn es ihren Eltern gut tat, und die beiden schienen tief erleichtert, als sie hörten, dass er kommen würde, dann war das genug. Sie wusste, dass ihre Mutter und ihr Vater sich angesichts des Wunders durch den heiligen Sebastian unwohl fühlten; ihr sollte es nur recht sein, wenn Dr. Wade etwas zu ihrer Beruhigung tun konnte.

Auf der Kommode neben ihr lag ein Stapel Bücher aus der Bibliothek, die sie zurückgeben musste. Das unterste, ›Königin des Himmels‹, hatte sie als erstes gelesen: eine umfangreiche Studie über die Jungfrau Maria. Obwohl das Buch mehr als tausend Seiten hatte, bot es wenig an konkreten Fakten oder neuem Material. In der Hauptsache war es eine Zusammenstellung mittelalterlicher Vorstellungen zum Marienkult. Mary hatte aus dem Buch nur zwei Dinge erfahren, die ihr neu waren: dass die Jungfrau selbst empfangen worden war, als ihre Mutter Anna von Joachim auf die Wange geküsst worden war; und dass Maria Jesus ohne Schmerzen und ohne Blutvergießen geboren hatte.

Die anderen Bücher behandelten ähnliche Themen außerhalb des christlichen Glaubens; klassische Mythologie. Ihnen hatte Mary andere Beispiele jungfräulicher Empfängnis entnommen – Leda, Semele, Io, sterbliche Frauen, die von Göttern heimgesucht worden waren und göttliche Kinder geboren hatten. Man glaubte auch, dass Plato, Pythagoras und Alexander der Große von jungfräulichen Müttern zur Welt gebracht worden seien. Es gab viele Beispiele in der Geschichte. Mary erfuhr, dass sie nicht allein war, und das gab ihr Kraft und Sicherheit.

Es kam genauso, wie Mike es vorausgesehen hatte. Kaum trat Mary ins Zimmer, da verliebte er sich noch einmal ganz von neuem in sie. Sie war so verändert. Das Umstandskleid betonte eher ihre neue Fülle, anstatt sie zu verbergen; ihr Gesicht war runder und weicher unter dem langen, glänzenden Haar, und ihre Augen waren wie Fenster, in die ein blauer Himmel hineinschaute. Mike schnürte es die Kehle zu. Er hätte Mary gern die Hand gegeben, aber seine Hände waren schweißnass.

»Hallo«, sagte sie lächelnd in die Runde und setzte sich.

Jonas Wade vergeudete keine Zeit. Sobald Mary im Kreis der anderen Platz genommen hatte, öffnete er seine Aktentasche, entnahm ihr mehrere leere Blätter und hielt eine kurze Unterrichtsstunde über die Fortpflanzung beim Menschen.

Auf das Papier zeichnete er einen Kreis, der einen kleinen Kreis und einige Wellenlinien enthielt. »Das ist eine menschliche Eizelle. Diese Wellenlinien hier stellen die Chromosomen dar, insgesamt sechsundvierzig. Wenn das Ei beim Eisprung den Eierstock verlässt, beginnt die Reifung. Die Eizelle teilt sich, die Chromosomen werden auseinander gezogen, sodass wir nun zwei Sätze von je dreiundzwanzig haben, und diese Hälfte der Eizelle –« er zeichnete ein Oval und setzte ein X in die obere Hälfte –, »die man als zweites Polkörperchen bezeichnet, wird ausgestoßen. Das reifende Ei hat nun nur noch dreiundzwanzig Chromosomen und ist bereit, die anderen dreiundzwanzig aufzunehmen, die im Spermium enthalten sind. Wenn in diesem Stadium Geschlechtsverkehr stattfindet, dringt der Samenfaden in die Eizelle ein und bildet den männlichen Zellkern, der mit dem weiblichen, in dem die anderen dreiundzwanzig Chromosomen enthalten sind, verschmilzt. Es entsteht die Ursprungszelle des neuen Lebewesens. Durch die nun einsetzende Furchung, das heißt Teilung der Zelle, entsteht der Embryo.«

Er hielt inne und sah sich in der Runde um.

»Warum erzählen Sie uns das, Dr. Wade?«, fragte Lucille.

»Zur Vorbereitung auf das, wozu ich jetzt kommen werde. Ich möchte sicher sein, dass wir alle eine gemeinsame Grundlage haben und dass es bei niemandem Zweifel gibt.« Jonas sah Ted an, der nickte. Sein Blick glitt weiter zu Nathan und Mike Holland, zu Mary und schließlich zu Pater Crispin, der aus seinem Missvergnügen kein Hehl machte.

»Ich möchte Ihnen allen ganz klar machen«, fuhr Jonas fort, »wie es zu Marys Schwangerschaft gekommen ist.«

»Dr. Wade!«, unterbrach Pater Crispin. »Sie werden doch nicht an dieser absurden Theorie fest halten wollen!«

»Sie ist keineswegs absurd, Pater, das werden Sie bald selbst sehen.«

»Was denn?«, fragte Lucille. »Wovon spricht er?«

»Ich spreche von Parthenogenese, Mrs. McFarland.«

Nachdem Jonas seinen Zuhörern den Ausdruck erläutert hatte, berichtete er in klaren, verständlichen Worten von seinen Recherchen, seinen Gesprächen mit Bernie Schwartz und Dorothy Henderson, gab einen Überblick über die wissenschaftlichen Daten, die er gesammelt hatte, und beendete seinen Vortrag mit der erstaunlichen Schlussfolgerung, zu der er aufgrund seiner Untersuchungen gelangt war.

Danach war es zunächst völlig still. Nathan Holland lehnte sich zurück und fuhr sich mit beiden Händen durch das ungebärdige weiße Haar. Sein Blick glitt langsam über die Berichte und Statistiken, die auf dem Couchtisch ausgebreitet lagen, wanderte zu den Zeitungsartikeln und blieb schließlich auf der Skizze ruhen, die die Teilung der menschlichen Eizelle darstellte. Er glaubte jedes Wort von dem, was Jonas Wade gesagt hatte.

Lucille McFarland starrte wie betäubt auf dieselben Unterlagen und dachte: Unmöglich!

»Noch unerhörter als Ihre hanebüchene Theorie«, erklärte Pater Crispin mit Kanzelstimme, »finde ich, dass Sie von uns erwarten, sie zu glauben.«

Ehe Jonas etwas erwidern konnte, sagte Ted: »Ich weiß nicht, Pater. Ich finde es ziemlich überzeugend –«

»Sie erstaunen mich, Mr. McFarland.« Pater Crispin stand ächzend aus seinem Sessel auf und ging ein paarmal im Zimmer hin und her, um sich Bewegung zu verschaffen.

Jonas beobachtete ihn mit einer Mischung aus Ungeduld und Bedauern. Du bist doch nur dagegen, dachte er, weil du meine Theorie als Angriff auf deinen Glauben siehst.

»Dr. Wade«, sagte Ted, »ist das wirklich möglich?«

»Sehen Sie sich den Fall der Dionne-Fünflinge in Kanada an, Mr. McFarland. Wissen Sie, wie hoch die Wahrscheinlichkeit einer eineiigen Fünflingsgeburt ist? Eins zu fünfzig Millionen. Und in diesem Fall ist es geschehen. Aus einer einzigen Eizelle entwickelten sich fünf kleine Jungen. Und die ganze Welt akzeptiert es. Die Geburt der Dionne-Fünflinge könnte man als ein wissenschaftliches Wunder bezeichnen; kein Mensch glaubte, dass es so etwas geben könne. Aber als es dann so weit war, hat niemand die Tatsache in Zweifel gezogen oder angefochten. Die Fünflinge werden als das akzeptiert, was sie sind. Die Wahrscheinlichkeit einer parthenogenetischen Geburt liegt weit höher, Mr. McFarland. Wenn Sie die Dionne-Fünflinge akzeptieren können, warum dann nicht Marys Unberührtheit?«

Ted nickte bedächtig. »Würden Sie mir noch einmal erklären, Dr. Wade, warum Sie glauben, dass das Kind ein Mädchen werden wird?«

»Ich werde es Ihnen zeigen.«

»Unglaublich«, murmelte Ted wenig später, während er kopfschüttelnd auf die Skizze sah, die Jonas Wade angefertigt hatte. Lucille beugte sich vor und betrachtete die Illustration, ohne ein Wort zu sagen.

Jonas überließ ihnen das Papier und lehnte sich im Sofa zurück. »Das Geschlecht des Kindes wird durch die Chromosomen im Spermium bestimmt. Enthält es ein Y-Chromosom, so wird das Kind ein Junge. In diesem Fall fand die Befruchtung nicht durch ein Spermium statt. Im Ei sind also nur die weiblichen X-Chromosomen enthalten. Darum muss das Kind weiblich werden.«

Er schaute zu Mary hinüber. Er hätte gern gewusst, was in ihr vorging, doch ihr Gesicht war unergründlich.

Er irrt sich, dachte sie.

»Dr. Wade«, sagte Lucille stockend, »Sie glauben, dass es durch den Stromschlag damals im Schwimmbecken zu der Schwangerschaft gekommen ist?«

»Ja.«

»Aber –« ihre Augen zeigten tiefe Verwirrung, und in diesem Moment sah Lucille jünger und kindlicher aus als ihre Tochter – »kann das Kind denn dann eine Seele haben?«

Hier fühlte sich Jonas Wade auf unsicherem Boden. Über wissenschaftliche Fakten und Analysen konnte er mit Sicherheit und Überzeugung sprechen, diese Frage jedoch brachte ihn aus dem Konzept. Automatisch sah er den Priester an.

Und Pater Crispin, der den Hilfe suchenden Blick auffing, versicherte rasch: »Selbstverständlich hat es eine Seele, Mrs. McFarland.«

»Aber – es wurde doch nicht auf normalem Weg gezeugt.«

»Dennoch ist es ein Leben, und alles Leben kommt von Gott. Er wählte seine Werkzeuge und seine Wege aus Gründen, die uns unerforschlich sind –« Pater Crispin brach plötzlich ab und räusperte sich. »Das heißt aber noch lange nicht, dass ich diesen Unsinn glaube«, fügte er hastig hinzu. »Doch selbst wenn es wahr wäre, Mrs. McFarland, wäre dieses Kind ein Kind Gottes.«

Die Unterstützung, die Jonas Wade sich von Pater Crispin erhofft hatte, war ausgeblieben. Er setzte seine nächsten Worte vorsichtig. »Das Kind wird ganz normal werden, Mrs. McFarland. Es gibt keinen Grund, warum es nicht so sein sollte. In einigen Wochen werde ich Röntgenaufnahmen machen können, und dann können wir den Fötus sehen.«

Jonas blickte wieder zu Mary, die immer noch so unbewegt dasaß, als ginge sie das alles nichts an.

»Es besteht jedoch eine, wenn auch äußerst geringe Gefahr, dass Probleme auftreten können. Deshalb würde ich vorsichtshalber –«

»Probleme?«, fragte Lucille. »Was für Probleme?«

»Ich will damit nur sagen, dass wir es hier mit einem Sonderfall zu tun haben, der besonderer Aufmerksamkeit bedarf. Darum hätte ich gern Ihre Erlaubnis, vorsichtshalber eine bestimmte Untersuchung bei Ihrer Tochter vorzunehmen.«

»Was ist das für eine Untersuchung?«, fragte Ted.

»Es handelt sich um eine Fruchtwasseruntersuchung. Dabei wird eine Probe des Fruchtwassers entnommen und mikroskopisch untersucht. Man macht diese Untersuchung vor allem bei Müttern mit einem negativen Rhesusfaktor, um festzustellen, ob das Kind durch die Antikörper der Mutter gefährdet ist. Wir können uns auf diese Weise die Chromosomenstruktur des Kindes ansehen, um uns zu vergewissern, dass seine Entwicklung einen normalen Verlauf nimmt.«

»Wie zuverlässig ist die Untersuchung?«

»Sie befindet sich augenblicklich noch im experimentellen Stadium, aber –«

Lucille schüttelte den Kopf. »Keine Experimente mit meiner Tochter. Sie hat genug durchgemacht.«

»Mrs. McFarland, die Fruchtwasseruntersuchung wird jedes Jahr bei Hunderten von Frauen durchgeführt –«

»Ist sie mit Gefahren verbunden?«

»Ach, Gefahren gibt es bei jeder –«

»Nein, Dr. Wade, eine solche Untersuchung erlaube ich nicht.«

Jonas Wade kämpfte. »Es ist zum Besten Ihrer Tochter, Mrs. McFarland, und zum Wohl des Kindes.«

Sie hielt die kalten blauen Augen auf ihn gerichtet. »Und wenn sich herausstellen sollte, dass das Kind geschädigt ist?«

Er starrte sie an.

»Dr. Wade«, schaltete sich Ted ein, »ich glaube, meine Frau will damit sagen, dass man in einem solchen Fall doch sowieso nichts unternehmen könnte. Warum dann also eine gefährliche Untersuchung? Ich meine, wenn sich herausstellen sollte, dass das Kind geschädigt ist, würde sich doch an Ihrer Behandlung Marys nichts ändern, nicht wahr?«

Jonas ließ sich die Frage durch den Kopf gehen, nahm den abwehrenden Blick Lucilles zur Kenntnis und sagte: »Nein.«

»Dr. Wade –«

Alle Augen richteten sich auf Mike. Alle waren erstaunt, dass er sich in das Gespräch einmischte. Sein Gesicht war bedrückt.

»Wie wird es aussehen, Dr. Wade?«

»Was meinst du?«

»Wie wird das Kind aussehen?«

»Oh.« Jonas war unbehaglich. Er fragte sich, was in dem Kopf des Jungen vorging. »Marys Chromosomen haben sich getrennt und sind dann wieder miteinander verschmolzen. Da kein Spermium beteiligt war, das neue Anlagen mitgebracht hätte, wird das Kind aussehen wie Mary.«

Mike drehte langsam den Kopf. Mit einem seltsamen Ausdruck in den grauen Augen sah er Mary an. »Wie eine Kopie, meinen Sie?«

»Ja... Mary wird gewissermaßen sich selbst zur Welt bringen.« Jonas hörte wieder Dorothy Hendersons Stimme: Das sind keine Nachkommen von Primus; sie *sind* Primus.

Die sieben Menschen im sonnendurchfluteten Zimmer schwiegen, unsicher und verwirrt jeder von ihnen; bemüht, sich mit dem, was Jonas Wade ihnen mitgeteilt hatte, auseinander zu setzen. Nur Mary saß in Ruhe und Gelassenheit, im Schutz eines inneren Friedens, der sie vor der kalten Realität abschirmte.

Pater Crispin focht den schwersten Kampf aus. Im Gegensatz zu den anderen, die sich bemühten, Jonas Wades Theorie zu akzeptieren, wehrte er sich mit aller Kraft gegen sie.

»Sie sehen also«, sagte Jonas Wade schließlich, »Mary hat kein Unrecht begangen. Sie hat die Wahrheit gesagt.«

Ein Schimmer von Dankbarkeit glomm in Lucilles blauen Augen, aber sie brachte es noch immer nicht über sich, ihre Tochter anzusehen. Stattdessen richtete sie ihren Blick auf Ted und lächelte. Es war eine Erleichterung, Jonas Wades Theorie zu akzeptieren.

»Wenn das Kind geboren ist«, bemerkte Jonas, während er seine Unterlagen zusammenpackte, »wird es mir leicht fallen, das alles durch einige einfache diagnostische Untersuchungen und Tests zu bestätigen –«

»Nein, Dr. Wade.«

»Diese Tests sind nicht gefährlich, Mrs. McFarland. Es bedarf lediglich einer Blutprobe, um eine Genuntersuchung durchzuführen, und einer kleinen Hautverpflanzung vom Säugling auf –«

»Das meinte ich nicht«, unterbrach Lucille und stand auf. »Wir behalten das Kind nicht.«

Jonas starrte sie verblüfft an.

»Wir haben das genau besprochen, Dr. Wade«, kam

Ted seiner Frau zu Hilfe. »Wir denken, es ist für Mary das beste, wenn wir das Kind zur Adoption freigeben.«

Jonas sah Mary an, deren Gesicht völlig unbewegt blieb. Panik stieg in ihm auf, und er kämpfte sie nieder. »Sind Sie da wirklich sicher? Es ist noch früh. Die Trennung von Mutter und Kind könnte traumatische –«

»Ich muss der Familie McFarland Recht geben«, ließ sich Pater Crispin vernehmen. »Mary ist gerade erst siebzehn. Was für eine Mutter könnte sie diesem Kind sein? Noch nicht einmal mit der Schule fertig. Das Kind hat es bei Adoptiveltern sicher besser.«

Jonas suchte krampfhaft nach Argumenten, aber es fiel ihm nur eines ein, und das konnte er nicht sagen: dass die Freigabe des Kindes zur Adoption es ihm unmöglich machen würde, seinen Bericht fertig zu stellen. Denn, um seine Theorie zu veröffentlichen, brauchte er eine genetische Untersuchung des Kindes und die Hautverpflanzung. Wenn das Kind weggegeben würde, machte das alle seine Pläne zunichte.

»Nun«, sagte er, während er seine Aktentasche schloss, »Sie haben ja noch Zeit, um sich das zu überlegen. Ich bin überzeugt, Sie werden Ihre Meinung ändern.« Er sah zu dem Mädchen hinunter, das reglos in seinem Sessel saß. »Ich kann mir nicht vorstellen, dass Mary sich von ihrem Kind wird trennen wollen.« Er schaute sie hoffnungsvoll an, aber sie reagierte überhaupt nicht. »Wie dem auch sei, in zwei Wochen werde ich Mary röntgen und den Schwangerschaftsverlauf beobachten.«

Sie traten alle gemeinsam hinaus in den glühend heißen Nachmittag, Nathan Holland froh und dankbar, dass die Last von seinen Schultern genommen war, und Mike noch immer verwirrt und verwundert über das, was er gehört hatte. Er wurde sich bewusst, dass er nicht fähig war, sich umzudrehen und Mary noch einmal anzusehen. Statt der heißen Liebe und der Sehnsucht, die er vor dem Gespräch noch empfunden hatte, fühlte er jetzt eine merkwürdige Scheu; und Neugier mischte sich mit einer Art schaudernder Ablehnung. Er fand Mary Ann McFarland plötzlich gar nicht mehr begehrenswert.

Pater Crispin ging im Zorn, und das aus zwei Gründen: einmal, weil alle Jonas Wade geglaubt hatten, und weil der Arzt offensichtlich mehr Einfluss besaß als er, ihr Priester. Ein weiteres Symptom ...

Als alle abgefahren waren und Mary in ihrem Zimmer verschwunden war, flüchtete sich Lucille in die tröstliche Umarmung ihres Mannes. Sie legte den Kopf an seine Brust und sagte leise: »Oh, Ted, ich weiß nicht, ob ich erleichtert bin oder mehr Angst habe als vorher.«

15

Im Lampenschein saß Pater Crispin an seinem Schreibtisch im Pfarrhaus und arbeitete an der Predigt für den nächsten Morgen. Sie bereitete ihm Schwierigkeiten.

Viele seiner Gemeindemitglieder hatten in letzter Zeit ihrer Besorgnis und ihrem Unverständnis über die ökumenischen Bestrebungen des neuen Papstes Ausdruck gegeben. Die ultrakonservative Diözese Los Angeles nahm das Zusammentreten des zweiten Vatikanischen Konzils mit Misstrauen zur Kenntnis und befürchtete umwälzende Veränderungen. Pater Crispin hatte beschlossen, seiner Gemeinde mit der Sonntagspredigt die anstehenden Fragen zu erläutern, und bemühte sich jetzt beim Schreiben um eine sachliche und objektive Darstellung.

Aber er konnte sich nicht konzentrieren.

Er nahm das Glas mit dem Whisky, das neben seinem Schreibblock stand, und ging zum Fenster. Er zog den Vorhang auf und sah geistesabwesend auf den dunkel und verlassen liegenden Parkplatz hinaus.

Zum ersten Mal seit vielen Jahren dachte Pater Crispin an seinen alten Traum, der ihn vor dreißig Jahren, als er noch auf dem Seminar gewesen war, so beflügelt hatte. Jung und idealistisch damals, war er fest entschlossen gewesen, in den Orden der Franziskaner einzutreten. Die Einfachheit, die Armut, die Brüderlichkeit mit allen Wesen Gottes, die dieser Orden praktizierte, hatten ihn so sehr angezogen, dass er kurz entschlossen um Aufnahme ersucht hatte. Aber da hatte sich seine Familie eingemischt, wohlhabender, alter Bostoner Adel. Seine Eltern waren entsetzt gewesen, dass ihr Sohn bereit war, sich mit einem solchen Leben in Bescheidenheit zu begnügen, anstatt nach dem Glanz der Bischofswürde zu streben. Als Lionel erkannte, was er seinen Eltern, die ihn schon in vollem Ornat vor sich gesehen hatten, damit antun würde, wenn er an seinem Plan fest hielt, hatte er seinen Traum aufgegeben.

Er wandte sich vom Fenster ab und trat wieder an seinen Schreibtisch.

Von dem jugendlichen Idealismus, dem heißen Wunsch, den Armen und Leidenden dieser Welt zu helfen, war nichts geblieben. Er saß hier als ein behäbiger, dickbäuchiger alternder Priester, der die Werte, die ihm ehemals etwas gegolten hatten, aus den Augen verloren hatte.

Warum, Herr, dachte er mit Bitterkeit, muss ich gerade jetzt an diese Dinge denken?

Er wusste, warum. Mary Ann McFarland war schuld daran.

Pater Crispin ging müde zu einem der Ledersessel und ließ sich hineinfallen. Er starrte in den großen gemauerten Kamin, der nur Attrappe war, und dachte: Ich hätte das heute Abend nicht tun sollen. Ich hätte nicht einfach aus dem Beichtstuhl gehen dürfen. Ich habe das Mädchen im Stich gelassen.

Den ganzen Abend schon war ihm die Begegnung im Kopf herumgegangen. Mary war zur Beichte zu ihm gekommen und hatte eine Liste harmloser kleiner Sünden vorgetragen – dass sie am Freitag Fleisch gegessen, dass sie Gottes Namen missbraucht, ihr Abendgebet vergessen hatte –, doch die eine große Sünde, auf deren Geständnis Pater Crispin wartete, die hatte sie nicht erwähnt. Als er sie gedrängt hatte, hatte sie ihm widersprochen – in seinem Beichtstuhl! –, und er hatte schließlich das Fenster zugeschlagen und sich dem nächsten Beichtkind zugewandt. Als er danach zur anderen Seite zurückgekehrt war, hatte er wieder Marys beteuerndes Flüstern vernommen. Zum zweiten Mal hatte er sich von ihr abgewandt, nachdem er sie ermahnt hatte, ihre Seele zu erforschen und erst dann in den Beichtstuhl zurückzukehren, wenn sie bereit war, sich zu ihrer Sünde zu bekennen. Wieder hatte sie ihm widersprochen, und eigensinnig hatte sie ihre Unschuld beteuert. Und er, ihr Beichtvater, hatte sich von seinem Zorn zur Unbeherrschtheit hinreißen lassen, war aufgestanden und davongegangen, ohne sich weiter um sie zu kümmern.

Er trank einen Schluck von seinem Whisky, aber er schmeckte ihm nicht.

Warum? Warum macht sie es mir so schwer? Er

schlug mit der Faust auf die Armlehne des Sessels. Wenn sie nur nicht so klar und vernünftig gewirkt hätte. Wenn er nur hätte glauben können, dass sie wahrhaftig seelisch labil war – ein Fall für den Psychiater – und nicht schlicht und einfach log. Aber er konnte es nicht riskieren, sich damit zu beschwichtigen. Es ging um ihre Seele.

Jonas Wades wahnwitzige Theorie konnte er nicht glauben, durfte er nicht glauben. Um seiner Religion willen. Wenn diese so genannte ›spontane Parthenogenese‹ einem Teenager aus Tarzana widerfahren konnte, was war dann mit der Jungfrau Maria, die vor zweitausend Jahren Jesus Christus geboren hatte? Sollte die katholische Kirche, der Glaube von Millionen auf einer Laune der Natur gegründet sein?

Pater Crispin ließ sich neben seinem Sessel auf die Knie fallen, stellte das leere Glas weg und senkte den Kopf, um zu beten.

Pater Crispin war tief in Gedanken, während die Ministranten ihm in der Sakristei beim Ankleiden halfen. Die Jungen glaubten, der Priester ginge in Gedanken noch einmal seine Predigt durch, während er sich schweigend zuerst die Hände wusch, dann das Humerale von ihnen entgegennahm, es küsste und sich um die Schultern legte. Er scherzte nicht mit ihnen, wie er das sonst zu tun pflegte.

Pater Crispin hatte in der vergangenen Nacht kaum geschlafen. Seine Stimmung war gedrückt. Wie sollte er mit Mary Ann McFarland umgehen? Ihre Eltern waren absolut überzeugt von diesem wissenschaftlichen Blödsinn. Und wie leicht sie zu überzeugen gewesen waren; wie schnell bereit, sich beschwichtigen und beruhigen zu lassen. Warum glaubten sie Wade und nicht Crispin? Warum waren sie so eifrig darauf bedacht, das Mädchen freizusprechen?

Pater Crispin nahm die Albe und zog sie sich über den Kopf.

Entweder das Mädchen log, oder es war geistig nicht gesund. Doch wie sollte man das herausfinden! Geistige Verwirrung konnte toleriert werden, aber bewusste Unterschlagung einer Todsünde nicht. Um Marys Seele willen musste Pater Crispin die Wahrheit herausfinden.

Mary hob den Kopf und sah sich in der Kirche um. Sie war so voll, dass die Leute stehen mussten. Die meisten hatten sich schon ins Gebet versenkt.

Als Pater Crispin und die Ministranten aus der Sakristei kamen, stand die ganze Gemeinde auf. Er wandte sich ihnen zu und segnete sie. Alle bekreuzigten sich.

Während des ganzen Gottesdienstes versuchte Mary, sich auf das Wunder der Messe zu konzentrieren. Sie hatte früher nie darüber nachgedacht, sich nie klar gemacht, dass in dieser einen Stunde Jesus Christus inmitten der Gläubigen noch einmal den ganzen Zyklus seines Lebens und Sterbens von der Fleischwerdung bis zur Himmelfahrt durchlief.

Pater Crispin hatte Mühe, sich zu konzentrieren. Immer wieder musste er sich bewusst daran erinnern, was er tat, dass er in seinen Händen den Leib und das Blut Jesu Christi hielt. Seine Stimme hatte eine ungewöhnliche Schärfe.

»Kyrie eleison.«

Er wusste, dass seine Zerstreutheit an diesem Morgen nicht allein auf Mary Ann McFarland zurückzuführen war. Es waren die quälenden Erinnerungen, die aus den Tiefen seines Geistes aufgestiegen waren, ihm den Schlaf geraubt und ihn die ganze Nacht lang mit Bildern und Visionen aus längst vergangenen Tagen gepeinigt hatten. Im Morgengrauen war er erschöpft und voller Bitterkeit aufgestanden. Und jetzt, während er das Introitus beinahe herausschrie, um so an der Realität der Messe fest zu halten, überfiel ihn immer wieder der Gedanke, dass die große Gemeinde hinter ihm, diese Menge satter und selbstgerechter Bürger, der Grund dafür war, dass er seinen Idealismus verloren hatte.

»Credo in unum deum patrem omnipotentem, factorem ...«

Viele Jahre, viel zu viel Zeit, hatte er damit zugebracht, die Reichen zu verhätscheln, Bingo-Abende und Wohltätigkeitsbasare zu organisieren, Hans Dampf in allen Gassen zu sein.

Er wandte sich ihnen zu. »Dominus vobiscum.« Weiße Wohlstandsbürger, nicht einer unter ihnen, der einer ethnischen Minderheit angehörte. »Sanctus, sanctus, sanctus ...«

Mary passte nicht mehr auf. Ihr Blick war auf den nackten, geschundenen Leib des heiligen Sebastian gerichtet.

»Agnus Dei, qui tollis peccata mundi, miserere nobis.«

Die Glocken begannen zu läuten, und Mary schlug sich an die Brust.

»Mea culpa, mea culpa, mea maxima culpa ...«

Es war Zeit für die Kommunion. Schweigend standen die Leute auf und bewegten sich in einem langen Zug durch den Mittelgang zum Altar. Mary schloss sich ihnen an. Sie kniete an der Kommunionbank vor den Chorschranken nieder, bekreuzigte sich und begann zu beten. Unter ihren gesenkten Lidern hervor sah sie Pater Crispin, der langsam die Reihe abschritt und in jede ausgestreckte Hand eine Hostie legte.

Als er sich in Begleitung eines Ministranten, der die goldene Patene trug, ihr näherte, neigte Mary den Kopf. Sie spürte einen leichten Luftzug, als der Pater vor der Person neben ihr stehen blieb, und hörte sein

Flüstern, als er die Formel sprach. Dann spürte sie, wie die Person neben ihr aufstand.

Das Herz schlug ihr bis zum Hals, als sie wahrnahm, dass Pater Crispin vor ihr anhielt. Ihr Mund war wie ausgetrocknet, und sie hatte das heftige Verlangen zu schlucken, aber sie tat es nicht. Sie hielt den Kopf geneigt, die Augen geschlossen.

Pater Crispin ging, ohne ihr die Hostie gegeben zu haben, weiter zu ihrem Nachbarn.

Zornig und beschämt blieb Mary, den Kopf nach vorn geneigt, knien, und krampfte ihre Hände so fest ineinander, dass sie schmerzten. Nein! sagte sie sich mit zusammengebissenen Zähnen. Nein, du läufst jetzt nicht davon.

Als Pater Crispin das Ende der Reihe erreicht hatte, drehte er sich um, um von neuem zu beginnen. Unwillig blickte er auf das Mädchen, das eigensinnig an der Schranke knien blieb. Der Ministrant, der sich seine Verwunderung und Neugier nicht anmerken lassen wollte, hielt den Blick starr auf den Hostienteller gerichtet und stolperte prompt über sein langes Gewand. Er fiel taumelnd gegen den Priester und murmelte verlegen: »Entschuldigen Sie, Pater.«

Sie spürte wieder den Luftzug, als er an ihr vorüberging und weiter die Reihe entlangschritt bis zum anderen Ende. Aber sie blieb knien. Sie hielt die Chorschranke umklammert, als säße sie in der Achterbahn, und schluckte die aufsteigende Übelkeit hinunter.

Wieder kam Pater Crispin die Reihe entlang, gab jedem Gemeindemitglied die Hostie und seinen Segen. Seine Finger, die den Stil des Ziboriums hielten, waren blutleer. Seine Lippen waren schmal zusammengepresst; seine Stimme schwoll ein wenig an, sodass sie beinahe über das Füßescharren hinweg zu hören war.

Wieder senkte Mary den Kopf, und sie streckte beide Hände aus, die Ellbogen eng an ihren Körper gedrückt.

Bei einem Blinzeln sah sie das Weiß von Pater Crispins Albe. Er war vor ihr stehen geblieben. Lieber Gott, hilf mir, flehte sie im stillen. Hilf mir, Gott...

Dann die Berührung, das leichte Kitzeln, die Hostie lag in ihren Händen.

Mary warf sich nach vorn, neigte sich tief über die Schranke und schluchzte vor Glück und Erleichterung. Die tiefen Töne der Orgel umbrausten sie. Der Chor sang, und die letzten Gemeindemitglieder standen von der Kommunionbank auf und gingen davon.

16

»In zwei Wochen werde ich Mary röntgen, Mr. McFarland, und es wäre mir lieb, wenn Sie und Ihre Frau mitkämen. Ich wollte Ihnen rechtzeitig vorher Bescheid geben, damit Sie sich den Termin freihalten können.«

»Das ist sehr freundlich, Dr. Wade. An welchen Tag hatten Sie gedacht?«

Jonas griff nach dem Kalender auf seinem Schreibtisch. »Jeder Tag in der Woche nach dem einundzwanzigsten wäre mir recht. Besprechen Sie es mit Ihrer Frau, Mr. McFarland, und rufen Sie meine Sprechstundenhilfe an. Sie vereinbart dann einen Termin mit der Röntgenabteilung.«

Es blieb einen Moment still. Ted McFarland machte sich wohl eine Notiz. Dann sagte er: »Dr. Wade, wie hoch ist die Wahrscheinlichkeit einer Missbildung bei dem Kind?« Er schien den Stier gleich bei den Hörnern packen zu wollen.

»Das kann ich Ihnen leider nicht sagen. Ich möchte, dass Sie und Ihre Frau dabei sind, wenn wir die Aufnahmen bekommen, für den Fall, dass das Kind geschädigt sein sollte. Dann braucht Mary Ihre Unterstützung.«

Teds Stimme klang seltsam dünn und doch zugleich kraftvoll. »Wenn es eine Missbildung ist, was schlagen Sie dann vor?«

Jonas schloss einen Moment die Augen. »Das kann ich im Augenblick noch nicht sagen, Mr. McFarland. Es hängt von vielen Dingen ab. Wenn das Kind schwere Missbildungen aufweist, werden Sie die Angelegenheit mit Ihrem Priester besprechen wollen, denke ich.«

Es folgte eine kurze Pause, dann sagte Ted: »Sie denken an eine Abtreibung, nicht wahr?«

»Wenn Marys Leben bedroht ist, ja.«

»Aber sie ist im sechsten Monat. Ist es nicht jetzt schon ein – richtiges Kind?«

»Doch.«

»Ich danke Ihnen für Ihre Offenheit, Dr. Wade. Meine Frau und ich werden kommen. Besten Dank, dass Sie angerufen haben.«

Nachdem Jonas Wade aufgelegt hatte, blieb er untätig an seinem Schreibtisch sitzen und starrte auf die rote Mappe, die den ersten Entwurf seines Berichts enthielt. Nur das letzte Kapitel fehlte jetzt noch. Er hatte flüchtig erwogen, sich in dieser Angelegenheit an Ted McFarland zu wenden – er und seine Frau, beide mussten die Genehmigung geben –, hatte es sich aber in letzter Minute anders überlegt. Der arme Mann hatte im Augenblick genug um die Ohren. Die Genehmigung zur Veröffentlichung konnte warten. Wenn die Röntgenaufnahmen ein völlig missgebildetes Kind zeigten, würde der Artikel sowieso nicht fertiggeschrieben werden. Wenn sie jedoch ein normal entwickeltes Kind zeigen sollten, würde Jonas schon einen geeigneten Zeitpunkt finden, um sich mit den McFarlands über eine Veröffentlichung seines Berichts zu unterhalten und zu einigen.

Jonas massierte sich leicht das Gesicht, während seine Gedanken sich dem nächsten Problem zuwandten – der vorgesehenen Freigabe des Kindes zur Adoption. Er musste einen Weg finden, um den McFarlands reinen Gewissens raten zu können, das Kind zu behalten. Aber genau das war der Haken: das reine Gewissen. Jonas war sich völlig klar, dass er in dieser Frage vor allem sein eigenes Interesse im Auge hatte. Wenn sowohl Mary als auch ihre Eltern es für besser hielten, das Kind wegzugeben, und wenn Pater Crispin sie darin unterstützte, dann war das zweifellos für die Beteiligten die beste Lösung, und Jonas Wade konnte sich nicht anmaßen, ihnen zu etwas anderem zu raten. Doch wenn das Kind weggegeben wurde, konnte er seinen Artikel nicht beenden. Er hatte ein stabiles Fundament gelegt, um seine Theorie zu untermauern, aber ohne die nach der Geburt fälligen Beweise zur weiteren Untermauerung seiner Behauptungen konnte er seinen ganzen Plan fallen lassen.

Jonas stand vom Schreibtisch auf und sah sich in seinem Arbeitszimmer um. Unbeantwortete Korrespondenz und ungelesene Fachzeitschriften lagen verstreut auf dem Ledersofa; neue Bücher, die er noch nicht einmal ausgepackt hatte. Er hatte in den letzten Monaten kaum etwas anderes im Kopf gehabt als seine Arbeit an dem ›Fall‹ McFarland.

Eiliges Klopfen an seiner Zimmertür riss ihn aus seinen Gedanken. »Jonas?«, rief Penny von draußen.

Er machte auf.

»Ich dachte, du wolltest heute Abend mit Cortney reden.«

Leichter Vorwurf schwang in ihrem Ton, und ihre Miene drückte Gereiztheit aus, die er sonst nicht an ihr kannte. Sie spähte an ihm vorbei ins Arbeitszimmer. Da lag die rote Mappe, die sie in letzter Zeit so häufig in seinen Händen gesehen hatte: beim Frühstück, auf der Terrasse, sogar wenn er vor dem Fernsehapparat saß. Immer wieder pflegte er sie aufzuschlagen, um hier ein Wort, dort einen Satz zu streichen und eine neue Formulierung einzusetzen. Penny wusste, dass das Projekt für Jonas sehr wichtig war, er hatte ihr darüber berichtet, hatte sie seinen ersten Entwurf lesen lassen – aber es begann sie allmählich zu ärgern, dass er darüber die Familie vernachlässigte.

»Cortney hat mir gesagt, dass sie Ende des Monats ausziehen will. Jonas, sie hört nicht auf mich. Du musst mit ihr sprechen.«

»Gut«, sagte er. »Wo ist sie?«

»Aber Daddy, ich bin achtzehn Jahre alt. Es gibt einen Haufen Mädchen, die arbeiten und gleichzeitig zur Schule gehen. Brad hast du's doch auch erlaubt. Warum mir nicht?«

»Cortney, es sind ja nur noch drei Jahre, dann hast du deinen Abschluss und kannst dir die Arbeit suchen, die dir wirklich Spaß macht. Was willst du denn jetzt tun? Dich im Supermarkt an die Kasse setzen?«

»Warum nicht? Sarah arbeitet in einem Schnellimbiss. Wir teilen uns die Miete und die Ausgaben fürs Essen, und in die Schule fahren wir mit dem Rad. Sie wohnt nicht weit von der Schule.«

Jonas ließ sich in das weiche Polster des Gartensessels sinken und starrte geistesabwesend auf die welken braunen Blätter, die sich vom leichten Wind getrieben auf dem Wasser des Schwimmbeckens drehten. Eine für Oktober ungewöhnliche Kälte lag in der Luft, ein Vorgeschmack vielleicht auf einen harten Winter.

»Ich halte das nicht aus«, fuhr Cortney fort. »Ihr beiden, du und Mama, verlangt, dass ich jeden Abend um elf zu Hause bin. Ich finde das einfach lächerlich. Ich bin achtzehn, Dad.«

»Warum wiederholst du das so oft? Glaubst du, ich hätte es vergessen?«

Cortneys Gesicht wurde hart. Sie sah mit einem Schlag zehn Jahre älter aus. »Ja, das glaube ich. Du behandelst mich wie eine Fünfjährige. Aber ich bin kein kleines Kind mehr. Ich möchte endlich auf eigenen Füßen stehen und für mich selbst sorgen.«

Jonas konnte es sich nicht verkneifen, Cortney mit Mary Ann McFarland zu vergleichen. Sie waren nur ein Jahr auseinander, aber Cortney wirkte reif und erwachsen, während Mary in vieler Hinsicht noch ein Kind war. Cortney hatte die Eigenständigkeit ihrer Mutter mitbekommen, Pennys Fähigkeit, ihr Leben in die eigenen Hände zu nehmen und jede Lage zu meistern. Gerade in solchem Moment, wo Cortney ihre Persönlichkeit geltend machte, hatte sie mehr Ähnlichkeit denn je mit Penny.

Während Jonas den pragmatischen Ausführungen seiner Tochter über ihr zukünftiges Leben zuhörte, musterte er ihr Gesicht. Ihre Stimme, ihre Worte verklangen, wie vom Winde weggetragen, während ihre Gesichtszüge eine ungeheure Klarheit gewannen. Es war beinahe so, als sähe Jonas sie zum ersten Mal.

Nie zuvor war ihm die starke Ähnlichkeit Cortneys mit ihrer Mutter aufgefallen. Die lange, gerade Nase mit den schmalen Nasenflügeln, die schmalen Lippen, die leicht schrägstehenden Augen, die Linie der Wangenknochen und des Kinns – alles wie bei Penny. Und Cortney hatte auch die Manierismen ihrer Mutter geerbt, ihre Art, die Augen zu schließen, wenn sie ihren Worten Nachdruck verleihen wollte, ihre Gesten, ihren Gang. Ihre Lippen bewegten sich auf die gleiche Weise wie Pennys, die Muskulatur darunter war nicht Cortneys, sondern Pennys. Je deutlicher das Jonas jetzt wahrnahm, zum ersten Mal, umso unbehaglicher wurde ihm.

Stecke sie in ein Hochzeitskleid, flüsterte es in ihm, und du siehst das Mädchen, das du geheiratet hast.

Er ertappte sich dabei, dass er in ihrem Gesicht nach Anteilen von sich suchte. Guter Gott, war es Einbildung, oder hatte Cortney wirklich gar nichts von ihm mitbekommen? Würde ein Fremder auch Jonas Wade in ihr erkennen, oder würde er nur eine junge Penny sehen?

Das sind keine Nachkommen von Primus, hatte Dorothy Henderson gesagt. Sie sind Primus ...

»Daddy?«

Eine Kluft des Entsetzens und des Abscheus tat sich plötzlich vor ihm auf. Meine eigene Tochter. Wenn sie nun das Produkt irgendeines *Aktivators* wäre und nicht einer liebenden Umarmung? Hatte Pater Crispin wirklich Recht? Hätte sie dann eine Seele?

Der Schrecken verging, Schuldgefühle und Reue traten an seine Stelle. Jonas Wade hatte mit großen Worten dafür plädiert, dass man Mary Ann McFarlands Kind als normales kleines menschliches Wesen annehmen solle; und in diesem Moment hatte er selbst seine eigene Tochter als seelenloses Geschöpf gesehen und verabscheut.

Heuchler, dachte er.

»Daddy?«

Er kniff die Augen zusammen und bemühte sich, ihr seine ungeteilte Aufmerksamkeit zu geben. Viel zu oft geschah es in letzter Zeit, dass die innere Beschäftigung mit Mary Ann McFarland ihn von seinen täglichen Pflichten, die er der Familie und seiner Arbeit gegenüber hatte, ablenkte. Penny hatte mehrmals Bemerkungen darüber gemacht; jetzt merkte auch Cortney die Zerstreutheit ihres Vaters.

Schuldgefühle schienen ihm zur zweiten Natur geworden zu sein: Schuldgefühle wegen des Artikels, wegen der Versuchung, über den eigenen Interessen das Wohl Marys aus den Augen zu lassen, wegen der Vernachlässigung seiner Familie. Doch sie hinderten ihn nicht daran, zielstrebig seinen Weg zu gehen: Der Artikel war fast fertig; später, nach der Geburt des Kindes, wenn er die zusätzlichen Beweise hatte, würde er den Bericht dem ›Journal of the American Medical Association‹ vorlegen.

»Cortney, deine Mutter und ich wollen doch nur dein Bestes. Wir glauben, dass deine Leistungen in der Schule leiden würden, wenn du ausziehst.«

Mit einem gereizten Seufzer warf sie den Kopf in den Nacken – auch eine von Pennys typischen Bewegungen. »Daddy, man lernt doch nicht nur aus Büchern. Es gibt auch noch was anderes im Leben. Ich möchte das Leben kennen lernen, wie es wirklich ist. Ihr schützt und behütet mich hier, aber ich will nicht behütet werden. Ihr müsst mich gehen lassen.«

Jonas wollte jetzt keinen Kampf; nicht jetzt, wo er so viel anderes im Kopf hatte. Er wusste zu gut, wohin Widerstand führen würde; zu dem, was stets dabei herauskam, wenn er seinen Willen gegen Pennys eiserne Entschlossenheit setzte: zum toten Punkt. Cortney würde mürrisch und missmutig durchs Haus schleichen und irgendwann doch ausziehen …

Jonas neigte sich zu ihr hinüber und tätschelte ihre Hand. »Also gut, Cortney, versuchen wir's. Wenn es nicht klappen sollte, kannst du ja jederzeit hierher zurückkommen.«

»Danke, Daddy!« Sie sprang auf und umarmte ihn. Dann rannte sie ins Haus und rief ihre Mutter, während Jonas auf der Terrasse sitzen blieb und auf das Schwimmbecken starrte, dessen blaues Wasser sich im Wind kräuselte.

Lionel Crispin stand am Fenster und sah zu, wie der wilde Oktoberwind durch die Straße fegte, die Blätter von den Bäumen riss, Papiere den Bürgersteig entlangtrieb, Mülleimer umstürzte. Der Herbst kam dieses Jahr ungewöhnlich früh. Im Allgemeinen war der Herbst in Südkalifornien mild und warm; diese unzeitgemäße Kälte, diese Rauheit der Witterung ließen Pater Crispin ahnen, dass ein schwerer Winter bevorstand.

»Lionel«, sagte der Mann in seinem Rücken mit leiser Mahnung.

Pater Crispin wandte sich vom Fenster ab. »Verzeihen Sie, Exzellenz.«

Der Mann in dem brokatbezogenen Sessel sah den Pater forschend an. »Ist das alles? Ist das die ganze Geschichte?«

»Ja, Exzellenz.« Pater Crispin fing wieder an, im Zimmer hin und her zu laufen.

»Und Sie haben das Mädchen seither nicht mehr gesehen?«

»Nein, Exzellenz.«

»Haben Sie das Mädchen zu Hause aufgesucht oder sonst irgendwie versucht, mit ihr Kontakt aufzunehmen?«

Pater Crispin blieb mitten im eleganten Salon stehen und bemühte sich, seine Stimme zu beherrschen, als er sagte: »Ich konnte nicht. Ich konnte ihr nicht wieder gegenübertreten.«

»Warum nicht?«

»Weil sie mich besiegt hat.«

»Lionel«, sagte der Bischof ruhig. »Kommen Sie. Setzen Sie sich.«

Pater Crispin setzte sich dem Bischof gegenüber. Der Feuerschein aus dem großen offenen Kamin tauchte jeweils eine Hälfte der beiden Gesichter in rote Glut, während die andere im Schatten blieb. Die Profile waren scharf umrissen: Das von Lionel Crispin war rund und voll, mit schwammigen Wangen und einer fleischigen Nase; das des sechzigjährigen Bischofs Michael Maloney scharf und kantig, wie von einem Kubisten entworfen.

»Wir beide kennen uns seit langem, Lionel«, sagte der Bischof mit nasaler Stimme. »Ich erinnere mich an den Tag, als Sie in diese Diözese kamen. Ich war damals Gemeindegeistlicher. Erinnern Sie sich noch an die Zeit, Lionel?«

»Exzellenz, ich habe dieses Mädchen im Stich gelassen. Ich habe versagt. Ich bin im wahrsten Sinne des Wortes vor meiner Pflicht als ihr Seelsorger davongelaufen.«

Bischof Maloney legte die schmalen Hände giebelförmig aneinander und schob sie unter sein Kinn. »Gut, sprechen wir darüber. Warum haben Sie dem Mädchen die Kommunion gegeben, wenn Sie der Meinung waren, sie verdiente es nicht?«

»Weil mir die Situation so peinlich war«, antwortete Pater Crispin kleinlaut.

»Wie meinen Sie das?«

Lionel mied den Blick seines alten Freundes und starrte in die tanzenden Flammen. »Ich hatte das Gefühl, dass die ganze Gemeinde mich beobachtete.«

»Und war es so?«

»Ich weiß es nicht, aber ich hatte das Gefühl. Alle starrten mich an, sogar meine Ministranten. Ich fühlte mich völlig hilflos«, Lionel Crispin befeuchtete die spröden Lippen, »als ich mich umdrehte und sie immer noch dort knien sah. Und ich sah ihr an, dass sie nicht wanken und nicht weichen würde, auch wenn die anderen längst wieder an ihre Plätze gegangen waren und ich mit dem Postcommunio beginnen würde. Ich wusste, sie würde hartnäckig knien bleiben. Ich habe ihr die Hostie gegeben« – er drehte den Kopf und sah den Bischof an – »ich habe sie ihr gegeben, um sie loszuwerden, Exzellenz.«

Der Bischof nahm Pater Crispins Worte mit unergründlicher Miene auf. Er hatte das Gefühl, dass der Priester ihm das, weswegen er an diesem Abend wirklich zu ihm gekommen war, noch nicht gesagt hatte.

»Ihrer Meinung nach also befand sich das Mädchen im Zustand der Todsünde«, sagte er, »und dennoch haben Sie ihr die Hostie gegeben. Haben Sie das gebeichtet?«

»Ja. Pater Ignatius.«

»Dann ist Ihre Sünde vergeben. Wenden wir uns also nun dem Problem mit diesem Mädchen zu.«

Pater Crispin senkte den Kopf und blickte auf seine Hände. Er war immer noch nicht im Frieden mit sich selbst. Er war zu Pater Ignatius gegangen, weil der Mann halbtaub war und milde bei der Auferlegung von Bußen. Lionel Crispin war nicht besser als seine Gemeindemitglieder.

»Kommen wir also zu dem Mädchen, Lionel. Mir scheint, sie glaubt wahrhaftig an ihre eigene Unschuld. Wenn das so ist, hat sie keine Sünde begangen. Ich meine, wenn sie sich der sündigen Handlung nicht erinnern kann oder wenn sonst ein psychologischer Grund gegeben ist.«

»Ich glaube nicht, dass ein psychologischer Grund vorliegt, Exzellenz. Und ihr Arzt ist der gleichen Meinung wie ich.«

»Ach ja, der Arzt. Wie, sagten Sie gleich, heißt der Mann?«

»Jonas Wade.«

»Dieser Dr. Wade behauptet also, dass Mary McFarland seelisch gesund und im Vollbesitz ihrer geistigen Kräfte ist. Dann scheint sie doch zu lügen. Aber der Arzt spricht von Parthenogenese. Was Sie mir darüber berichtet haben, ist sehr interessant. Ich würde darüber von Dr. Wade gern Genaueres hören.«

Pater Crispin hob mit einem Ruck den Kopf. »Sie können das doch nicht billigen, Exzellenz.«

»Das weiß ich noch nicht, Lionel. Mir sind noch nicht alle Fakten bekannt, aber nach alledem, was Sie mir darüber berichtet haben –«

»Verzeihen Sie, Exzellenz« – Pater Crispin machte Anstalten aufzustehen – »aber diese wahnwitzige Theorie über die Parthenogenese untergräbt doch alles, woran wir glauben.«

»Lionel, bitte bleiben Sie sitzen, und erklären Sie mir, inwiefern sie alles untergräbt, woran wir glauben. Ich finde ganz im Gegenteil, dass sie mit unserem Glauben durchaus in Einklang ist. Gründet denn unsere Religion nicht auf einer ebensolchen Lehre? Wurde nicht Eva auf ähnliche Weise erschaffen, ohne dass Geschlechtsverkehr stattfand, und die heilige Jungfrau selbst ebenso?«

»Exzellenz, ich traue meinen Ohren nicht! Was heißt denn das, wenn ein unberührtes Mädchen infolge einer schlichten körperlicher Erschütterung schwanger werden kann? Was sagt das über die Mutter Gottes aus?«

»Ach, Lionel, sind Sie in Ihrem Glauben so leicht zu erschüttern? Kann es sich hier nicht um zwei getrennte Phänomene handeln? Vor zweitausend Jahren sprach Gott zu einer Jungfrau namens Maria und sagte, sie sei gesegnet. Als Katholiken müssen wir das glauben. Heute nun, im Jahr neunzehnhundertdreiundsechzig, erhält ein unberührtes junges Mädchen namens Mary einen Stromschlag und ist plötzlich schwanger. Ich frage Sie, Lionel, was hat das eine mit dem anderen zu tun? Maria wurde von Gott auserwählt; bei Mary McFarland handelt es sich um einen rein biologischen Vorgang. Wie kann diese Tatsache Ihren Glauben bedrohen? Sind Sie denn so schwach im Glauben?«

Pater Crispin zitterte. »Ganz im Gegenteil, Exzellenz. Mein Glaube ist stärker denn je. Ich bin unerschütterlich.«

Bischof Maloney kniff die Augen zusammen. Er sah deutlich die Risse in der Fassade der Stärke, und er war beunruhigt. »Wenn Ihr Glaube so stark und unerschütterlich ist, Lionel«, sagte er langsam, »wieso macht Ihnen dann dieser Fall angst? Der Mann in der eisernen Rüstung hat von Holzpfeilen nichts zu fürchten.«

Lionel Crispin schwieg. Er konnte den Aufruhr seines Herzens nicht in Worte fassen; die schleichende Angst, dass Wade Recht hatte. Wenn das Mädchen nun wirklich unberührt war? Und wenn sie einen Sohn zur Welt brachte ...?

»Lionel, was bedrückt Sie noch?«

Pater Crispin rang um Ruhe. Während draußen der Oktoberwind ums Haus pfiff, starrte er in die Flammen des Kamins und bemühte sich, seine Ruhe zu finden. »Dr. Wade sagte, das Kind könne eventuell geschädigt sein. Deformiert.«

Der Bischof runzelte die Stirn. »Wie deformiert?«

Pater Crispin konnte dem Freund nicht in die Augen sehen. »Schlimm. Eine Missgeburt vielleicht.«

»Ich verstehe ...«

Das Heulen des Windes in den leeren Straßen schien stärker zu werden. Der Sommer war vorbei. Lionel Crispin griff nach dem Glas Sherry, das auf dem Tisch neben seinem Sessel stand. Der Bischof hatte es ihm bei seiner Ankunft vor mehr als einer Stunde eingeschenkt; erst jetzt hob Lionel Crispin es an seine Lippen und trank einen Schluck. Während er dem Wind lauschte und den Sherry auf der Zunge zergehen ließ, dachte er: Bald ist Allerheiligen, dann kommt Weihnachten, dann Neujahr, und dann ist der Januar da ...

Er fand es widersinnig, dass das höchste christliche Fest, Weihnachten, an dem neues Leben und neue Hoffnung gefeiert wurden, ausgerechnet in die kälteste Jahreszeit fiel, in der alles tot war und nirgends Hoffnung grünte. Nein, das war nicht richtig. Ostern war das höchste christliche Fest, die Feier der Wiederauferstehung. Zumindest sollte es so sein. Aber bei den

Leuten hatte das Osterfest keine so hohe Bedeutung wie Weihnachten; aus irgendeinem Grund richteten sie ihr Augenmerk lieber auf die Geburt Christi als auf seine Überwindung des Todes …

»Lionel?«

Pater Crispin schüttelte den Kopf. »Verzeihen Sie, Exzellenz, ich war in Gedanken.«

»Was belastet Sie so?«

Pater Crispin suchte nach den rechten Worten. Wie sollte er die eisige Furcht in Worten ausdrücken, die ihn einschnürte. Sie werden vielleicht eine Entscheidung über Leben und Tod treffen müssen, hatte Jonas Wade gesagt. Lionel Crispin erinnerte sich eines grauenvollen Erlebnisses, das noch gar nicht so lange zurücklag. Er war in das Haus eines seiner Gemeindemitglieder gerufen worden. Die Ehefrau hatte eine Frühgeburt und starke Blutungen. Pater Crispin war gerade noch rechtzeitig gekommen, um der Frau die letzte Ölung zu geben und das Neugeborene zu taufen – eine schreckliche Missgeburt, die keinen Kopf gehabt hatte, nur einen dicken Halsstummel mit zwei hervorquellenden Augen und einem Mund, der wie ein blutiger Schlitz aussah. Es hatte gelebt, hatte sich in der Schale geregt, in die der Arzt es gelegt hatte, während die Mutter in ihrem Bett verblutet war. Pater Crispin hatte sich beinahe übergeben. Selbst jetzt noch schauderte ihn bei der Erinnerung.

»Ich fürchte mich«, sagte er leise.

»Wovor?«

»Vor der Entscheidung.« Er sah dem Bischof direkt in die Augen, und Michael Maloney erschrak beim Anblick der unverhüllten Furcht. »Dr. Wade sagte, die Entbindung könnte mit Komplikationen verbunden sein, und ich würde vielleicht zwischen Mutter und Kind entscheiden müssen.«

»Aber das kann doch für Sie kein Problem sein, Lionel. Sie kennen Ihre Pflicht.«

Ja, ich kenne sie, schrie es gequält in ihm. Aber ich will diese Verantwortung nicht auf mich nehmen. Wie kann ich dieses schöne junge Mädchen sterben lassen, nur um ein Wesen taufen zu können, das vielleicht keine Minute lang am Leben bleibt, das der Gestalt nach überhaupt kein Mensch ist und nicht einmal auf natürliche Weise gezeugt wurde? Wie vor ihm Lucille McFarland fragte er: »Exzellenz, kann es eine Seele haben?«

Der Bischof, der spürte, dass Pater Crispins Ängste sich auf ihn zu übertragen drohten, stand auf. Groß und schlank blieb er am Kamin stehen und drehte den schweren Ring an seiner rechten Hand.

»Das Kind hat eine Seele, Lionel, ganz gleich, welchen körperlichen Ursprungs es ist. Und Ihre Pflicht ist es, diese Seele zu retten, Lionel. Der körperliche Aspekt des Kindes, so grotesk er sein mag, darf Sie nicht beeinflussen.«

Der Bischof schwieg einen Moment. Sein langer Schatten lag dunkel auf dem wertvollen Orientteppich.

»Lionel«, sagte er behutsam. »Niemand hat Ihnen versprochen, dass das Amt des Priesters leicht sein würde. Die Verantwortung für das Seelenheil der Menschen zu tragen, ist keine leichte Aufgabe. Es bedarf großen Mutes, Entscheidungen wie dieser ins Auge zu sehen. Auch ich musste während meiner Zeit als Priester solche Entscheidungen auf mich nehmen, und sie belasten mich heute noch. Lionel« – Michael Maloney trat zu dem Freund und legte ihm die Hand auf die Schulter – »ich weiß, was Sie durchmachen, und ich bin überzeugt, dass dies eine Prüfung ist, die Ihnen von Gott auferlegt wurde. Beten Sie zum Herrn und seiner heiligen Mutter. Sie werden Ihnen beistehen. Vertrauen Sie mir.«

Lionel Crispin stand auf und ging wieder zum Fenster. Erlegte die Stirn an das kalte Glas und dachte: Bitte, Herr, lass es ein normales Kind sein. Gib ihm Augen, Nase und Mund und einen richtigen Kopf ...

Er spürte, wie sein Herz zitterte. Es war eine Vorahnung. Mary Ann McFarlands Kind würde grauenhaft entstellt zur Welt kommen, und er, Lionel Crispin, würde aufgerufen sein, es zu taufen, um diese Seele zu retten, die die ewige Gnade nicht verdiente ...

Das Haus war Mary nicht dunkel genug. Sie hatte die Vorhänge zugezogen, sodass das Mondlicht nicht in ihr Zimmer eindringen konnte. Dennoch wünschte sie, während sie bis zum Hals zugedeckt auf ihrem Bett lag, es wäre noch dunkler.

Wie tief muss man sich verstecken, fragte sie sich, wie finster muss es sein, bis man nicht mehr das Gefühl hat, dass die ganze Welt dich sehen kann und beobachtet?

Sie war nackt. Ihr Nachthemd lag unordentlich auf dem Boden. Sie hatte die Tagesdecke, die sie normalerweise abzog, wenn sie zu Bett ging, über der Bettdecke gelassen und bis zum Kinn hochgezogen.

Wie tief muss die Dunkelheit sein, wie viele Decken braucht man, wie viel Stille und Einsamkeit, ehe man sich seinem eigenen Körper zuwenden kann? Um die Nacktheit ging es nicht; es ging um das, was sie tun wollte.

Vergib mir, flüsterte sie vor sich hin und kam sich albern vor. Ich werde später um Vergebung bitten, nicht jetzt.

Ich kann meinen Arm oder meine Beine berühren, ohne mich schuldig fühlen zu müssen. Warum muss ich ein schlechtes Gewissen haben, wenn ich meinen Körper entdecken möchte? Er gehört doch mir, oder nicht? Er gehört mir, damit ich ihn berühre, erforsche und mich an ihm freue.

»Eine gute kleine Katholikin sorgt dafür, dass ihre Gedanken und Hände stets beschäftigt sind.« Schwester Michael, sechste Klasse.

»Wenn ihr die Versuchung spürt, euch selbst zu berühren, dann denkt an die heilige Jungfrau.« Schwester Joan, achte Klasse.

»Der Gedanke an eine unkeusche Handlung ist ebenso sündhaft wie die Durchführung dieser Handlung.« Pater Crispin.

»Wenn man sich selbst berührt, muss der Herr Jesus weinen.« Schwester Joan.

Aber ich muss die Wahrheit wissen, dachte Mary verzweifelt. Ich dachte, der Heilige Sebastian hätte es getan; aber Dr. Wade sagt, ich selbst habe es getan.

Ich muss es wissen ...

Sie schloss die Augen und stellte sich den Heiligen Sebastian vor. Sie stellte sich vor, dass er dicht vor ihr stand, der Lendenschurz auf dem Boden zu seinen Füßen. Sie sah das Spiel des Mondlichts auf den Erhebungen und Mulden seines schönen Körpers. Die Blutstropfen, die aus seinen vielen Wunden rannen. Die dunklen, grüblerischen Augen, die sie traurig und liebevoll anblickten.

Zögernd und unsicher schob sie ihre Hand über die Wölbung ihres Schenkels.

Vergib mir, dachte sie wieder.

17

Der Wind tobte durch die Collins Street, dass die Telefonmasten wackelten. Das kleine Haus der Familie Massey war dunkel, Fenster und Türen waren fest geschlossen. In der Einfahrt stand Lucille McFarlands Chevrolet.

Die beiden Mädchen waren allein im Wohnzimmer. Nur eine dicke Kerze brannte auf dem niedrigen Tisch. Mary lag mit geschlossenen Augen auf dem Sofa und hörte Germaine zu, die ihr vorlas.

»... Das lässt mein Herz im Innern mutlos zusammenkauern.«

Das Taschenbuch lag aufgeschlagen auf ihren Knien. Sie las leise, mit singender Stimme, während Mary sich hin und wieder aufrichtete und ihre Gläser wieder mit Rotwein füllte.

»Blick ich dich ganz flüchtig nur an«, las Germaine weiter. »Die Stimme stirbt, eh sie laut wird, ja, die Zunge liegt wie gelähmt, auf einmal läuft mir Fieber unter der Haut entlang.« Sie machte eine kleine Pause, warf einen kurzen Blick auf Mary und fuhr dann in weichem Singsang zu lesen fort. »Und meine Augen weigern die Sicht, es überrauscht meine Ohren, mir bricht Schweiß aus, rinnt mir herab, es beben alle Glieder, fahler als trockne Gräser bin ich, einer Toten beinahe gleicht mein Aussehn ...«

»Das ist sehr schön«, murmelte Mary. »Was ist das?«

Germaine hob den Kopf nicht, sondern ließ ihn über das Buch geneigt, sodass das herabströmende dunkle Haar ihr Gesicht verdeckte.

»Das ist ein Gedicht von Sappho.«

»Von wem?«

»Das war eine Dichterin im alten Griechenland. Sie schrieb Liebesgedichte.«

»Und wer war der glückliche Auserwählte?«

Germaine nahm ihr Glas, trank einen tiefen Schluck und antwortete dann: »Sie schrieb die Gedichte für eine Frau namens Atthis.«

Mary öffnete die Augen und sah die Freundin erstaunt an. »Ehrlich? Sie hat Liebesgedichte für eine Frau geschrieben?«

Germaine gab keine Antwort. Stattdessen klappte sie plötzlich das Buch zu und warf den Kopf zurück. Ihr Gesicht leuchtete in einem Lächeln. »Schenk mir noch was ein, Mary.«

Mary nahm die Flasche, zog den Korken heraus und goss Wein in beide Gläser. Sie war Alkohol nicht gewöhnt und fühlte sich von dem dunklen Rotwein in euphorische Stimmung versetzt.

»Also, wann wirst du jetzt geröntgt?«, fragte Germaine.

»Nächste Woche.«

»Und was kann man dann sehen?«

»Vor allem das Skelett des Kindes.«

»Hast du Angst davor, Mary?«

»Nein – ich glaube nicht. Oh!« Sie drückte die Hand auf den Bauch. »Sie ist heute Abend ganz schön wild. Das ist wahrscheinlich der Wein. Hier, fühl mal.« Sie nahm Germaines Hand und legte sie auf ihren Bauch. »Spürst du, wie sie strampelt?«

»Ja.« Germaine zog ihre Hand rasch wieder weg.

»Wir haben überhaupt noch keine Babysachen gekauft. Meine Eltern wollen das Kind zur Adoption freigeben, aber ich weiß noch nicht. Es muss doch möglich sein, dass ich es versorge und trotzdem zur Schule gehe.« Sie nahm ihr Glas und trank. Es schien ihr immer wärmer zu werden. »Du könntest mir doch helfen, Germaine. Was meinst du?« Germaine blickte auf das Buch in ihren Händen. Sie schien fasziniert vom Gesicht der Frau, die auf dem Umschlag abgebildet war. »Ich hab keine Ahnung, wie man mit kleinen Kindern umgeht, Mary«, antwortete sie abwehrend. »Ich bin kein mütterlicher Typ. Ich glaube nicht, dass ich jemals Kinder haben werde.«

Mary drehte sich etwas mühsam auf die Seite, stützte die Ellbogen auf und betrachtete Germaine aufmerksam. Es gab vieles an der Freundin, worüber sie sich Gedanken machte, aber sie hatte es nie ausgesprochen. Es war, als bestünde ein stillschweigendes Einverständnis zwischen ihnen, dass gewisse Dinge unbesprochen zu bleiben hatten. Aber jetzt war sie neugierig, und der Wein hatte ihre Zurückhaltung gelockert.

»Du und Rudy, ihr schlaft oft miteinander, nicht?«

»Ja.«

»Und wie schaffst du's, dass du nicht schwanger wirst?«

Germaines Augen blitzten im Widerschein des Kerzenlichts. »Ich nehme ein Diaphragma.«

»Was ist denn das?«

»Man muss schon katholisch sein, um das nicht zu wissen. Es ist eine Form der Verhütung.«

»Oh!«

»Ja, ich weiß, dass du von Verhütung nichts hältst.«

»Es ist doch auch unnatürlich, oder? Sex ist zur Fortpflanzung da.«

»Sex soll Spaß machen, Mary, und Verhütungsmittel geben der Frau Freiheit. Warum sollen wir Frauen am Sex nicht den gleichen Spaß haben wie die Männer? Welches Gesetz schreibt uns vor, dass wir es ablehnen und ständig Angst haben müssen, schwanger zu werden?«

»Macht es dir Spaß?«, fragte Mary leise.

Germaine trank erst einen Schluck Wein, dann sagte sie: »Ja.«

Mary ließ sich wieder auf den Rücken fallen und beobachtete die tanzenden Schatten an der Zimmerdecke. »Ich beneide dich. Deine Eltern sind so liberal, und du hast so viel Freiheit. Ich wette, du hast nie ein schlechtes Gewissen. Das muss herrlich sein. Ich wollte, ich wüsste, wie es ist.« Sie lachte kurz auf. »Es gibt einen Haufen Sachen, von denen ich gern wüsste, wie sie sind.«

Sie schloss die Augen und dachte an die umwerfende Entdeckung, die sie allein in ihrem Bett gemacht hatte. Sie konnte das Wunder des Orgasmus ganz allein herbeiführen und praktisch so oft sie wollte. Die Tatsache, dass sie es dem alten Pater Ignatius beichten musste, minderte den Genuss nicht im Geringsten.

Sie hätte gern gewusst, ob Germaine es auch tat; wie oft sie mit Rudy schlief; wie es war. Sie beneidete sie darum, dass sie es genießen konnte, ohne brav jeden Samstag einem Priester davon erzählen zu müssen. Mary beneidete Germaine um ihre liberale Mutter, die ihr erlaubte, Tampons zu benutzen. Lucille hatte es verboten; die Tampons würden das Jungfernhäutchen verletzen, hatte sie behauptet. Sie beneidete Germaine um ihren Rudy und die Tatsache, dass sie mit einem Mann schlafen konnte, so oft sie wollte.

Sie richtete sich wieder auf, nahm ihr Glas und trank. Germaine starrte wie hypnotisiert auf die Kerzenflamme und summte leise vor sich hin.

Nachdem Mary ihre eigene Sexualität entdeckt hatte, hatte sie angefangen, sich über die Einstellung anderer dazu Gedanken zu machen. Warum sagte ihre Mutter immer: ›Kein anständiges Mädchen will das.‹

Warum hatten die Nonnen ihnen beigebracht, dass Sex für Frauen Pflichterfüllung sei, während der Trieb beim Mann etwas Natürliches sei.

Die Mädchen schwiegen beide, jede in ihre Gedanken vertieft. Es war ein wunderbarer Moment der Nähe und der Intimität, den beide als wohltuend empfanden.

»Mary?«, sagte Germaine nach einer Weile leise.

»Ja?«

»Bist du wirklich überzeugt, dass es ein Mädchen wird?«

»Aber ja.«

»Ich habe Schwierigkeiten, an diese Theorie zu glauben.«

»Das kann ich verstehen. Aber du solltest mal hören, wenn Dr. Wade es erklärt. Dann wärst du auch überzeugt.«

Germaine warf einen verstohlenen Blick auf Marys dicken Bauch. »Ich würde gern wissen, wie es ist, wenn man ein Kind kriegt.«

»Wenn du's wirklich wissen willst, dann hör auf, dieses Ding zu nehmen, das Diaphragma, oder wie es heißt.«

Germaine senkte den Kopf. Ihr Gesicht war verdeckt, als sie gedämpft sagte: »Mary – ich muss dir was sagen.«

»Was denn?«

»Es ist ziemlich schwierig für mich.«

Mary drehte den Kopf und streckte den Arm aus, um mit den Fingerspitzen Germaines Schulter zu berühren. »Worum geht's denn?«

Germaine lachte kurz. Dann hob sie den Kopf und sah Mary direkt in die Augen. Ihr Gesicht schimmerte weiß im Kerzenlicht. »Ich wollte es dir schon lange sagen, weißt du, aber ich hab's nie fertig gebracht.«

»Germaine, du kannst mir alles sagen.«

»Ja, es ist wahrscheinlich der Wein ... Es handelt sich um Rudy, Mary.«

Mary sah die Freundin fragend an.

»Er existiert nicht«, sagte Germaine.

Mary fuhr hoch. »Was?«

»Ich hab gesagt, er existiert nicht. Es gibt keinen Rudy. Ich hab keinen Freund.«

»Das versteh ich nicht.«

»Ich hab ihn erfunden, Mary. Es gibt keinen Studenten namens Rudy, und ich habe keinen Freund, und ich schlafe auch nicht dauernd mit jemandem, wie du glaubst.«

»Aber – ich versteh dich nicht.«

»Ich hab ihn erfunden, Herrgott nochmal!«

»Warum denn?«

Germaine konnte das erstaunte Gesicht der Freundin nicht länger ertragen. Sie senkte den Blick wieder zur Kerze und trank noch einen Schluck Wein. »Zuerst waren's nur wir beide, du und ich, und das war echt gut.

Dann tauchte Mike auf der Bildfläche auf, und ich hatte dich nicht mehr für mich allein. Ich weiß nicht, vielleicht war ich gekränkt oder eifersüchtig oder so was.« Sie machte eine Pause und sah flüchtig auf. »Dann wart ihr beide fest zusammen, und ich – ach, ich weiß auch nicht, vielleicht wollte ich dir nur zeigen, dass ich es auch kann –, ich mein, einen festen Freund haben.«

Germaine schwieg. Mary schwamm der Kopf vom vielen Wein. Sie sah die Freundin aufmerksam an. »Das tut mir Leid«, sagte sie leise.

Germaine warf den Kopf zurück, vermied es aber immer noch, Mary anzusehen. Das ist noch nicht alles, dachte sie, während sie die Flasche nahm und sich nochmals einschenkte. Aber das andere würdest du nicht verstehen.

Germaine verstand es ja selbst nicht. Darum konnte sie es auch nicht der Freundin klar machen. Sie hatte entdeckt, dass ihr an Jungen überhaupt nichts lag. Aber sie wünschte verzweifelt, es wäre anders. Sie wünschte, sie könnte sich endlich einmal richtig verlieben. Aber irgendwie hatte sie Angst, und die Träume, die sie in letzter Zeit gehabt hatte – oder waren es Fantasien? –, hatten sie sehr erschreckt.

Germaine schüttelte den Kopf und starrte niedergeschlagen in die kleine Flamme der Kerze. Sie wünschte sich, Mary würde sie in die Arme nehmen und sie an ihrer Schulter weinen lassen. Sie wünschte sich, sie wäre ihr wichtig und könnte ihr sagen, wie gern sie sie hatte …

»Du hättest doch gar nichts zu erfinden brauchen«, hörte sie Mary sagen. »Mir ist es gleich, ob du einen Freund hast oder nicht.«

Du verstehst mich nicht, dachte Germaine hoffnungslos und bemühte sich, den Gedanken klar zu bekommen, dem sie schon seit Monaten nachjagte und den sie nie zu fassen bekam. Ich wollte nicht, dass du denkst, an mir wäre was komisch; dass ich vielleicht nicht so bin wie andere Mädchen …

Aber auch jetzt ließ sich der nebelhafte Gedanke nicht greifen. Voller Angst vor sich selbst und abgestoßen von dem, was sie argwöhnte, sagte Germaine unglücklich: »In Wirklichkeit, Mary, hab ich – hab ich überhaupt noch nie irgendwas mit einem Jungen getan …«

Mary fühlte sich erhitzt und ein wenig schwindlig. Wäre sie nüchtern gewesen, so hätte sie vielleicht den Sinn hinter den Worten der Freundin erfasst und hätte es Germaine ersparen können, etwas erklären zu müssen, was sie selbst nicht verstand. Aber Mary trank Wein und fühlte sich leicht und durchsichtig und hörte nur das, was ausgesprochen wurde. Sie betrachtete Germaines langes schwarzes Haar, auf dem das Kerzenlicht glänzte. Sie hätte es gern berührt, die seidige Weichheit gefühlt …

»Na ja«, sagte Germaine mit einem tiefen Seufzer,

»jetzt weißt du's. Jetzt weißt du mein tiefstes finsterstes Geheimnis.«

Mary lachte ein wenig. »Ich bin froh, dass du's mir gesagt hast.«

Germaine lächelte, aber ihre Augen waren traurig. »Es ist wirklich albern, wenn wir beide Geheimnisse voreinander haben, findest du nicht? Wo wir uns doch so nah sind.« Sie sah Mary an. »Mary –«

»Hm?«

»Warum erzählst du's mir nicht? Du weißt schon.«

Mit geschlossenen Augen fragte Mary: »Wovon redest du?«

»Ach, du weißt doch. Wie war's? Ich mein, wie du's getan hast?«

Mary riss die Augen auf und hob mit einem Ruck den Kopf. »Ich versteh nicht, was du meinst?«

»Ich möchte wissen, ob's dir Spaß gemacht hat, Mary – mit einem Jungen zu schlafen.«

Eine Verzweiflung überkam Mary wie an jenem Abend, als sie die Rasierklingen ihres Vaters aus dem Badeschränkchen genommen hatte. Alle Weinseligkeit verflog. »Germaine, ich hab dir gesagt, wie ich zu der Schwangerschaft gekommen bin.«

Die Stimme der Freundin war hart. »Ja, ja, ich weiß schon. Aber mir kannst du doch die Wahrheit sagen. Lieber Gott, Jungfernzeugung! Du hast's mit Mike getan, stimmt's? Du hast es mit ihm getan. Wie war's?«

Mary krallte die Finger in das Polster und sagte mühsam beherrscht: »Germaine, ich habe dir die Wahrheit gesagt. Das Kind hat sich ganz von selbst entwickelt. Darum wird es ja auch ein Mädchen. Ich hab dir doch alles erklärt. Und du hast gesagt, dass du mir glaubst. Ich hab nie was mit einem Jungen getan. Schon gar nicht mit Mike.«

Die Stimme der Freundin erreichte sie wie aus weiter Ferne. »Mary, sei mir nicht böse, aber ich hab dir doch auch die Wahrheit über Rudy gesagt, und die weiß sonst kein Mensch. Sogar meine Mutter glaubt, dass es ihn gibt. Du bist die einzige, die die Wahrheit weiß.« Germaine sprach hastig und atemlos. »Ich weiß, was du Dr. Wade erzählt hast, und ich bin sicher, er glaubt dir. Und dein Priester und deine Eltern – die glauben dir auch. Aber Mary, mir kannst du doch die Wahrheit sagen. Du weißt doch, dass ich's nie weitererzählen würde. Du kannst dich drauf verlassen, dass es unter uns bleiben würde. Genau wie das mit Rudy. Hey, Mary!« Germaine fasste Mary beim Arm. »Komm, sei ehrlich. Du hast's mit Mike getan.«

Schreckliche Enttäuschung stieg in Mary auf. »O Gott«, stieß sie hervor.

»Mary!«

Sie schüttelte Germaines Hand ab und setzte sich auf, schwang die Beine vom Sofa und stand auf.

»Mary, warte doch! Es tut mir Leid. Ich wollte nicht –«

Aber sie ließ sich nicht aufhalten. Sie rannte durch den dunklen Flur zur Haustür und hinaus ins Freie.

Sie hatte nur einen Wunsch – mit ihrem Vater zu sprechen, ihm alles zu erzählen, sich von ihm trösten zu lassen. Aber sie konnte nicht warten, bis er nach Hause kam; sie musste sofort zu ihm. Und es war Mittwoch.

Sie wusste, wo sie ihn finden konnte.

Mary stellte den Wagen auf dem Parkplatz des Fitnessklubs ab und ging ohne Zögern in das Gebäude, um ihren Vater herausholen zu lassen. Sie war überzeugt, er würde auf der Stelle alles stehen und liegen lassen, sich anziehen und zu ihr kommen.

Mit dem, was sie von dem Mann am Empfang zu hören bekam, hatte sie überhaupt nicht gerechnet.

»Mr. McFarland war nicht mehr hier, seit seine Mitgliedschaft abgelaufen ist. Das muss jetzt so zwei, drei Jahre her sein.«

Sie war wie vor den Kopf geschlagen. »Sind Sie sicher?«

»Vollkommen, Miss.«

»Wissen Sie vielleicht, ob er in ein anderes Fitnessstudio geht?«

»Keine Ahnung, leider.«

Fünf Minuten später saß sie wieder im Wagen. Ziellos fuhr sie durch die Straßen. Die Neonlichter auf dem Ventura Boulevard und den nächtlichen Verkehr um sich herum nahm sie nur am Rande wahr. Ihre Gedanken wanderten, während sie mechanisch wie ein Roboter das Auto lenkte, vor roten Ampeln auf die Bremse trat, ordnungsgemäß den Blinker setzte, wenn sie um eine Ecke bog. Sie hatte kein Ziel, sie wollte nur fahren.

In einem Zickzackmuster fuhr sie durch die Straßen von Tarzana, diese hinauf, die nächste hinunter, bis sie schließlich die holprige, ungeteerte Etiwanda Avenue erreichte. Nach der öffentlichen Bibliothek war sie rechts abgebogen und folgte nun der dunklen, ländlichen Straße, die auf einer Seite von einem breiten bemoosten Graben begrenzt wurde. Viele Straßen im San Fernando Tal waren noch ungeteert; das Rumpeln des Wagens durch Schlaglöcher vermochte nicht, sie aus ihrer Betäubung zu wecken.

Bis sie den grünen Lincoln Continental sah. Da trat sie viel zu hart auf die Bremse und hielt den Wagen vor dem nächsten Haus an. Sie stellte den Motor ab und drehte sich mühsam nach rückwärts um.

Der Wagen ihres Vaters stand in der Einfahrt eines bescheidenen kleinen Hauses, das sie an das von Germaine erinnerte, unter einer ausladenden Sykomore. Sie starrte das Auto an und fragte sich verwundert, was ihr Vater hier zu tun hatte.

Es kam hin und wieder vor, dass er abends einen seiner Klienten zu Hause aufsuchte. Vielleicht war dies so ein Fall.

Aber … Mary kaute nachdenklich auf ihrer Unterlippe. Was hatte der Muskelmann im Fitnessklub gesagt? Ihr Vater kam schon seit zwei, drei Jahren nicht mehr zum Training.

Wo war er aber dann jeden Mittwochabend?

Mary musterte aufmerksam das kleine Haus, den verblichenen Anstrich der Mauer und der Türen und Fenster. Der Rasen des kleinen Vorgartens war gelb und dürr. Hinter den Fenstern, deren Vorhänge zugezogen waren, schimmerte blasses Licht. Es war ein altes Haus, aber es war sauber und gut instand gehalten.

Auf dem Briefkasten stand ein Name, schwarze Klebebuchstaben, die phosphoreszierten: Renfro.

Einen Moment noch blieb Mary nachdenklich sitzen, dann ließ sie den Motor an und fuhr weg.

Ihre Mutter und Amy schliefen längst, als sie seinen Wagen in der Auffahrt hörte. Mary saß im Wohnzimmer unter der Stehlampe. Seit zwei Stunden saß sie schon dort, reglos wartend.

Gleich nach ihrer Heimkehr hatte sie sich das Telefonbuch geholt. Es gab nur einen Renfro, und der war in der Lindley Avenue. Aber darunter hatte sie ›Renfrow, G., 5531 Etiwanda Av.‹ entdeckt. Ohne zu überlegen, wählte Mary die angegebene Nummer. Eine Frauenstimme meldete sich.

»Entschuldigen Sie, ich hätte gern Mr. Renfrow gesprochen.«

»Tut mir Leid«, sagte die Frau. »Hier gibt es keinen Mr. Renfrow.«

Mary hatte ruhig und erwachsen gesprochen. »Kann ich dann bitte mit Miss G. Renfrow sprechen?«

»Hier spricht Gloria Renfrow. Wer ist denn am Apparat?«

»Ich – äh – es handelt sich um Zeitschriftenabonnements. Ich wollte fragen –«

»Tut mir Leid. Ich brauche keine Zeitschriften.« Damit hatte die Frau aufgelegt.

Nach diesem wenig ergiebigen Gespräch war Mary ins Wohnzimmer gegangen und hatte sich hingesetzt, um zu warten. Worauf, wusste sie selbst nicht.

»Hallo«, sagte Ted gedämpft, als er ins Wohnzimmer trat. »Wieso bist du so spät noch auf, Kätzchen?«

»Ich hab auf dich gewartet, Daddy.« Sie hob den Blick nicht.

»Du hast auf mich gewartet?« Er kam näher und setzte sich ihr gegenüber aufs Sofa. Mary sah, wie er die Tasche, in der seine Sportsachen waren, neben sich auf den Boden stellte. »Was ist denn, Mary? Geht es dir nicht gut?«

Mary war selbst erstaunt, dass sie es fertig brachte, ihm direkt in die Augen zu sehen. »Nein«, antwortete sie leise, »es geht mir nicht gut. Ich bin schrecklich deprimiert und wollte mit dir reden.«

»Worum geht's denn?«

»Ich bin so enttäuscht über Germaine. Sie hat die ganze Zeit geglaubt, dass ich lüge. Ich dachte, sie wäre die Einzige, auf die ich mich wirklich verlassen kann, aber heute Abend hab ich gemerkt, dass ich mich getäuscht habe.«

»Ach, Kätzchen, das tut mir Leid.«

»Ja. Eigentlich kann man sich auf keinen Menschen mehr verlassen.«

»Ach was!« Er neigte sich zu ihr und klopfte ihr leicht aufs Knie. »Möchtest du auch noch einen Kakao?«

Sie sah ihn mit klaren Augen an. »Daddy –«

»Ja?«

»Ich wollte heute Abend nach der Sache mit Germaine mit dir reden. Ich bin zum Fitnessklub gefahren.«

Er ließ die Hand einen Moment auf ihrem Knie liegen, dann zog er sie zurück.

»Der Mann dort hat gesagt, du seist schon seit Jahren nicht mehr dort gewesen.«

Ted holte einmal tief Atem. »Das stimmt.«

»Ich war so durcheinander«, fuhr sie fort, »und da bin ich einfach rumgefahren. Ich war in der Etiwanda Avenue –«

»Ach Gott«, flüsterte er.

»Es war nur Zufall. Ich hab dich nicht gesucht. Ich war so deprimiert und hatte niemanden, mit dem ich reden konnte, und da bin ich einfach rumgefahren. Daddy, wer ist Gloria Renfrow?«

Er ließ sich in die Sofapolster fallen und neigte den Kopf nach rückwärts. »Was soll ich dir sagen, Kätzchen?«, fragte er, den Blick zur Decke gerichtet.

»Sag mir, dass sie eine Klientin ist, Daddy, und dass du nur heute Abend ausnahmsweise dort warst. Dass du sonst jeden Mittwoch zum Sport gehst, nur eben in einen anderen Club, und dass du vergessen hast, uns das zu sagen. Sag's mir, Daddy, dann glaube ich es.«

Er hob langsam den Kopf in die Höhe und sah Mary tieftraurig an. »Ich werde dich nicht belügen, Kätzchen. Dazu achte ich dich zu sehr.«

»Daddy, bitte!« Die Tränen schossen ihr in die Augen. »Bitte sag, dass sie nur eine Klientin ist.«

»Aber du weißt doch schon, dass das nicht stimmt«, entgegnete er.

»Wie konntest du, Daddy?« Die Tränen rannen ihr über das Gesicht.

»Mary, können wir ruhig miteinander sprechen?«, fragte er leise.

»Was gibt's denn da noch zu sprechen?«

»Du willst nicht mit mir reden?«

»Daddy, wie konntest du Mutter das antun?«

»Was genau«, sagte er müde, »tue ich deiner Mutter denn an?« Er fühlte sich plötzlich sehr alt.

»Es ist gemein, Daddy. Und so schmutzig. Von dir hätte ich so was nie erwartet.«

»Von mir?« Er lachte kurz auf. »Wofür hältst du

mich denn, Mary? Für den heiligen Franz von Assisi? Ich bin ein ganz gewöhnlicher Mensch, Mary.«

»Aber warum, Daddy? Warum tust du so was?«

»Warum?« Er breitete hilflos die Hände aus und schüttelte den Kopf. »Ich glaube, das kann ich dir nicht erklären. Ich glaube, ich weiß es selbst nicht.«

»Was ist das für eine Frau?«

»Eine Freundin.«

»Kennst du sie schon lange?«

»Seit fast sieben Jahren.«

Mary starrte ihren Vater mit aufgerissenen Augen an. »Du gehst seit sieben Jahren zu ihr?«

Er nickte.

»Daddy!« Sie drückte beide Hände auf den Mund.

Er streckte die Arme nach ihr aus, aber sie war schon aufgesprungen.

»Mir ist schlecht«, keuchte sie. »Ich muss mich übergeben!«

»Mary –« Ted sprang ebenfalls auf. »Mary bitte, verachte mich nicht.«

Aber sie war schon hinausgelaufen.

Sie behauptete, sie müsse unbedingt in die Bibliothek, darum lieh ihr Lucille ihren Wagen.

Mary wusste nicht, warum, aber es war ihr ungeheuer wichtig, gut auszusehen. Sie zog ihr hübschestes Umstandskleid an und bürstete ihr Haar, bis es glänzte. Sie hätte nicht sagen können, warum sie diese Frau aufsuchen musste; sie wusste nur, dass sie irgendetwas unternehmen musste. Sie und ihr Vater hatten seit zwei Tagen kein Wort mehr miteinander gewechselt. Sie konnte nichts essen, sie fühlte sich einsam und im Stich gelassen. Es war Zeit, dass sie etwas unternahm.

Eine ganze Weile blieb sie im Wagen sitzen und betrachtete das hässliche kleine Haus, während sie sich vorzustellen versuchte, wie er sieben Jahre lang jeden Mittwoch hierher gekommen war. Sie wünschte, es wäre ein Palast gewesen, damit sie ihren Vater hätte besser verstehen können.

Dann stieg sie doch aus dem Wagen, ging am Briefkasten vorbei, stieg die kurze Treppe zur Haustür hinauf und läutete.

18

Der beißende Wind riss an ihren Kleidern, als wollte er sie forttragen. Mary zog die dicke Wolljacke fester um sich und schob, nachdem sie geläutet hatte, die Hände in die Ärmel. Sie fühlte sich hässlich, dick und plump, mit angeschwollenen Füßen und zerzaustem Haar, und hoffte, entgegen ihrer Neugier, dieser Frau von Angesicht zu Angesicht gegenüberzutreten, die Tür würde sich nicht öffnen.

Aber sie öffnete sich. Warmes Licht strömte in die Dunkelheit und umriss die Gestalt der Frau an der Tür. Mary blinzelte.

»Mrs. Renfrow?«, sagte sie zaghaft.

Die Frau hatte eine tiefe, rauchige Stimme. »Du bist sicher Mary. Komm herein. Mein Gott, ist das ein Sturm!«

Mary trat ein, die Tür schloss sich hinter ihr, das Heulen des Windes wurde leise und gedämpft.

»Woher wissen Sie, wer ich bin?«, fragte sie.

»Ted hat mir von neulich abend erzählt. Ich dachte mir, dass du vorbeikommen würdest.«

Mary war enttäuscht von Gloria Renfrow, ja, sie fühlte sich betrogen. Ihre Fantasie hatte ihr ganz andere Bilder vorgegaukelt. Sie war überhaupt nicht vorbereitet auf diese kleine, rundliche Frau Mitte Vierzig, deren Haarfarbe undefinierbar war und die kein Make-up trug. Die Geliebte ihres Vaters war so unscheinbar und reizlos wie das Haus, in dem sie wohnte.

»Komm mit rein, Kind. Ich mache uns Kaffee.«

Sie führte Mary aus dem kleinen Flur in ihr Wohnzimmer. Auf den ersten Blick war Mary fast entsetzt. Alte, und etwas schäbige Möbel, von denen kein Stück zum anderen passte. Ein schwarz lackiertes Bücherregal voller Taschenbücher und alter Zeitschriften; ein moderner heller Holztisch skandinavischen Stils vor einer durchgesessenen Couch. Der Fernsehapparat war in einem Walnussschränkchen mit spindeldünnen Füßen untergebracht. Ober dem Sofa hing ein Druck mit einer Waldlandschaft in einem Rahmen von Woolworth, und auf dem Tisch stand eine Obstschale mit Plastikfrüchten.

Mary fühlte sich unbehaglich. Das alles entsprach überhaupt nicht ihren Erwartungen. Das aufgedonnerte Flittchen im schwülen Liebesnest, an dem sie ihren Zorn und ihre Wut hatte auslassen wollen, gab es nicht.

»Der Kaffee wird gleich fertig sein«, sagte Gloria, aus der Küche zurückkommend. »Komm, gib mir deine Jacke.«

»Nein danke, ich behalte sie lieber an.« Mary zog die Jacke enger um sich.

»Okay. Willst du dich nicht setzen?«

Nachdem Gloria in dem Sessel neben dem Bücherregal Platz genommen hatte, setzte sich Mary in den Fernsehsessel daneben und fand ihn, beinahe zu ihrem Ärger, sehr bequem.

»Schieb die Armlehnen zurück, Kind.«

Der Sessel kippte ein wenig nach rückwärts, und die gepolsterte Fußstütze hob sich.

»Besser so? Ich weiß, als ich mit meinem ersten Kind schwanger war, waren meine Füße immer so geschwollen, dass sie mir wie Blei am Körper hingen.«

Mary blickte auf ihre Füße, die unförmig über die Ränder ihrer Ballerinas quollen.

»Weißt du, was da gut tut? Ein heißes Fußbad mit Epsomer Bittersalz. Das weiß ich aus Erfahrung. Und viel Spargel essen, der treibt.«

Mary starrte auf ihre Füße und vermied es beharrlich, Gloria Renfrow anzusehen. Es war sehr still im Zimmer. Einmal machte Gloria eine Bemerkung über das Wetter, meinte, dieser kalte Wind sei ein sicheres Zeichen für einen harten Winter, dann schwieg sie wieder.

Ein schrilles Pfeifen ließ Mary zusammenfahren. Gloria sprang auf. »Das Wasser kocht.« Sie eilte zur Küche. An der Tür blieb sie stehen und drehte sich um. »Oder möchtest du lieber eine Tasse Tee?«

Mary nickte und starrte weiter auf ihre Füße, während sie den Geräuschen lauschte, die aus der Küche zu ihr ins Zimmer drangen.

Nach einigen Minuten kam Gloria mit einem Tablett zurück, auf dem zwei dampfende Tassen, ein Milchkännchen, eine Zuckerdose und ein Teller mit aufgeschnittenem Sandkuchen standen. Sie stellte das Tablett auf einen kleinen Klapptisch, den sie zwischen die beiden Sessel trug, dann hockte sie sich auf die Armlehne ihres Sessels und goss Milch in ihren Tee. »Nimmst du Zucker, Mary? Oder trinkst du ihn auch lieber mit Milch wie die Engländer?«

Mary wandte den Blick von ihren Füßen und richtete ihn auf die Tasse. »Zwei Stück Zucker bitte«, sagte sie, während sie Gloria Renfrows Hände betrachtete, die rot und rau waren.

Gloria schob die Tasse zu Mary hinüber und legte ein Stück Kuchen auf eine Papierserviette daneben. Dann ließ sie sich in ihren Sessel sinken und trank von ihrem Tee.

Mary wartete einen Moment, dann nahm auch sie ihre Tasse und trank.

»Und wieweit bist du jetzt?«, fragte Gloria.

Mary musste sich räuspern. »Im sechsten Monat.«

Gloria lächelte. »Gratuliere. Da hast du ja gar nicht mehr lang.«

Mary beobachtete die Frau misstrauisch.

»Ich habe selbst vier Kinder zur Welt gebracht«, fuhr Gloria fort. »Der Älteste ist jetzt Rechtsanwalt in Seattle. Der zweite ist in Mississippi bei der Air Force. Der dritte studiert an der Universität von Kalifornien in Santa Barbara. Der vierte ist tot. Er starb mit drei Jahren an Leukämie.«

»Das tut mir Leid«, sagte Mary.

»Ja. Es war schlimm damals.« Glorias Lächeln wurde wehmütig.

»Hast du schon einen Namen für deine Tochter?«

Mary erstarrte. »Hat – hat mein Vater Ihnen gesagt, dass es ein Mädchen wird?«

»Er hat mir alles erzählt, Kind. Ich verfolge die Geschichte der Mary Ann McFarland seit Juni wie einen Fortsetzungsroman.«

Mary warf ihr einen empörten Blick zu, sah aber nur ein Lächeln freundlicher Erheiterung auf dem Gesicht der Frau. Sie stellte ihre Tasse nieder. »Er hat Ihnen *alles* erzählt?«

Gloria nickte.

»Dazu hatte er kein Recht.«

»Aber natürlich hatte er das.«

Mary sah sie trotzig an. »Es geht Sie aber nichts an.«

Gloria zog die Brauen hoch, die nicht gezupft waren. »Entschuldige mal! Alles, was deinen Vater berührt, geht mich an.«

»Wieso?«

»Weil ich ihn liebe.«

»Ich will das nicht hören!« Mary versuchte, ihren Sessel wieder gerade zu stehen, aber es gelang ihr nicht.

»Mary«, sagte Gloria ruhig und ohne zu lächeln, »meinst du nicht, es ist Zeit, dass wir miteinander reden? Wir sind es deinem Vater schuldig.«

Mary strampelte mit den Beinen. »Ich schulde ihm nichts.«

»Du tust dir wohl sehr Leid, wie?«

Immer noch kämpfte Mary mit dem Sessel. »Ich, ich habe allen Grund dazu.«

»Fass die Armlehnen fest an, und zieh. Lieber Gott,

du siehst aus wie eine Schildkröte, die auf den Rücken gefallen ist.«

Mary packte die Armlehnen und riss so fest daran, dass die Fußstütze krachend auf den Boden schlug.

»Ich hoffe nur, dass du mir meinen Fernsehsessel nicht kaputt gemacht hast.«

Wütend funkelte sie Gloria an. »Wie eine Schildkröte«, keuchte sie empört, und ehe sie wusste, wie ihr geschah, stiegen ihr die Tränen in die Augen, und sie fing an zu lachen.

»Kind, wenn du dich hättest sehen können! Weißt du, was mir mal passiert ist? Ich glaube, es war beim dritten Kind. Da war ich im neunten Monat so dick, dass ich im Drehkreuz im Supermarkt stecken geblieben bin. Ich sag dir, es ging nicht vorwärts und nicht rückwärts. Sie mussten die Feuerwehr holen, um mich rauszuholen.«

Mary lachte noch heftiger und wischte sich die Augen mit dem Jackenärmel. Als sie sich wieder beruhigt hatte, sah sie Gloria Renfrow verwirrt an.

»Wenn du nicht reden willst, Mary«, fragte Gloria behutsam, »warum bist du dann hergekommen?«

Mary drückte die Hände auf ihre Augen. »Ich weiß nicht. Weil ich Sie sehen wollte. Ich wollte sehen, was mein Vater –« Sie ließ die Hände sinken. »Es ärgert mich, dass mein Vater allen Leuten von mir erzählt.«

»Erstens hat er nicht *allen* Leuten von dir erzählt,

und zweitens hat dein Vater doch wohl auch gewisse Rechte, meinst du nicht? Schau mal, Mary, du bist nicht der Nabel der Welt.«

»Ach, Sie haben ja überhaupt keine Ahnung«, fuhr Mary sie zornig an. »Sie wissen überhaupt nicht, was ich aushalten muss.«

»Aber Kind.« Gloria brach sich ein Stück Kuchen ab und schob es in den Mund. »Du bist nicht die erste Frau auf der Welt, die schwanger ist, und du bist auch nicht die erste unverheiratete Frau, die ein Kind erwartet.«

»Aber bei mir ist alles ganz anders.«

»Meinst du?« Gloria brach sich noch ein Stück ab. »Nach dem, was dein Arzt gesagt hat, dieser Dr. Wade, scheint es doch so zu sein, dass es immer schon Fälle wie deinen gegeben hat. Vielleicht geschieht jetzt einem anderen Mädchen das gleiche.«

Mary starrte die Frau an, die ihren Kuchen kaute und dann mit einem Schluck Tee nachspülte.

Andere? dachte sie. Andere, denen es genauso geht wie mir? Jetzt, in diesem Moment?

»Ich finde sogar, du kannst von Glück reden, Mary. Du hast Dr. Wade, der für dich eintritt, und einen großartigen Vater, der dir glaubt. Es gibt bestimmt andere Mädchen in deiner Lage, die nicht so viel Glück haben. Ah ja, ich seh schon, der Gedanke ist dir nie gekommen, hm? Trink deinen Tee, Kind. Sonst wird er kalt.«

Mary nahm gehorsam ihre Tasse und trank. Der Tee hatte einen ganz besonderen, köstlichen Geschmack.

»Gut, nicht?«

»Solchen Tee hab ich noch nie getrunken.«

»Ich hab immer welchen da. Für besondere Gelegenheiten.«

Mary lehnte sich in ihrem Sessel zurück und stellte ihn wieder in Schräglage. Ihre Füße kamen in die Höhe.

»Also«, sagte Gloria sanfter, »hast du schon einen Namen für sie?«

Mary starrte in ihre Teetasse. »Ich möchte sie Jacqueline nennen«, antwortete sie leise.

»Das ist ein schöner Name.«

Mary verstand selbst nicht, was sie getrieben hatte, ihr Geheimnis preiszugeben. Sie hatte es nicht einmal Amy oder Dr. Wade anvertraut, weil man ihr das Kind ja doch nehmen würde und die Adoptiveltern ihm gewiss einen anderen Namen geben würden. Aber tief im Innern wusste Mary, dass das Kind für sie immer Jacqueline sein würde.

»Was ist denn, Kind?«

Mary sah Gloria an. Sie war dem Weinen nah. »Ach, nichts. Ich habe nur ...«

Gloria stellte ihre Tasse weg und legte Mary die Hand auf die Schulter. »Du möchtest sie behalten, nicht wahr?«

Mary schluckte krampfhaft. »Ich weiß nicht. Meine

Eltern sagen, wir müssen es zur Adoption freigeben. Und Pater Crispin ist auch der Meinung. Wahrscheinlich haben sie Recht. Aber –«

»Aber was?«

»Aber sie ist doch ein besonderes Kind. Sie ist nicht wie andere Kinder entstanden. Und die Adoptiveltern werden sie sicher nicht als etwas Besonderes behandeln. Außerdem möchte ich sie so gern bei mir haben. Sie gehört doch zu mir.« Gedanken, die ihr bisher noch nicht in den Sinn gekommen waren, schossen ihr plötzlich durch den Kopf. »Ich möchte bei ihr sein, wenn sie langsam groß wird.«

Gloria nickte. »Das kann ich verstehen, Mary. Das solltest du auch. Sie ist ja wirklich ein besonderes Kind, und nur du kannst das verstehen.«

»Ich war mir bis jetzt gar nicht bewusst...« Mary kämpfte mit den Worten. Das Kind bin ich, sagte es in ihr. Das Kind bin ich, und ich würde mich selbst wildfremden Menschen überlassen. »Bis jetzt habe ich es nur als irgendein Kind gesehen, das zur Welt kommt und gleich wieder verschwindet. Aber jetzt sehe ich es plötzlich als kleines Mädchen, das laufen und reden lernt und zur Schule geht und – und ich möchte dabei sein, wenn das alles kommt. Ach!« Mary fing an zu weinen und schlug die Hände vor ihr Gesicht. »Entschuldigen Sie«, schluchzte sie.

»Das macht doch nichts, Mary. Lass es ruhig raus.«

»Ich weiß nicht, warum ich hergekommen bin. Ich war so wütend auf meinen Vater. Ich wollte sehen, was – was ...«

»Was er hier will?« Gloria nahm ihre Tasse und trank den letzten Rest Kaffee. »Ich beneide dich, Mary«, sagte sie. »Ich habe mir immer eine Tochter gewünscht, aber ich habe nur Söhne bekommen. Nach den ersten beiden war ich richtig wütend. Ich wollte unbedingt ein kleines Mädchen. Und als ich das dritte Mal schwanger war, kaufte ich lauter Mädchensachen, als wäre das eine Garantie dafür, dass es endlich ein Mädchen werden würde. Es heißt, dass das Geschlecht des Kindes durch die Chromosomen des Mannes bestimmt wird. Also war es wohl Sams Schuld.«

Mary sah sich im Zimmer um.

»Ich war mit ihm verheiratet. Jetzt bin ich Witwe. Er starb vor sieben Jahren. Ganz plötzlich, an einem Herzinfarkt. Wir wollten in die Ferien fahren und packten die Sachen ins Auto. Er ging noch einmal ins Haus, um eine Taschenlampe zu holen. Aber er kam nicht wieder heraus. Johnny fand ihn. Sam war einundvierzig Jahre alt.« Gloria richtete die hellen Augen auf Mary. »So habe ich deinen Vater kennen gelernt. Ich musste Sams Aktien verkaufen, um die Begräbniskosten bezahlen zu können. Dein Vater war Sams Anlageberater. Dein Tee wird ganz kalt, Kind.«

Mary sah auf die Tasse in ihrer Hand, als hätte sie sie

eben erst gesehen. Hundert Fragen lagen ihr plötzlich auf der Zunge.

»Wie ist es, wenn man ein Kind bekommt?«

»Oh.« Gloria lachte leise. »Mary, das ist bei jeder Frau anders. Und bei jedem Kind. Bei meiner ersten Schwangerschaft stellte sich heraus, dass der Kopf des Kindes für mein Becken zu groß war. Die Ärzte mussten einen Kaiserschnitt machen. Sie sagten mir, wenn einmal ein Kaiserschnitt gemacht worden ist, muss er auch bei allen nachfolgenden Entbindungen gemacht werden. Aber ich wollte mein zweites Kind auf natürliche Weise zur Welt bringen. Und ich setzte mich durch. Eine ganze Nacht lang haben Johnny und ich geschuftet, wir haben gedrückt und gepresst, und der Schweiß ist mir in Strömen runtergelaufen. Ich war so fertig, dass ich dachte, einer von uns würde auf der Strecke bleiben. Aber dann flutschte er raus wie nichts, und die nächsten beiden Entbindungen waren ein Kinderspiel.«

Gloria hielt einen Moment inne und hing Erinnerungen nach. Dann sagte sie: »Es kommt auf alles Mögliche an, Mary. Auf deinen Zustand, auf den Zustand des Kindes und auf den Arzt. In manchen Krankenhäusern geben sie einem eine Narkose, und man bekommt überhaupt nichts mit. In anderen machen sie eine Kaudalanästhesie, und man kann wenigstens zuschauen. Jetzt gibt es, soviel ich weiß, Ärzte, die für eine natürliche Geburt ganz ohne Betäubung sind.«

»Ist das denn möglich?«, fragte Mary erstaunt.

Gloria lachte erheitert. »Aber natürlich. Tausende von Jahren haben Frauen ihre Kinder auf natürlichem Weg zur Welt gebracht. Oder glaubst du, die alten Griechen haben Äther verwendet?«

Mary runzelte die Stirn. »Darüber hab ich nie nachgedacht.«

»Eine Geburt ist ein wunderbares Erlebnis, Mary. Man kann es nicht beschreiben. Jede Frau muss es selbst erleben.«

Mary stellte ihre Tasse auf den Klapptisch und legte beide Hände auf ihren Bauch. »Ich werde morgen geröntgt«, sagte sie. »Dr. Wade hat gesagt, es wäre alles in Ordnung, er will nur die Entwicklung des Kindes genau überwachen.« Sie hob den Kopf und sah Gloria mit ihren kühlen blauen Augen an. »Ist das normal, dass man geröntgt wird?«

Sie sah den Schatten, der über Glorias Gesicht flog, ehe diese sich abwandte. »Mary, meine letzte Schwangerschaft ist so lange her, dass ich gar nicht weiß, was heutzutage zum normalen Behandlungsablauf gehört.«

»Aber Dr. Wade hat Angst, dass etwas nicht in Ordnung ist, stimmt's?«

Gloria wandte sich ihr wieder zu. »Du hast es doch eben selbst gesagt, Mary. Du bist ein besonderer Fall. Ich denke, dein Arzt möchte lediglich alles Menschenmögliche tun, um sicherzustellen, dass es dir und deinem Kind gut geht. Ganz gewiss hast du keinen Anlass, dir Sorgen zu machen.«

Die angenehm raue Stimme, die so bestimmt und sicher klang, und das klare Lächeln auf dem unscheinbaren, aber sympathischen Gesicht beruhigte Mary. Sie nahm ihre Tasse und trank den letzten Schluck Tee, und dabei fiel ihr plötzlich auf, dass sie über diesem offenen, warmen Gespräch mit Gloria Renfrow den ursprünglichen Grund ihres Kommens völlig vergessen hatte.

Sie sah die Frau neben sich beinahe herausfordernd an und sagte: »Sind Sie katholisch?«

Die Frage schien sie nicht zu überraschen. »Warum? Würde das für dich etwas ändern? Würde das –« Gloria senkte die Stimme ein wenig – »die Sünde deines Vaters mildern?«

Mary antwortete nicht.

»Ich kann und will nicht für deinen Vater sprechen«, fuhr Gloria ruhig fort. »Was er zu sagen hat, muss er dir selbst sagen. Aber was mich angeht ... Ich war plötzlich allein mit drei halbwüchsigen Jungen und fühlte mich sehr allein gelassen. Und gerade in dieser Zeit, wo mir so sehr jemand fehlte, an den ich mich einmal anlehnen konnte, trat dein Vater in mein Leben. Aber bitte glaub jetzt ja nicht, ich hätte ihn mit List und Tücke zum Ehebruch verführt. Dein Vater war damals auch in einer Situation, wo er dringend jemanden brauchte. So etwas geht immer nur, wenn beide wollen.«

Sie schwieg einen Moment. »Glaub mir«, sagte sie dann, »es ist nicht leicht, die Freundin oder Geliebte eines verheirateten Mannes zu sein.« Ihre Stimme wurde ein wenig brüchig. »Obwohl ich ihn von ganzem Herzen liebe und alles für ihn tun möchte, muss ich immer im Hintergrund bleiben und mich mit einem zweiten Platz in seinem Leben begnügen. Es ist, als lebte man immer im Schatten. Ich kann ihn niemals anrufen, wenn ich traurig bin. Ich kann niemals an den Wochenenden oder im Urlaub mit ihm zusammen sein; ich kann nicht mit ihm ausgehen oder verreisen. Wenn ich ihm ein Geschenk mache, kann er es nicht mit nach Hause nehmen. Ich muss mich damit zufrieden geben, jede Woche ein paar Stunden mit ihm zu verbringen, und mehr nicht. Und wenn du glauben solltest, dass ich mich von ihm aushalten lasse, dann schlag dir das mal ganz schnell aus dem Kopf. Ich bin berufstätig und verdiene mir allein meinen Lebensunterhalt. Dein Vater gibt mir kein Geld. Und ich will auch keines. Ich will nur ihn selbst.«

Marys Augen brannten. »Aber wenn er meine Mutter so unerträglich findet, warum verlässt er sie dann nicht?«

»Er findet sie nicht unerträglich, Mary. Vielleicht kannst du das jetzt noch nicht verstehen, aber dein Vater liebt sie und er liebt mich. Nur auf unterschiedliche Weise. du weißt nicht viel von Männern, Kind, und auch wenn du mal so alt bist wie ich, wirst du vieles nicht verstehen.« Sie lachte kurz und bitter. »Und da heißt es immer, die Frauen seien geheimnisvoll!«

»Und – und Sie lieben ihn wirklich?«

»Ja, ich liebe deinen Vater, Mary.«

Mary kämpfte mit den Tränen.

»Sei ihm nicht böse, Mary«, sagte Gloria. »Ich hoffe, wenn du älter bist, wirst du ihn verstehen.«

»Aber wie kann er nur!«, stieß sie weinend hervor. »Er ist streng katholisch –«

»Mary, was glaubst du denn, warum dein Vater hierher kommt? Ich weiß, was du denkst, und du täuschst dich, Kind. Natürlich war das Sexuelle am Anfang wichtig, das will ich gar nicht bestreiten. Es hat eine große Rolle gespielt. Ich denke, dass es für viele einsame Menschen der einfachste Weg ist, sich gegenseitig zu trösten. Aber das ist sieben Jahre her. Soll ich dir sagen, was wir hier jeden Mittwochabend tun, Mary? Dein Vater kommt herein, zieht seine Schuhe aus und setzt sich mit mir zusammen vor den Fernseher. Manchmal spielen wir Karten. Oder er richtet mir den Wasserhahn in der Küche. Oder wir setzen uns in den Garten und schauen zu, wie die Sonne untergeht. Und hin und wieder schlafen wir auch zusammen.

Mary, ich weiß, warum du hergekommen bist. Seit dein Vater mir neulich von eurem Gespräch erzählt hat, habe ich dich erwartet. Du hast deinen Vater als Heiligen gesehen. Und jetzt stellst du fest, dass er auch nur ein Mensch ist. Du bist wütend auf ihn – und vermutlich auch auf mich –, dass er dir das antut. Du bist hergekommen, weil du hofftest, du würdest den Heiligen zurückbekommen; du hofftest, ich würde alles bestreiten, und du könntest deinen Vater dann wieder aufs Podest heben. Ich kann es verstehen, ich hatte auch einen Vater... Aber ich kann dir diesen Gefallen nicht nun, Mary.

Du solltest mich nicht verachten. Das Recht dazu hast du dir noch nicht verdient. Um über mich urteilen zu können, brauchst du selbst erst eine gewisse Lebenserfahrung und Reife. Mein Leben ist einsam, weil ich einen Mann liebe, den ich niemals haben kann. Ich habe mich mit der Zukunft ausgesöhnt. Vielleicht solltest du das auch tun.«

Mary wischte sich die Tränen aus den Augen und sah Gloria an.

»Ich werde deinem Vater nicht sagen, dass du hier warst«, fuhr Gloria fort. »Wenn du es ihm sagen möchtest, gut, das ist deine Entscheidung. Es gibt Dinge im Leben deines Vaters, die er nur mir erzählt hat, Mary. Nicht einmal deine Mutter weiß davon. Und sie alle haben damit zu tun, dass er hierher kommt. Aber es ist seine Sache, dir davon zu erzählen...«

»Ich weiß nicht, was ich denken soll«, sagte Mary. »Es ist, als ob – als ob alles anders geworden wäre.« Sie dachte an Mike und Germaine und ihre Eltern, und an ihr eigenes Leben. »Nichts ist mehr so, wie es war.«

»Das ist richtig, Kind, und nichts im Leben kann für immer so bleiben, wie es ist, so sehr wir uns das auch manchmal wünschen. Als ich damals Sam in der Küche liegen sah, so friedlich, als hätte er sich hingelegt, um ein Nickerchen zu machen, da hatte ich ein Gefühl, als stünde ich am Rand eines schwarzen Abgrunds. Und manchmal, wenn ich es zulasse, kommt dieses Gefühl wieder, und dann kommen mir lauter dumme Gedanken. Ich zerfließe vor Selbstmitleid und sage mir, dass es keinen Sinn hat weiterzumachen. Aber –«

Mary sah erstaunt, dass Gloria die Tränen in die Augen getreten waren. Impulsiv beugte sie sich vor und legte ihre Hand auf Glorias Arm. Die lächelte und drückte ihr die Hand.

»Ich gehöre nicht zu den Frauen, die stumm in sich hineinweinen können, ohne eine Träne zu vergießen. Ich heule und schniefe und kriege ein total verschwollenes Gesicht, wo ich doch von Natur aus schon nicht zu den Schönsten gehöre.« Sie lachte ein wenig. »Ach, du hast schon ausgetrunken. Möchtest du noch eine Tasse?«

Zweieinhalb Stunden später stellte Mary den Chevrolet in der Auffahrt ab, sperrte leise die Haustür auf und trat in den dunklen Flur. Auf Zehenspitzen schlich sie zur offenen Tür des Wohnzimmers, aus dem gedämpftes Licht fiel. Sie war nicht überrascht, ihren Vater dort auf dem Sofa sitzen zu sehen, allein, ein Glas in der Hand. Sein Gesicht war halb im Schatten, die Schultern hingen schlaff nach vorn. Er sah alt und verbraucht aus.

»Daddy!«, sagte sie leise.

Er zuckte ein wenig zusammen und sah auf.

Mary trat zaghaft einen Schritt ins Zimmer. Er stellte sein Glas auf den Tisch und sah ihr stumm entgegen. Sie rannte zu ihm, warf sich neben ihn aufs Sofa und schlang die Arme um seinen Hals.

»Ach, Daddy«, murmelte sie. »Es tut mir Leid. Es tut mir so Leid.«

Sie sprachen bis weit nach Mitternacht miteinander. Er sprach von seiner Beziehung zu Gloria und dann von jenen Dingen in seinem Leben, die er außer dieser Frau bisher keinem Menschen anvertraut hatte.

Ted McFarland glaubte, dass er in einem Zelt am Stadtrand von Tuscaloosa zur Welt gekommen war, aber er war nicht sicher. Seine früheste Erinnerung galt einer stickig heißen Nacht in einem heruntergekommenen Holzschindelhaus, wo es nach Alkohol stank und aus einem Nebenzimmer die gequälten Schreie einer Frau drangen. Er hockte auf dem nackten Holzfußboden, und im milchigen weißen Licht ging ständig ein groß gewachsener, hagerer Mann hin und her und murmelte unablässig den Namen des Herrn. Flüsternde

Frauen tauchten flüchtig aus den Schatten und verschwanden wieder, und am Ende dieser langen, heißen Nacht traten sie laut klagend mit einem leblosen Bündel auf den Armen aus dem Nebenzimmer. So war Teds Mutter gestorben.

Hoseah McFarland war Wanderprediger. Nach dem Tod seiner Frau hatte er seine wenigen Habseligkeiten zusammengepackt und war mit seinen Söhnen durch die Südstaaten gezogen. Sie lebten in Zelten, und während Hoseah, der Verkünder der frohen Botschaft, den Sündern dieser Welt mit Hölle und Verdammnis drohte, mussten seine Söhne mit dem Hut herumgehen, der unweigerlich bis zum Rand voll wurde. Als Ted dreizehn war, drückte ihm sein Vater ein Paar Krücken in die Hand, zeigte ihm, wie er ins Zelt zu hüpfen hatte und nach der Predigt die Krücken wegwerfen und nach vorn, zum Podium, stürzen musste, um Gott und Hoseah McFarland für das Wunder zu danken, das an ihm geschehen war.

Ted machte seine Sache ausgezeichnet. Die armen Schwarzen und das »weiße Pack« spendeten, was sie hatten. Hoseah wurde ein wohlhabender Mann. Und wenn Ted nach der Predigt einmal in den privaten Teil des Zeltes vordrang, um sich ein Wort der Anerkennung von seinem Vater zu holen, wurde er nicht eingelassen, weil Hoseah sich höchstpersönlich um das Seelenheil einer jungen Dame bemühte.

Eines Abends dann war im Zelt Feuer ausgebrochen. Hoseah McFarland konnte sich retten, aber viele Menschen wurden in der allgemeinen Panik getötet, und einer von Teds kleinen Brüdern wurde zu Tode getrampelt. Ted war um sein Leben gelaufen und auf den ersten Güterzug gesprungen, der an den Baumwollfeldern vorbeigerattert war.

Er hatte sich auf diese Weise bis nach Chicago durchgeschlagen und sich dort mit kleinen Diebstählen und Betrügereien über Wasser gehalten. Doch 1932, mitten in der Depression, war er von der Polizei bei einem Überfall auf einen alten Mann geschnappt und in ein katholisches Heim für streunende Jungen gesteckt worden.

Und dort hatte er zum katholischen Glauben gefunden.

»Und dein Vater und deine Brüder?«, fragte Mary. »Weißt du, wo sie jetzt sind?«

Ted wusste es nicht, und es interessierte ihn nicht. Die Kirche war sein Zuhause geworden. Lucille hatte er von seinen frühen Jugendjahren nichts erzählt. Er war zweiundzwanzig gewesen, als er sie kennen gelernt hatte, zu stolz damals, um über seine beschämende Vergangenheit zu sprechen. Lucille stammte aus einer gutbürgerlichen Familie und war sehr behütet aufgewachsen. Ted hatte sie sehr geliebt und hatte gefürchtet, sie würde nichts mehr mit ihm zu tun haben wollen, wenn er ihr gestand, aus welchen Verhältnissen er kam. Er hatte ihr stattdessen erzählt, die Erziehungsanstalt sei ein Waisenhaus gewesen, aber er hatte fest vorgehabt, ihr später die Wahrheit zu sagen. Aber die Jahre vergingen, und Ted hatte es immer wieder aufgeschoben, und schließlich hatte er den bequemsten Weg gewählt, und seine Vergangenheit einfach vergessen.

Aber mit Gloria hatte er endlich darüber sprechen können. Es war ihm ein dringendes Bedürfnis gewesen, da gerade in den letzten Jahren die Erinnerungen ihn immer häufiger geplagt hatten.

Mary fragte sich, als sie das von ihrem Vater hörte, was kann Gloria dir geben, das Mutter dir nicht geben kann? Und was, fragte sie sich weiter, kann diese Frau dir geben, das ich dir nicht geben kann? Bei dieser Überlegung begriff sie plötzlich, dass ihr Schmerz, als sie von der Beziehung ihres Vaters zu Gloria Renfrow erfahren hatte, nicht ihrer Mutter gegolten hatte, sondern sich selbst. Sie selbst hatte sich als die Betrogene gefühlt.

»Daddy«, sagte sie, »warum ist Mutter so, wie sie ist? Manchmal glaube ich, dass andere ihr wichtiger sind als wir. Immer kümmert sie sich um andere, geht Krankenbesuche machen, sammelt Kleider für die Armen, und für uns hat sie kaum Zeit.«

Ted legte seiner Tochter den Arm um die Schultern. »Vielleicht ist das ihre Art, gute Werke zu tun, um Erlösung von ihren Sünden zu finden.«

»Mutter? Sie sündigt doch nicht!«

»Vielleicht glaubt sie es aber.«

»Daddy sie trinkt furchtbar viel. Bin ich daran schuld?«

»Nein, sicher nicht. Sie trinkt schon lange, Mary. Sie braucht es. Du hast es nur vorher nicht bemerkt.«

»Warum lässt du dich von ihr rumkommandieren?«

»Wahrscheinlich, weil das der Weg des geringsten Widerstands ist. Ich weiß es selbst nicht genau. Das ist auch etwas, was deine Mutter braucht, und ich lasse es ihr gern. Schau mal, Mary, ich habe meine Mutter nie gekannt. Sie starb, ehe ich alt genug war, um sie richtig kennen zu lernen. Danach hatte ich nur meinen Vater und meine Brüder. Und später, im Heim, war ich nur in Gesellschaft der anderen Jungen, der Priester und der Laienlehrer, die alle Männer waren. In meinem Leben fehlten die Frauen, verstehst du? Vielleicht lasse ich mich gern von Frauen beherrschen.«

Ted stand auf und ging zum Barschrank. Er nahm die Flasche, um sein Glas aufzufüllen, und dann stellte er sie wieder weg. Er drehte sich um und sah seine Tochter an.

»Du möchtest wissen, warum ich mich von ihr herumkommandieren lasse. Vielleicht weil ich meinen Frieden gefunden habe, Mary, und gern möchte, dass auch deine Mutter ihren Frieden findet.«

Ted kam zum Sofa zurück und setzte sich wieder zu

ihr. Mary sah ihn an und versuchte sich vorzustellen, wie es für ihn gewesen sein musste, als er vom Priesterseminar weg zur Armee gegangen war und nach seiner Rückkehr aus einem schrecklichen Krieg alle seine Ideale zerstört gesehen hatte.

»Du liebst Gott wirklich, nicht wahr, Daddy?«

»Sagen wir, ich bewundere ihn.«

Sie sprachen noch eine Weile über Christsein, und Mary gestand, dass sie bis zu diesem Abend ihre Mutter für die bessere Katholikin gehalten hatte. Ted antwortete nur mit einem seltsamen Lächeln.

Dann sagte er: »Es ist spät, Kätzchen, und wir müssen morgen früh ins Labor.«

Mary drückte ihren Kopf an seine Schulter und sagt: »Ich habe Angst vor morgen, Daddy ...«

19

Die Röntgenassistentin half ihr freundlich lächelnd auf den kalten Stahltisch. Mary klapperte mit den Zähnen, aber sie wusste, dass es nicht an der Temperatur des Raumes lag. Ihr war kalt vor Nervosität, nein, schlimmer noch, vor Angst. Sie schloss die Augen, um den grässlichen Röntgenapparat nicht sehen zu müssen, und bemühte sich, an etwas anderes zu denken.

Als sie vor einer Stunde mit ihren Eltern aus dem Haus gegangen war, hatte sie auf der Treppe ein Päckchen gefunden, das eine handgehäkelte Babygarnitur in Rosa – Mützchen, Jäckchen und winzige Schuhe – enthielt. Und obenauf lag eine Karte von Germaine.

»Mary, es tut mir Leid. Bitte sei mir nicht böse. Ich hab dich lieb.«

Sie war ins Haus zurückgelaufen, während ihr Vater den Wagen aus der Garage fuhr, und hatte bei den Masseys angerufen. Germaine war schon auf dem Weg in die Schule gewesen, aber Mary hatte mit ihrer Mutter gesprochen und sie gebeten, Germaine auszurichten, dass sie am Nachmittag noch einmal anrufen würde.

Ein Parfümhauch wehte Mary in die Nase, als die Röntgenassistentin sich über sie beugte, um die Maschine einzustellen.

»Bitte liegen Sie jetzt ganz still.«

»Es ist so unbequem.«

»Ich weiß.«

»Und der Rücken tut mir weh.«

»Nur einen Moment. Es dauert wirklich nicht lange.« Die junge Frau trat hinter einen Schutzschirm. »Halten Sie jetzt bitte den Atem an und bewegen Sie sich nicht.«

Die Maschine knackte, summte, knackte noch einmal, dann trat die junge Frau wieder zu Mary und tauschte die Filmkassetten aus.

»Noch eine von vorn, dann zwei von der Seite«, sagte sie. »Können Sie ein kleines Stück nach rechts rücken?«

Der Papierkittel klaffte hinten auseinander, als Mary sich bewegte, und sie fühlte das eisige Metall an ihrem nackten Rücken.

Die Assistentin ging wieder hinter den Schirm. »Bitte absolut stillhalten jetzt«, sagte sie, und die Maschine fing wieder an, zu knacken und zu summen.

»Okay, jetzt bitte auf die linke Seite. Warten Sie, ich helfe Ihnen.«

Als Mary einige Minuten später aus der Umkleidekabine kam, standen bereits ihre Eltern da.

»Wir fahren gleich hinauf in Dr. Wades Praxis«, sagte Ted, und Mary sah, dass sein Gesicht aschfahl war.

Es würde nicht leicht werden. Es würde vielleicht sogar der schwierigste Moment im Lauf seiner langjährigen ärztlichen Praxis werden. So viel hing vom Befund dieser Aufnahmen ab – nicht zuletzt der Artikel, der zu Hause auf seinem Schreibtisch lag und dem nur noch das letzte Kapitel fehlte. Eine Stunde der Entscheidung. Für alle. Pater Crispin wartete in seinem Haus auf den Befund. Wenn das Ungeborene anenzephalisch war, würde Jonas dort anrufen müssen. Aber was, wenn ihm nur die Arme oder die Beine fehlten? Was, wenn die Missbildung nicht solcher Art war, dass sie drastische

Maßnahmen rechtfertigte? Wie sollte er Mary auf eine solche Möglichkeit vorbereiten?

Als die Sprechstundenhilfe die McFarlands in sein Sprechzimmer führte, sah er die angstvolle Besorgnis in ihren Gesichtern, und sie taten ihm Leid. Er vergeudete keine Zeit. Sobald die drei sich gesetzt hatten, schaltete er das Gerät ein, in das er zwei Aufnahmen gesteckt hatte – eine Vorderansicht und eine Seitenansicht.

»Das sind die beiden besten Aufnahmen der Serie. Der Fötus ist, wie Sie sehen können, klar umrissen.« Er nahm einen Stift und zeichnete die Umrisse nach. »Hier sehen Sie die Rippen, das Rückgrat, die Arme und die Beine. Das hier« – er zog einen Kreis um eine weißliche Wolke – »ist der Kopf.«

Er senkte den Arm und sah die drei an. »Sie scheint normal zu sein.«

Die beiden Frauen waren sichtlich erleichtert. Lucille nahm die Hand ihrer Tochter und drückte sie. Doch Marys Vater, das sah Jonas deutlich, hatte sich kaum entspannt. Jonas vermutete, dass er ähnliche Befürchtungen hegte wie er selbst.

Jonas Wade hatte erwartet, dass er augenblicklich erleichtert aufatmen würde, wenn sich zeigen sollte, dass der Fötus normal war. Doch nun, da die eine große Angst sich als unbegründet erwiesen hatte, regten sich neue Ängste. Der Fötus sah normal aus, aber Röntgenaufnahmen waren ungenau; sie zeigten weder Hände noch Füße, sie zeigten nicht die Gesichtszüge, nicht den Zustand des Gehirns …

Ted räusperte sich. »Dann ist also alles in Ordnung, Doktor?«

Was für ein Gesicht wird es haben? dachte Jonas Wade. Wird es Hände und Füße haben? Wird es ein gesundes Gehirn haben …

»Es scheint alles in Ordnung zu sein, ja«, sagte er. Er schaltete das Gerät aus und kehrte an seinen Schreibtisch zurück. »Und?«, fragte er. »Haben Sie sich noch einmal überlegt, ob Sie das Kind nicht doch behalten wollen?«

Mary und ihr Vater öffneten gleichzeitig den Mund, aber Lucille kam ihnen zuvor. »Diese Frage haben wir schon lange, entschieden Dr. Wade. Wir haben unsere Meinung nicht geändert.«

Er sah Mary an. Sie machte ein Gesicht, als wolle sie zu weinen anfangen.

»Aber Sie müssen doch zugeben, Mrs. McFarland, dass gewisse Faktoren sich geändert haben. Es gibt jetzt nicht mehr so viele Unbekannte. Ich dachte, Sie würden es sich vielleicht doch noch einmal überlegen.«

»Es hat sich nichts geändert, Dr. Wade. Wir wollen das Kind nicht behalten.«

Wieder sah er das Mädchen an. »Mary? Was meinst du dazu?«

Aber sie schwieg beharrlich. Nun komm schon, dachte er. Komm schon, Mary, sag was. Kämpfe um das, was du möchtest, was wir beide möchten.

»Im übrigen«, sagte Lucille kühl, »verstehe ich nicht ganz, warum Sie sich darüber Gedanken machen, Dr. Wade. Wir haben Sie schließlich nicht um Ihren Rat gefragt.«

Jonas musste umdenken. Er hatte vorgehabt, heute die Frage der Veröffentlichung seines Berichts anzusprechen; sich vorsichtig vorzutasten, um schließlich ihre Erlaubnis zur Veröffentlichung zu erhalten. Jetzt sah er, dass er dieses Vorhaben verschieben musste. Keiner dieser drei würde heute ansprechbar sein.

Joan Crawford hob den Deckel von der Speiseplatte, die vor ihr stand, und kreischte laut, als sie die tote Ratte darunter sah.

Da die Scheiben des Autos genau wie die der anderen Wagen, die im Autokino in der letzten Reihe standen, völlig beschlagen waren, bekamen weder Mike noch die dicke Sherry die Horrorszene mit. Aber der Schrei gellte schrill durch den Lautsprecher in die Stille. Brummend langte Mike hinüber und stellte den Ton leiser.

Er und Sherry hatten sich in eine Wolldecke eingewickelt, um es warm und gemütlich zu haben, aber obwohl sie seit mehr als einer Stunde heftigst schmusten, hatten beide wenig Spaß.

»Ich hab Hunger«, nörgelte Sherry, als Mike seine Hand wieder unter ihren Pullover schob.

»Herrgott noch mal«, sagte er gereizt, das Gesicht an ihrem Hals. »du hast zwei Tamales gegessen und eine Riesentüte Popcorn.«

»Ich kann doch nichts dafür. Im Kino krieg ich immer Hunger.« Sie beugte sich vor und wischte die beschlagene Windschutzscheibe.

»Mensch, lass doch, Sherry. Den Film kannst du vergessen.«

»Aber ich muss was tun. Ich langweile mich zu Tode.«

»Ach verdammt!« Er richtete sich auf und schlug mit der Faust aufs Steuerrad. »Es war doch ganz gut, warum hast du auf einmal aufgehört?«

»Weil du nicht mal einen Ständer kriegst«, sagte sie kühl.

»Ich versuch's ja, Sherry. Aber du musst auch was dazu tun.«

»Ich tu seit einer Stunde was dazu, Mike. Mann, bei dir kann man wirklich sagen, der Schein trügt.«

Mike schleuderte die Decke von sich und rückte von ihr ab. Die dicke Sherry war in diesem Monat sein dritter Versuch. Erst hatte er es mit Sheila Brabent probiert. Die war auch ganz schön heiß gewesen, aber in letzter Minute hatte sie gesagt, sie würde es nur tun, wenn er ihr dafür neue Ski kaufte. Dann hatte er sich

Charlotte Adams geschnappt, die ihm immer schon nachgelaufen war, aber als sie am Mulholland Drive geparkt hatten, hatte sie gesagt, er dürfe sie nur am Busen streicheln und sonst nichts. In seiner Verzweiflung hatte er sich an die dicke Sherry gewandt, die im Sommer mit Rick Schluss gemacht hatte und jetzt mit allen herumflirtete.

»So doll ist das mit dem Sex sowieso nicht«, sagte sie, während sie den Blick auf die große Leinwand draußen gerichtet hielt. »Rick war auch nicht gerade eine Kanone.«

»Das interessiert mich nicht. Hör auf.«

»Na ja.« Sie zog die dicken Schultern hoch. »Sei nicht zu enttäuscht. Wir können's ja ein andermal versuchen.«

Er verschränkte die Arme und starrte wütend auf die beschlagene Windschutzscheibe. Bette Davis sang ›Baby Jane‹.

»Ich kann dir sagen, warum's nicht klappt«, bemerkte Sherry, die dabei war, sich einen Pickel am Kinn auszudrücken.

»Warum?«

»Weil dir an mir in Wirklichkeit gar nichts liegt, Mike. Dich interessiert doch nur Mary.« Sie drehte den Kopf und sah ihn an. »Mir brauchst du nichts vorzumachen, Mike. Ich weiß genau, dass du nicht mit mir hierher gefahren bist, weil du scharf auf mich bist. Du kommst nur nicht mehr an Mary ran, drum –«

»Halt die Klappe.«

»Klar, klar, du hast ja nie was mit ihr gehabt. Ich weiß schon. Okay, ich glaub's dir. Außerdem wissen sowieso alle, dass Charlie Thatcher ihr das Kind gemacht hat.«

Mike fuhr herum. »Was? Wer hat das gesagt?«

»Charlie Thatcher.«

»Mann –«

»Geschieht ihr recht. Warum war sie immer so eingebildet. Ich wollte sie letzten Monat auf meine Party einladen, aber meine Mutter hat es nicht erlaubt, weil – hey! Was machst du denn da?«

Er kurbelte das Fenster herunter, warf den Lautsprecher hinaus und ließ den Motor an.

»Aber der Film läuft doch noch!«

Mary war in ihrem Zimmer, als sie ein Auto vor dem Haus halten hörte. Als es läutete, machte sie die Musik leiser und öffnete ihre Tür einen Spalt. Sie hörte Mikes gedämpfte Stimme, sie machte ihre Tür ganz auf und trat in den Flur. Da sah sie ihn stehen, zaghaft und unsicher.

»Mike«, rief sie und lief ihm entgegen.

20

Der Dezember war ungewöhnlich kalt. Beißende Winde fegten durch das Tal, und über den Santa-Monica-Bergen standen drohende schwarze Wolken. Ein schweres Wintergewitter schien sich zusammenzubrauen.

Es war Mittwochabend, und bis Weihnachten nur noch eine Woche hin. Das Haus der McFarlands war schon geschmückt und bunt erleuchtet. Ted war außer Haus. Amy war beim Pfadfindertreffen, Lucille machte sich für die Weihnachtsfeier ihres Frauenvereins fertig, und Mary saß in ihrem Zimmer und packte Weihnachtspäckchen. Sie spürte eine Bewegung in ihrem Bauch – ein Wirbeln, als drehe sich etwas in ihr und fiele abwärts –, und als sie mit den Händen nachfühlte, merkte sie, dass das Kind sich nach unten verlagert hatte. Mary legte das Band aus der Hand und spürte im selben Moment, wie ein Schwall warmer Flüssigkeit sich aus ihr ergoss.

Langsam und schwerfällig stand sie von ihrem Stuhl auf und blieb einen Moment stehen, als ein Krampf ihren Bauch durchzuckte und dann verging. Ganz ruhig ging sie zum Schlafzimmer ihrer Eltern und öffnete die Tür. Lucille zog gerade den Reißverschluss ihres Kleides zu.

»Mutter«, sagte Mary. »Ich glaube, es ist so weit.«

Lucille fragte, ohne aufzublicken: »Was meinst du?«

»Das Baby kommt.«

Lucille erstarrte mit nach rückwärts verrenkten Armen. Dann ließ sie den Reißverschluss los und drehte sich um. »Woher weißt du das?«

»Die Fruchtblase ist geplatzt, und ich hatte eben eine Wehe.«

»Aber es ist doch viel zu früh.«

»Ich weiß, aber ich kann's nicht ändern.« Sie schlang plötzlich die Arme um ihre Mitte und sagte: »Jetzt kommt wieder eine.«

»Bist du sicher? Vielleicht sind es falsche Wehen.«

Mary schüttelte den Kopf. »Dr. Wade hat mir erklärt, wie es sein würde. Und meine Hose ist ganz nass.«

»Wie hat sich die erste Wehe angefühlt?«

»Wie ein Krampf.«

»Setz dich, Mary Ann«, sagte Lucille. »Ich rufe Dr. Wade an.«

Mary ließ sich auf den Hocker vor dem Toilettentisch fallen, während ihre Mutter zum Telefon ging, das auf dem Nachttisch stand. Mary starrte ihr Bild im Toilettenspiegel an, während ihre Mutter aus ihrem kleinen Buch die Nummer heraussuchte und wählte.

Es ist zu früh, dachte Mary. Irgendetwas ist nicht in Ordnung...

»Mary Ann?«

Sie drehte sich um. Lucille saß mit nackten Füßen und dem halb geschlossenen Kleid auf dem breiten Bett.

»Alles in Ordnung?«

»Ja, Mutter.«

»Sein Auftragsdienst sagte, er wäre im Moment nicht zu erreichen. Aber da es sich um einen Notfall handelt, werden sie sehen, ob sie ihn finden können. Wir fahren jetzt am besten gleich ins Krankenhaus, Mary Ann.«

Mary schloss die Augen und dachte, jetzt ist der Moment da, auf den wir gewartet haben. Der Grund für alles ...

»Mary Ann?« Ihre Mutter stand plötzlich neben ihr und sah sie besorgt an. »Wie fühlst du dich? Hattest du wieder eine Wehe?«

»Nein.«

»Also gut. Erst müssen wir dir einen kleinen Koffer packen und dich ins Krankenhaus bringen. Ich rufe an, damit sie wissen, dass wir kommen.« Sie ging wieder zum Telefon, während sie sprach. »Die Wehen kommen anfangs im Allgemeinen in einem Abstand von zehn bis fünfzehn Minuten, und beim ersten Kind dauert es meistens eine ganze Weile, ehe es richtig losgeht. Wir haben also Zeit.«

Mary starrte immer noch das Mädchen im Spiegel an, als wäre sie eine Fremde. »Ich habe gespürt, wie sie sich umgedreht hat, Mutter. Ihr Kopf ist nicht mehr hier oben, er ist jetzt da unten. Dr. Wade hat mir gesagt, dass das passieren würde.«

Lucille rief die Auskunft an. »Ich hätte gern die Nummer des Encino-Krankenhauses.« Sie notierte sie auf einen kleinen Block. Dann wählte sie von neuem.

»Ruf nicht an, Mutter«, sagte Mary plötzlich. »Ich geh nicht ins Krankenhaus.«

Lucille wählte ruhig weiter. »Was redest du da?«

»Ich geh nicht ins Krankenhaus, Mutter. Bitte ruf nicht an.«

Lucille sah ihre Tochter einen Moment verblüfft an, dann legte sie auf.

»Ich will das Kind nicht im Krankenhaus auf die Welt bringen. Ich will nicht narkotisiert werden, während fremde Leute meine Arbeit machen. Ich will es selber tun. Ich hab's angefangen, ich will es auch zu Ende bringen.«

»Aber Mary, was soll das?«

»Ich will mein Kind hier zur Welt bringen.«

Lucille sprang auf. »Das kann nicht dein Ernst sein.«

Auch Mary stand auf. »Ich geh nicht ins Krankenhaus, und du kannst mich nicht zwingen. Jetzt kommt wieder eine – Wehe. Ist das richtig, dass sie so schnell hintereinander kommen?«

»Aber Kind, verstehst du denn nicht? Das Kind kommt zu früh! Du musst ins Krankenhaus. Es kann alles Mögliche schief gehen. Ich ruf einen Krankenwagen –«

»Nein!«

Lucille begann zu wählen. Die Hände fest auf ihren Bauch gedrückt, ging Mary zu ihr, so schnell sie konnte, und riss ihr den Hörer aus der Hand.

»Das ist doch unmöglich!«, rief Lucille entsetzt.

»Sie muss hier auf die Welt kommen. Begreifst du denn nicht, Mutter –«

»Mary Ann, hör mir zu.« Lucille nahm ihre Tochter bei den Schultern. »Du kannst das Kind nicht hier gebären. Das wäre gefährlich. Für dich und das Kind. Du brauchst einen richtigen Kreißsaal. Du brauchst einen Arzt und Narkose und die Sterilität des Krankenhauses.«

»Wieso? Jahrhunderte haben Frauen ihre Kinder ohne das alles geboren.«

»Ja, und weißt du, wie viele von den Frauen und den Kindern gestorben sind? Hör mir endlich zu, Mary Ann. Eine Geburt ist nicht so einfach. Es kann immer Komplikationen geben. Und du bist zu früh dran.« Sie schüttelte Mary. »Das heißt, dass etwas nicht in Ordnung ist.«

»Nein. Es ist einfach Zeit für sie, geboren zu werden. Mein Rücken tut mir weh. Da sitzt der ganze Schmerz. Ich möchte mich hinlegen.«

»Ich rufe einen Krankenwagen –«

»Nein.« Mary sank auf die Bettkante. »Zwischen den Wehen geht's mir ganz gut. Mutter, du kannst mich nicht zwingen, ins Krankenhaus zu gehen. Und wenn du es versuchen solltest, brülle und tobe ich die ganze Fahrt.«

»Ach, Mary Ann…« Lucille setzte sich neben sie. »Warum denn nur? Es ist so gefährlich, Kind.«

»Weil ich es erleben möchte. Ich möchte es ganz bewusst erleben.«

Lucille strich Mary über das Haar und legte ihr dann den Arm um die Schultern. Eine Weile saßen sie schweigend nebeneinander. Mary fühlte sich geborgen und getröstet im Arm ihrer Mutter und genoss es. Sie lehnte den Kopf an Lucilles Schulter und sagte: »Ich möchte das Kind behalten.«

»Ich weiß.« Lucille beugte sich ein wenig vor und drehte den Kopf, um Mary auf die Stirn zu küssen. »Komm jetzt, Schatz, ich bring dich ins Bett.«

Sogar mit Lucilles Hilfe fiel Mary das Gehen schwer. An der Tür mussten sie Rast machen.

»Wie weit auseinander sind sie jetzt?«, fragte Lucille.

»Ich weiß nicht«, antwortete Mary keuchend. »Ungefähr fünf Minuten, denk ich.«

»Kommen sie regelmäßig?«

»Ja.«

»Und werden sie stärker?«

»Ja…«

Sie wankten durch den Flur, Mary schwer auf ihre Mutter gestützt, und erreichten endlich Marys Zimmer. Mary ließ sich aufs Bett fallen, während ihre Mutter in der Kommode nach einem Nachthemd suchte.

»Wenn doch Dr. Wade endlich käme«, sagte Mary, als sie unter der Decke lag.

Lucille tätschelte ihr die Hand. »Mary Ann, bitte lass mich den Krankenwagen rufen.«

Mary lächelte. »Müsstest du jetzt nicht was tun, Mutter? Wasser heiß machen, Laken in Fetzen reißen oder so was?«

Lucille drängte die Tränen zurück und zwang sich zu einem Lachen. »Ich habe keine Ahnung, was ich tun müsste.«

»Ruf noch mal bei Dr. Wade an.«

»Gut.«

Aber als sie aufstehen wollte, hielt Mary ihre Hand fest. »Mutter –«

Lucille wandte sich ab. Sie konnte nicht zusehen, wie das Gesicht ihrer Tochter sich bei den Wehen verzerrte. Als die Schmerzen nachließen, sah Lucille auf ihre Uhr und sagte: »Alle vier Minuten.«

»Es geht zu schnell, nicht wahr, Mutter?« Mary war außer Atem. »Ich – ich möchte Daddy hier haben. Er soll dabei sein.«

»Schön.« Lucille entzog Mary ihre Hand. »Ich rufe ihn an.«

Als ihre Mutter aufstand, fiel es Mary plötzlich ein, und sie sagte hastig: »Nein, warte, lass nur. Es hat ja Zeit. Er wird schon noch rechtzeitig kommen. Vielleicht ist er heute Abend gar nicht im Club –«

»Schon gut, Schatz, reg dich nicht auf. Ich mach das schon alles.«

Mary richtete sich im Bett auf und hielt den Atem an, um besser hören zu können. Aus dem Elternschlafzimmer kam das schwache Geräusch der sich drehenden Wählscheibe des Telefons. Dann konnte sie Lucilles gedämpfte Stimme hören. Sie fragte nach Ted, sprach einen Moment, legte dann auf.

Als sie wieder in Marys Zimmer trat, war ihr Gesicht grau. »Er kommt.«

Mary fiel in ihr Kissen zurück. »Ach, Mutter ...«

»Ich hätte nie geglaubt, dass ich das einmal tun würde.« Als Lucille sich wieder aufs Bett setzte, sah Mary die Tränen in ihren Augen.

»Du weißt von Gloria«, flüsterte sie.

»Ich weiß es schon seit fünf Jahren.«

Mary fing an zu weinen.

»Nicht weinen, Schatz.«

»Wie konntest du das aushalten?«, rief Mary schluchzend. »Warum hast du nichts dagegen getan?«

Ohne sich die Tränen vom Gesicht zu wischen, nahm Lucille Mary bei den Unterarmen und zog ihre Hände in ihren Schoss. Mit einem mühsamen Lächeln antwortete sie: »Weil ich ihn liebe und mit ihm zusammenbleiben möchte, und wenn das die einzige Möglichkeit ist, dann akzeptiere ich sie.«

Mary warf den Kopf hin und her. »Ich hasse ihn –«

»Nein, das tust du nicht. Es ist nicht allein seine Schuld. Und bitte, Mary Ann, wir sagen ihm nicht, dass ich es weiß, okay?«

»Wie willst du das denn machen?«, fragte Mary. »Du hast ihn doch eben angerufen.«

»Wir sagen, du hättest gewusst, dass er heute Abend nicht im Sportclub ist, sondern bei einem Klienten, du hättest zufällig den Namen gehört, und ich hätte dann im Telefonbuch nachgeschlagen. Schaffst du das, Mary Ann?«

»Er verdient es nicht.«

»Es ist nicht für ihn, Kind, es ist für mich. Versprich mir, dass du mir hilfst.«

Mary hob wieder den Kopf und sah ihre Mutter mit großen Augen an. »Es tut mir so Leid«, sagte sie leise.

»Es ist schon gut. Es ist unser Geheimnis. Wir –«

»Oh!« Mary zog ihre Hände weg und drückte sie auf ihren Bauch. »Sie sind jetzt stärker«, flüsterte sie. »Wie lange noch, Mutter?«

»Ein paar Stunden, glaube ich.«

»Mutter –«

»Ja.«

»Wäre es dir lieber gewesen, ich hätte abgetrieben?«

Lucille hob mit einem Ruck den Kopf. »Mary Ann! Wie kommst du denn auf den Gedanken?«

»Ich hab dich und Dad damals im Juni miteinander streiten hören. Ich hab gehört, wie du zu Daddy gesagt hast, er soll jemanden suchen, der eine Abtreibung machen –«

»Ach Gott, Mary Ann! Das war doch nicht mein Ernst. Das musst du doch wissen.«

»Aber darum hab ich mir die Pulsadern aufgeschnitten. Weil ich Angst hatte, du und Daddy, ihr würdet mich dazu zwingen, und dann –«

»Ach Kind! Du Armes!« Lucille streichelte Mary über die Stirn. »Ich war betrunken, als ich das sagte. Was Betrunkene reden, darf man nicht ernst nehmen.«

»Mutter, ich hab solche Angst, dass dem Kind was fehlt, dass irgend was nicht normal ist. Glaubst du, dass das sein kann?«

Lucille schüttelte hastig den Kopf. »Aber nein, ganz bestimmt nicht. Pass mal auf, sie wird sicher ein niedliches kleines Mädchen.«

»Obwohl sie zu früh kommt?«

»Aber ja. Mach dir jetzt keine Sorgen, Schatz. Hör zu, ich geh jetzt mal in die Küche und setze Wasser auf. Ich weiß nicht, wozu, aber das tun sie in Büchern und in Filmen immer.«

Als Lucille aufstand, schloss Mary die Augen. Sie fühlte sich sehr leicht, fast wie berauscht, und ließ sich in diese euphorische Welt hineinsinken.

Als einige Minuten später ihre Mutter zurückkam und sich wieder zu ihr aufs Bett setzte, sagte sie mit träger Stimme: »Mutter, ich hatte eben eine Erinnerung –

oder war es ein Traum? Ich weiß nicht.« Sie hielt die Augen geschlossen. »Ich bin in einem Kinderbett, und es ist dunkel im Zimmer. Von nebenan höre ich Stimmen. Ich höre eine Frau weinen. Sie schreit: ›Ich will nicht sterben.‹ Und dann spricht ein Mann, aber ich kann nicht verstehen, was er sagt. Mutter – warst du das?«

»Du warst damals vier«, sagte Lucille leise. »Und wir wohnten noch im anderen Haus.«

»Was war denn da los?«

Lucille sah ihre Tochter an, während sie sprach. »Ich hätte nie Kinder bekommen sollen, Mary Ann. Das sagten mir die Ärzte schon, als ich dich erwartete. Du warst eine sehr schwere Geburt. Ich lag achtundvierzig Stunden lang in den Wehen, und dann mussten sie doch einen Kaiserschnitt machen. Danach hatte ich Angst. Dein Vater und ich hielten nichts von Verhütung. Wir waren dagegen. Als ich dann wieder schwanger wurde, hatte ich schreckliche Angst.«

»Und was passierte?«

»Gott hat meine Gebete erhört. Nach Amys Geburt wurde meine Gebärmutter entfernt. Das war meine Rettung.« Lucille sah ihrer Tochter in die klaren blauen Augen und wurde innerlich ruhig, während sie sprach. »Weißt du, Mary Ann, ich konnte den Geschlechtsakt nie genießen. Ich nehme an, es lag an meiner strengen Erziehung. Die Kirche hat mich gelehrt, dass es sündig ist, im Zusammensein mit einem Mann Lust zu empfinden, auch wenn man verheiratet ist, und meine Mutter sagte immer, die Schwangerschaft sei Gottes Strafe für die Lust. Für mich bedeutete Enthaltsamkeit Freiheit von Leiden. Ach, ich weiß selbst nicht recht. Ich hatte Angst vor der Sexualität. Ich liebte deinen Vater, Mary Ann, und ich glaube, ich begehrte ihn auch, aber ...«

Lucille senkte den Kopf. »Als ich die Totaloperation hatte, war ich froh. Ich war unglaublich erleichtert. Nicht nur dass ich nun keine Kinder mehr bekommen konnte, sondern ich fühlte mich auch von der Pflicht des Geschlechtsverkehrs befreit. Pater Crispin erklärte uns nach meiner Operation, dass wir, dein Vater und ich, von nun an wie Bruder und Schwester zusammenleben müssten, und ich war froh darüber. Ich brauchte keine richtige Ehefrau mehr zu sein. Aber ich hatte auch Schuldgefühle, Mary Ann. Ich liebte ja deinen Vater. Ich liebte ihn sehr. Aber ich wollte nicht mit ihm schlafen. Ich denke, das ist der Grund, weshalb er sich von mir abgewandt hat. Männer haben nun einmal diese Bedürfnisse ...«

Sie schnüffelte und wischte sich mit der Hand die Augen. »Ich glaube, ich sehe jetzt lieber mal nach, ob das Wasser schon kocht.«

Das Haus strahlte im warmen Glanz der Weihnachtskerzen, und der würzige Duft von Lebkuchen zog durch die Räume. Den Erker schmückte ein hoher, wunderschöner bunt behängter Christbaum, aber auf dem Kaminsims stand auch eine alte Messingmenora zur Feier des Chanukka-Festes im Haus der Familie Schwartz bereit.

Die beiden Männer saßen im Wohnzimmer und tranken Punsch, während Esther Schwartz in der Küche ein Blech mit Plätzchen nach dem anderen in den Herd schob.

»Nun mach doch nicht so ein Gesicht«, sagte Bernie aufmunternd. »Seid fröhlich, und freuet euch ...«

»Tut mir Leid, Bernie. Mich bedrückt das.«

»Natürlich, das verstehe ich. Aber es wird schon wieder werden. Sie macht bestimmt nur eine Phase durch.«

Jason starrte auf den Watteschnee rund um den Christbaumständer. Gestern Abend hatte Cortney angerufen und ihnen mitgeteilt, dass sie Weihnachten nicht nach Hause kommen würde. Sie wollte nach San Francisco ziehen, zu Freunden, die in Haight-Ashbury lebten. Sie wolle endlich das Leben kennen lernen, hatte sie erklärt. Penny hatte gewütet und getobt. Jonas war erst wie betäubt gewesen, dann hatte ihn eine tiefe Niedergeschlagenheit erfasst. Er wusste, dass es ihm nicht gelingen würde, Cortney zu überreden, dass sie ihre Pläne noch einmal überdenkt. Ach, wenn er nur vor zwei Jahren eingegriffen hätte! Aber nun war es zu spät; er hatte die Anzeichen nicht erkannt.

»Du bist zu hart gegen dich selbst«, sagte Bernie. »Teenager sind unberechenbare Wesen. Da weiß man vorher nie, was ihnen plötzlich einfällt.«

»Ich habe mich ja nur für meinen Bericht interessiert.« Jonas trank einen Schluck von seinem Punsch. »Wahrscheinlich hat Penny Recht. Ich hätte es ihr einfach verbieten sollen, als sie ausziehen wollte.«

»Ach, weißt du, Jonas«, begann Bernie, und da kam Esther ins Zimmer.

»Jonas«, rief sie, sich die Hände an der Schürze abwischend, »Penny ist am Telefon. Sie sagt, du hast einen Notfall.«

Er stellte sein Glas nieder und folgte ihr hinaus. Eine Minute später kam er, seinen Regenmantel schon in der Hand, wieder ins Wohnzimmer. »Es ist so weit, Bernie. Mary Ann McFarland bekommt ihr Kind.«

In der Auffahrt hielt ein Auto. Die Haustür wurde geöffnet und wieder zugeschlagen. Schwere Schritte näherten sich durch den Flur. Dann stand Ted an der Tür zu Marys Zimmer, den feuchten Regenmantel noch halb über einer Schulter.

»Daddy!«

»Hallo, Kätzchen.« Er lief zur ihr ans Bett und nahm ihre Hände. »Ist es wirklich schon so weit?«

»Ja. Ich weiß es.«

»Warum willst du nicht ins Krankenhaus? Wo ist Dr. Wade? Wo ist deine Mutter?«

»Ich bin hier, Ted.«

Er fuhr herum. Lucille stand mit einer Ladung Laken und Handtüchern im Arm an der Tür. Statt des eleganten Kleides, das sie für die Weihnachtsfeier hatte anziehen wollen, trug sie jetzt Rock und Pullover. Sie trat ins Zimmer und legte den Packen Tücher auf die Kommode.

»Wie wär's, wenn du erst mal deinen Mantel ausziehst«, sagte sie zu ihrem Mann.

»Lucille –«

Sie sah ihn nicht an. »Dr. Wade ist schon unterwegs. Er hat gerade angerufen. Er fährt noch im Krankenhaus vorbei, um seine Instrumente zu holen, dann kommt er sofort her.« Sie drängte sich an ihm vorbei ans Bett. »Würdest du mal ein bisschen zur Seite gehen, damit ich Mary Ann helfen kann?«

Er stand auf. Sein Gesicht war grau, und er wirkte unsicher. »Als du angerufen hast –«

»Ja«, sagte sie, während sie ein Handtuch ausbreitete und ihm dabei den Rücken zuwandte, »es war ein Glück, dass Mary wusste, dass du bei diesem Klienten warst. Komm, gehe mal einen Moment, damit ich Mary Ann das Handtuch unterlegen kann. – Kannst du mal kurz deinen Po heben, Schatz, damit ich das Tuch unterschieben kann?«

Mary verzog schmerzhaft das Gesicht, als erneut eine Wehe einsetzte. Sie holte tief Atem und ließ mit geschlossenen Augen die Luft langsam wieder heraus. Als sie die Augen öffnete, sagte sie leise: »Ich glaub, jetzt kommt ein Auto ...«

Ted war schon auf dem Weg zur Tür, als es läutete. Er ließ Jonas Wade ein, nahm ihm den nassen Regenmantel ab und führte ihn in Marys Zimmer, wo Lucille ruhig in einem Sessel saß und ihrer Tochter die Hand hielt.

Mary strahlte. »Ich wusste, dass Sie rechtzeitig kommen würden.«

Lucille stand auf, um Jonas Wade Platz zu machen. »Es fing gegen sechs Uhr an, Doktor«, sagte sie. »Die Wehen kommen regelmäßig in einem Abstand von ungefähr vier Minuten.«

Jonas stellte seinen schwarzen Koffer auf den Sessel und legte ein grün eingepacktes Bündel daneben. Dann trat er zu Mary ans Bett. »Ich höre, du willst nicht ins Krankenhaus.«

»Auf keinen Fall.«

Er zwang sich zu einem Lächeln, aber sein Ton war ernst. »Es wäre aber besser, Mary. Auch für das Kind –«

»Nein, Dr. Wade.«

Einen Moment lang sah er sie schweigend an und spürte, wie ein Klumpen der Angst sich in seinem Magen zusammenballte. Dann sagte er: »Na schön. Dann wollen wir mal sehen.«

Lucille blieb im Zimmer, Ted zog sich mit einer Entschuldigung zurück. Jonas Wade nahm sich Zeit zu einer gründlichen Untersuchung.

»So weit ist alles in Ordnung«, stellte er fest. Seine Stimme klang spröde. »Gute Herztöne. Der Kopf des Kindes ist in der richtigen Lage, der Muttermund ist ungefähr acht Zentimeter erweitert.« Er deckte Mary wieder zu. »Jetzt können wir nur warten.«

»Wie lange wird es dauern?«

Eine Sturmbö rüttelte am Fenster und peitschte den Regen prasselnd gegen die Scheiben. Jonas Wade schauderte unwillkürlich.

»Ich weiß es nicht«, antwortete er. »Für eine Erstgeburt scheint es ziemlich schnell zu gehen. Zwei Stunden vielleicht. Mary, lass mich dich ins Krankenhaus fahren.«

Sie schüttelte nur den Kopf.

»Kann ich Ihnen etwas anbieten, Dr. Wade? Einen Kaffee vielleicht?«

»Nein danke, Mrs. McFarland.« Er nahm das grüne Bündel vom Sessel und legte es ans Fußende des Bettes. »Ich habe einen Kollegen gebeten herzukommen. Dr. Forrest. Er ist Kinderarzt. Er bringt einen Inkubator mit. Gibt es hier einen Platz, wo wir ihn hinstellen können? Und ich habe vom Krankenhaus aus auch gleich die Krankenschwestervermittlung angerufen und eine Pflegerin bestellt ...«

Wenig später läutete wieder die Türglocke, dann klopfte es recht zaghaft an Marys Zimmertür.

»Herein«, sagte Jonas Wade.

Mary war erstaunt, als sie Pater Crispin eintreten sah. Er trug eine lange schwarze Soutane und sein Birett. Seine Wangen waren rot vor Kälte, und auf dem schwarzen Stoff der Soutane glänzten Regentropfen.

»Pater!«, sagte sie. »Woher wissen Sie Bescheid?«

»Ich habe ihn angerufen«, bemerkte Jonas Wade, während er das grüne Bündel öffnete.

Marys Blick fiel auf die schwarze Tasche, die der Priester trug, und sie erschrak. Pater Crispin sah es an ihrem Gesicht und kam sofort an ihr Bett. Er kniete neben ihr nieder und sah sie mit einem freundlichen Lächeln an. »Ich bin nicht gekommen, um dir Angst zu machen, mein Kind, sondern um dir Trost zu spenden.«

Ihr Gesicht lief rot an, als eine schmerzhafte Wehe einsetzte. Mit zusammengebissenen Zähnen sagte Mary: »Es wird keine letzte Ölung geben, Pater –«

»Ich bin nur gekommen, um dich zu segnen und das Kind zu taufen.« Seine Stimme klang dünn und zaghaft. Mary sah ihm aufmerksam in die kleinen dunklen Augen und war erschreckt, als sie Angst darin erkannte. Hastig stand er wieder auf und setzte sich auf einen Stuhl bei der Tür. Während er die Tasche auf seinen Schoß hob, um sie zu öffnen, warf er einen Blick zu

Jonas Wade hinüber, und flüchtig sahen sich die beiden Männer mit tiefer Besorgnis an.

Die Schmerzen der Wehe ebbten ab. Mary öffnete ihre Augen. »Es dauert nicht mehr lange, Pater Crispin. Bald werden Sie Ihre Antwort haben.«

Er zog die buschigen Brauen hoch.

»Es geht los, Dr. Wade.« Mary drückte den Kopf ins Kissen. Ihr Gesicht war weiß. Die Augen waren nur noch schmale Schlitze, die Lippen zu einer dünnen Linie zusammengepresst. »O Gott!«, schrie sie laut.

Zwei Stunden sollte es noch dauern.

Lucille saß neben ihrer Tochter am Bett, hielt Marys Hände und wischte ihr immer wieder das Gesicht mit einem kühlen feuchten Tuch, während Jonas Wade des Vordringen des Kindes beobachtete.

Auch er schwitzte heftig und war dankbar für die beruhigende Anwesenheit der Mutter. Nie in seinem ganzen Leben hatte er sich so unzulänglich gefühlt; nie zuvor hatte er außerhalb des sicheren Raumes eines Krankenhauses Geburtshilfe geleistet. Jonas Wade fühlte sich wie der letzte Mensch auf einer leeren Erde. Ein Gefühl tiefer Einsamkeit überfiel ihn, ein Gefühl des Alleinseins, in dem er sich nackt und preisgegeben vorkam. Er beneidete den Priester, der unablässig betete, um seinen Trost. Er selbst hatte keinen. Er hatte nur seine Instrumente, die Zange, die Spritze, das Skalpell. Sonst half ihm niemand. Keine Schwester, kein Anästhesist. Er musste sich einzig auf seine Hände und sein Wissen verlassen.

Einmal, während Mary stöhnend, mit zusammengebissenen Zähnen sich in Wehenschmerzen aufbäumte, blickte er zu Lucille auf und sah die Frage in ihren Augen: Wird es ein gesundes und normales Kind werden? Wird es leben?

Und in der Ecke auf seinem Stuhl saß Pater Crispin und flehte Gott in verzweifeltem Gebet an, ihm die grauenvolle Entscheidung zu ersparen. Asperges me Domine hysopo, et mundabor; lavabis me, et super nivem dealbabor.

»Pressen, Mary! Pressen!«

Sie biss die Zähne aufeinander, die Adern an ihrem Hals schwollen zu blauen Strängen.

Jonas sah den Kopf des Ungeborenen, vom feuchten Haar bedeckt. Dann entspannte sich Mary, und das Köpfchen wich wieder zurück.

»Sie –« keuchte Mary, »sie kann es gar nicht erwarten, auf die Welt zu kommen.«

»Ja, Mary.«

»Sie will zu leben anfangen ...«

Sancta Maria, Sancta Dei Genitrix, Sancta Virgo Virginum ... »Okay, Mary. Presse noch einmal. Fest!«

Sie reckte den Hals, um zu ihrer Mutter hinaufzusehen. »Mutter ... das ist unser Wunder ...«

Mater Christi ...

»Komm«, sagte Jonas Wade. »Komm Mary, gib es mir.« Mater divinae gratiae ...

Ihr Gesicht verfärbte sich bläulich. Mit zusammengebissenen Zähnen stieß sie Laute aus, die wie das Knurren eines Tieres klangen.

»Nochmal!«

»Und ich behalte sie ...«, schrie sie stöhnend und grub die Fingernägel in den Arm ihrer Mutter.

»Nicht reden – pressen, Mary! Fest! Mit aller Kraft!«

Die Öffnung erweiterte sich einen Moment lang, der weiche kleine Schädel stieß hervor und glitt wieder zurück.

Pater Crispin stand von seinem Stuhl auf und kniete nieder. Seine Gebete wurden lauter. Mater purissima ...

Mary keuchte. Der Schweiß lief ihr in Strömen über den Körper. Sie warf den Kopf auf dem feuchten Kissen wild hin und her. »Ich kann nicht mehr!«, schrie sie. »O Gott, hilf mir doch!«

»Mary Mary, pressen!«

Mater castissima ...

Der kleine Kopf stieß durch. In Windeseile tastete Jonas Wade den Hals des Kindes ab, um sich zu vergewissern, dass die Nabelschnur sich nicht um ihn gewickelt hatte. Dann drehte er vorsichtig das Kind.

Mater inviolata!

Seine Stimme war heiser. Seine Hände zitterten heftig. »Noch einmal, Mary! Nur noch einmal, Mary, dann ist es da!« Und Gott gib, dass es sie nicht umbringt.

In einem Schwall dunkelroten Bluts glitt das Kind in Jonas Wades wartende Hände.

21

Pater Crispin sprach ein lautloses Dankgebet. Er blickte durch die milchige Plastikwand des Inkubators auf das kleine Geschöpf dahinter und dankte Gott, Maria und Jesus und allen Heiligen, dass ihm die schwere Prüfung erspart geblieben war. Er hatte keine Entscheidung über Leben und Tod treffen müssen. Mary Ann McFarland hatte ein wohlgestaltetes, gesundes Kind zur Welt gebracht, auch wenn es einen Monat zu früh gekommen war.

Er fühlte sich wie in einem Rausch. Der unerträgliche Druck der letzten Monate war plötzlich von ihm genommen worden, und jetzt fühlte er sich auf wunderbare Weise erschöpft. Vage erinnerte er sich des plötzlichen Schwalls roten Bluts. Dann hatte er die Augen zugedrückt. Er hörte ein Klatschen und dann einen Schrei, und als er die Augen wieder geöffnet hatte, hatte er gemerkt, dass er auf dem Boden kniete und seine Soutane von Schweiß durchnässt war. Er konnte sich nicht erinnern, von seinem Stuhl aufgestanden zu sein und sich niedergekniet zu haben.

Jetzt stand er leicht vorgebeugt am Inkubator und musterte das kleine Gesicht. Er betrachtete es forschend, als suche er etwas, sah sich jedes Fältchen, jedes Grübchen und rosige Hügelchen genau an. Dann entdeckte er plötzlich, wonach er gesucht hatte, und richtete sich mit einem tiefen Seufzer der Erleichterung auf.

Es gab überhaupt keinen Zweifel: Das Kind hatte schon jetzt die Augen Mike Hollands.

Auf Zehenspitzen ging er aus dem Zimmer, um Mutter und Kind nicht zu stören. Die schwarze Tasche und sein Birett in den Händen, ging er durch den Flur zum Wohnzimmer. Leise sagte er auf Wiedersehen und eilte hinaus.

Jonas Wade nahm dankend den Whisky, den Ted ihm brachte, und betrachtete erstaunt und verwundert den neuen Ausdruck auf Lucille McFarlands Gesicht. Er fühlte sich ähnlich wie Pater Crispin erschöpft und berauscht.

Sie saßen im Wohnzimmer. Dr. Forrest, der Kinderarzt, hatte ihnen versichert, dass das Kind gesund und normal war, und nachdem er gegangen war, hatte Lucille ein altes Fotoalbum herausgeholt.

Die Aufnahmen zeigten Mary als Neugeborenes, einen Tag alt, in ihrem Bettchen im Krankenhaus. Sie hätten ebenso gut von dem Kind sein können, das jetzt im hinteren Zimmer lag.

»Ich verstehe überhaupt nicht mehr, wieso ich sie nicht haben wollte«, sagte Lucille leise, während sie das Foto betrachtete. »Natürlich werden wir sie bei uns behalten. Sie ist ein Weihnachtsgeschenk von Gott.«

Jonas Wade sah etwas Neues in Lucilles Augen: Mut.

Jonas selbst fühlte sich wie neu geboren. Er hatte eine weitere Prüfung bestanden. In der Rückschau wollte ihm scheinen, als sei seine dramatische Begegnung mit Mary Ann McFarland eine Folge von Prüfungen und Übungen gewesen, von denen jede dazu bestimmt gewesen war, ihn als Arzt und als Mensch auf die Probe zu stellen. Jetzt blieb nur noch eine, aber die würde er noch ein Weilchen hinausschieben. Er wollte warten, bis die McFarlands sich des Wunders, das hier geschehen war, völlig bewusst geworden waren und es akzeptieren konnten. Dann wollte er behutsam und taktvoll an sie herantreten und sie, wenn nötig, bitten, das ihre dazu beizutragen, dass zukünftigen jungfräulichen Müttern und ihren Familien das erspart wurde, was sie selbst durchgemacht hatten. Mit seiner Veröffentlichung würde er in der medizinischen Wissenschaft einen Meilenstein setzen und die Forschung in ihrem Bemühen, das Geheimnis der menschlichen Fortpflanzung zu ergründen, einen großen Schritt weiterbringen. Ja, das würde er ihnen klar machen, und vielleicht würden sie ihm dann die Genehmigung zur Veröffentlichung seines Berichts geben.

Er sah auf seine Uhr. Er würde erst gehen, wenn die Pflegerin eingetroffen war. Er würde nach Hause fahren, Bernie berichten, den Entwurf für sein letztes Kapitel machen. Er fühlte sich herrlich beschwingt und voller Tatkraft. Vielleicht würde er sogar den Mut aufbringen, mit seiner Tochter Cortney zu reden...

Graues Morgenlicht strömte ins Zimmer und legte zitternde fahle Muster auf den Teppich. Mary zwinkerte ein paarmal und drehte den Kopf zur Seite. Eine grauhaarige Frau in Schwesterntracht schlief in dem Sessel neben ihrem Bett.

Schwerfällig richtete Mary sich auf. Ihre Beine waren wie Gummi, der Bauch tat ihr weh. Während sie sich mühsam hochzog und die Beine aus dem Bett schwang, gingen ihr Gesprächsfetzen durch den Kopf, die sie wie durch Nebelschwaden aufgenommen hatte. »Körperlich völlig in Ordnung und gesund. Ein niedliches kleines Mädchen. Fünfeinhalb Pfund. Achtundvierzig Zentimeter...«

Sie glitt aus dem Bett und hielt sich an der Kante fest, bis sie sicher stand. Dann ging sie langsam und vorsichtig zum Inkubator. Staunend und ehrfürchtig betrachtete sie das rosige kleine Geschöpf.

Es lag auf der Seite. Die Augen waren geöffnet.

Mary kniete nieder und drückte die Hände an die

Plastikwand. Lange sah sie das kleine, ruhige Gesicht an. Dann lächelte sie und flüsterte: »Hallo ...«

Und die hellen blauen Augen schienen sich auf sie zu richten.

Barbara Wood

Das Haus der Harmonie

Roman

Aus dem Amerikanischen von Verena C. Harksen

Band 14783

Charlotte Lee, Tochter einer chinesischen Familie, ist Inhaberin und Geschäftsführerin von *Harmonie Biotech* in Palm Springs, wo nach traditionellen chinesischen Rezepten pflanzliche Medizin mit modernster Technologie hergestellt wird. Charlotte, die den Konzern von ihrer Großmutter übernommen hat, muß sich unerwartet der Anschuldigung stellen, drei Menschen seien durch ihre Produkte zu Tode gekommen. Als sie bei einem Unwetter mit dem Auto unterwegs ist, entgeht sie nur knapp einem tödlichen Unfall. Auch Charlottes Freunde werden in mysteriöse Zwischenfälle verwickelt, und schließlich wird sie von einem Unbekannten über das Internet aufgefordert, innerhalb von zwölf Stunden ein öffentliches Schuldbekenntnis im Namen von *Harmonie Biotech* abzulegen. Doch plötzlich taucht Jonathan, Charlottes Jugendliebe auf und hilft ihr, die Verschwörung aufzudecken.

Fischer Taschenbuch Verlag

fi 1027 / 9

Barbara Wood

Lockruf der Vergangenheit

Roman

Aus dem Amerikanischen von Mechtild Sandberg

Band 10196

Leyla findet nach dem Tod ihrer Mutter eine Einladung ihrer Familie vor, nach Pemberton Hurst zu kommen. Voller Zweifel und Beklommenheit reist sie; nicht ohne Grund. Denn sie weiß nur, daß dieser Landsitz der Ort ihrer Kindheit ist, aber an die Menschen dort, an ihre Familie kann sie sich nicht erinnern. Überrascht wird sie von ihrer Familie begrüßt und beobachtet, aber willkommen geheißen wird sie nicht. Als Leyla beginnt, nach ihrer Vergangenheit zu suchen, begegnet man ihr mit unverhohlenem Mißtrauen und hartnäckigem Schweigen. Gegen den Widerstand ihrer Familie, versucht sie die Wahrheit herauszufinden. Lastet auf der Familie wirklich ein Fluch, wie viele behaupten? Warum waren ihre Vettern nicht verheiratet? Muß sie wirklich einem Leben ohne einen liebenden Mann und Kinder entgegensehen? Leyla kämpft um ihre Erinnerungen und stößt dabei auf ein schreckliches Geheimnis…

Fischer Taschenbuch Verlag

fi 1102 / 7